U0611756

没嫁错人

艾林 著

时代文艺出版社

图书在版编目（CIP）数据

没嫁错人 / 艾林著 . 一长春：时代文艺出版社，2017.10

ISBN 978-7-5387-5527-5

Ⅰ.①没… Ⅱ.①艾… Ⅲ.①长篇小说－中国－当代 Ⅳ.①I247.5

中国版本图书馆CIP数据核字（2017）第196490号

出 品 人 陈　琛
产品总监 郭力家
责任编辑 王　峰
装帧设计 孙　利
排版制作 隋淑凤

没嫁错人

艾林 著

出版发行 / 时代文艺出版社
地址 / 长春市泰来街1825号 时代文艺出版社 邮编 / 130011
总编办 / 0431-86012927 发行部 / 0431-86012957 北京开发部 / 010-63108163
官方微博 / weibo.com / tlapress 天猫旗舰店 / sdwycbsgf.tmall.com
印刷 / 北京市通州兴龙印刷厂
开本 / 640mm×910mm 1 / 16 字数 / 180千字 印张 / 18.5
版次 / 2017年10月第1版 印次 / 2017年10月第1次印刷 定价 / 35.00元

目录

没嫁错人

一

　　王柏林做梦也没想到，三十六年前，准确地说是1980年的11月20日，他被所在部队营首长临时抓官差派到驻地四十公里外的岭南县县城所在地向阳镇领取电影胶片《地道战》，这趟官差让他邂逅了一位心中女神，且一见钟情，最终成了自己的妻子，一爱就是三十六年。当时柏林所在部队文化生活匮乏，战友们听说晚上有电影看，一个个乐得屁颠屁颠的，王柏林也不例外，心里别提有多高兴了。临走时，他换了一身压箱底的的确良新军装，雄赳赳、气昂昂地与营部通讯班副班长刘汇成一路来到县城。柏林是个书迷，平时一有时间就窝在宿舍看书，到了星期天，战友们三个一群五个一伙，凑在一起打扑克"拱猪"，输了钻床子、贴纸条，王柏林觉得简直在浪费生命。王柏林记得一位伟人说过，浪费自己的时间等于浪费生命，浪费别人的时间等于谋财害命。他管不了别人，但管得了自己。为了不受战友骚扰，他想了一个绝招，把自己反锁在屋里看书，不像一般当兵的要么就玩，要么就谈情说爱，柏林二十六岁了，对象还没着落，家里这个急呀，但他就是不急，他要抓住身在解放军这所大学校的机会，多学习，多武装自己，他总认为，自己有知识有本事了，啥对象找不着？柏林爱好文学，据说他与诺贝尔文学奖得主莫言同年入伍，同样爱好文学，同样喜欢《红楼梦》。但部队一个意外决定改变了他的命运，柏林参军不久就随部队参加了唐山抗震救灾，战友们一个个舍生忘死、救死扶伤的场面感动了这位文学青年。他白天参加抢险，晚上点着蜡烛在狭小的工棚里创作诗歌、散文，那时候，连队最重视的宣传就是黑板报。一次，柏林的一篇歌颂班里战友张富强的散文被团里宣传股股长看到后不断点头称赞。接下来，柏林被选入团通讯报道培训班学习，再接下来，柏林被推选到师教导队通讯报道培训班接受为期两个月的专业培训。在这里，柏林系统地学习了消息、通讯、评论等各种新闻体裁的写作，并面对面地接触了柏生、艾丰等著名记者。师教导队学习结业后，柏林被留在团报道组当报道员。有道是身在曹营心在汉，柏林虽然当了专职通讯员，但仍偷偷地写诗歌、散文等文学作品。宣传股王股长怕他荒废了学业，用专车给他送到远离团部一百多公里的十五连蹲点采访。开头几天柏林还像模像样地采访连队的好人好事，但几天后当他在刘指导员办公室看到一套新版的《红楼梦》，翻了几页后便爱不释手。柏林打小爱看书、爱听讲故事，太爷当过中学校长，家里有部分藏书，破四旧时没被抄走，他如饥似渴地找来看。上中学时，他的语文成绩最棒，任课老师经常把他写的作文当范文朗读、展示。那时候，每逢星期天，大爷家的吊楼是他常去的地方，《西游记》《水浒传》《三国演义》《儒林外史》《林海雪原》《三探红鱼洞》《艳阳天》他都看过，他很想看《红楼梦》，但一直借不着。眼前的机会岂可错过？他壮着胆子向指导员借了一卷。回到住所，他点灯熬油看了一通宵，三百多页的书，一宿看完。第二天，他又找刘指导员借了后三卷，不到一星期，四卷半文半白的《红楼梦》全部看完。正当他沉醉在《红楼梦》的故事情节不能自拔时，宣传股王股长一个电话把他召回团部，王股长连讽刺带挖苦足足训了他两个多小时，末了告诉他，小王你哪来哪去，还回连队当兵吧！柏林从王股长办公室出来时，一个熟悉的身影闪进了王股长办公室。柏林定睛一看，这不是借他《红楼梦》的十五连刘指导员吗？柏林一切都明白了，自己不务正业惹祸了。刘指导员是专程来告状的，军人以服从命令为天职，专职通讯报道员是干不成了，我还研究我的文学、我的《红楼梦》吧。打那以后，柏林到书店买了两套《红楼梦》，订了《红楼梦学刊》《红楼梦研究》两本学术期刊，在不到两年的时间里，他利用业余时间细读了六遍《红楼梦》原著，做了上百万字的读书笔记。

今天是星期天，营首长原想派营部材料员陈国学到县城取电影《地道战》胶片的，但小陈请假上街买日用品去了，柏林是营部统计员，星期天反锁屋里看书营首长早有耳闻，营首长从后窗一看柏林果然在看书。进城取片子的临时官差自然就落到了柏林头上，柏林很乐意接这趟官差，因为他的两套《红楼梦》都让战友借走了，他想到新华书店再买一套。除了逛书店，其他一概不感兴趣。一是没有多余的钱，因为他是家里的长子，下面还有七个弟弟妹妹，他把多余的钱都寄家里了，二来他也没这个心情，两件事办完，他领着通讯班副班长刘汇成直奔向阳镇客运站。

二十世纪八十年代初的交通很不方便。偌大的县城只有一家国营客运站、一家客运公司。老百姓坐车都拥向客运站，向阳镇客运站四百平方米的候车室人挨人挤得满满的。柏林买的车票是下午三点的，离开车时间还有近两个小时。没有座位，他俩就站着说话。这时，刘汇成眼睛一亮，向两个梳小辫、穿戴不算时髦但很青春靓丽的女青年打招呼。其中一个叫赵红霞的女青年也要乘这趟车回部队所在地青山镇。另一个是红霞的闺蜜，客运站的大集体工人方美佳，她是专程来送红霞的。刘汇成与赵红霞因业务关系，算是老熟人。赵红霞是青山镇邮电局的话务员，刘汇成是通信兵，经常相互接转电话。王柏林出身贫寒，上学时，他很少和女生说话，当然女生也从来不正眼看他。因为穷，上中学时，一次五四青年节他参加了班里的大合唱排练，登台演出时，因买不起白布衫、蓝裤子的演出服，被老师临场换下，这让很多女生嗤之以鼻。柏林很受伤，打那以后，别说找对象，连正眼都很少看女生一眼。他发下狠心，这辈子不混出个人样来，坚决不找女朋友。这不，二十六岁了还孤身一人。那年月，像他这年龄，早已是孩子他爹了。赵红霞长得眉清目秀，落落大方，两只大眼睛扑闪闪的很迷人，唠起嗑来条理清晰，一套一套的，一看就是一个成熟的女性。难道是天上掉下来个林妹妹？自作多情的王柏林心里扑通扑通直打鼓。他几次想找机会和赵红霞搭讪，但红霞连正眼也不瞅他一下。柏林胆怯了，把到嘴边的话又咽回去了。他装着看窗外的风景，竖起耳朵听刘汇成和两位女神交谈。赵红霞不仅招人看、招人听，还很关心体贴人。这趟车严重超员，他们都没买到座位。上车时，红霞用手挡着让柏林他们先上，一路上，柏林与赵红霞还是没说话，当柏林把目光对准红霞时，红霞也含情脉脉地回了一个微笑。这天晚上，王柏林有生以来第一次失眠了。他一直想着这个既亲热、又高不可攀的心中女神，难道这就是自己要娶的意中人？

二

　　向阳镇镇中心坐落着县政府招待所。招待所后院有一幢平房，平房左起第三门有一套一室半的住宅。赵红霞一家十口人就蜗居在这里。父亲赵忠祥是个四平战役负伤下来的老干部。由于他没文化，加上性情火爆，官越做越小。由解放初大区的区长一直降到镇长、公安局下属的股长。官场不得志的赵忠祥成天喝闷酒，喝多了拿老婆孩子撒气，稍有不快，孩子们就被打得鼻青脸肿。

赵红霞天资聪慧，很招父亲的喜爱，但也免不了挨打。她十岁那年，一次天刚蒙蒙亮，父亲让她去买浆子、果子，她一不小心把灶台上的盆碰到地上，叮咣叮咣一阵乱响，把全家都吵醒了。"怎么回事！"父亲大声斥责。"这是不愿意啊？"不会息事宁人的母亲，加了一把火，炮筒子脾气的父亲从热被窝中蹿出来，随手操起一根擀面杖粗的木棒就朝十岁女儿头上、腰上、腿上乱打。小红霞被打得杀猪一般号叫。但气头上的父亲仍不罢手，倔强的小红霞早就恨透了这个家，她再也不想活了，从墙根处找来一根大铁棒，交给父亲，自己笔挺挺地躺在地上，喊叫着："打死我吧！打死我吧！今天你不打死我你不是我的父亲！"小红霞的壮举一下子把父亲震住了。父亲扔下铁棒没再打她，但小红霞不依不饶，躺在炕上三天不吃不喝。打那以后，父亲很长时间没碰她一根指头。小红霞从挨打这件事后立下大志，发奋读书，自己的事情自己做主，长大后找个好婆家。从三年级开始，赵红霞始终是班里的三好学生、五好学生、班长、团支书、学校团委书记。中学毕业后，她主动要求下乡接受贫下中农的再教育。招工后，她要求到离家较远的青山镇邮局，不是逢年过节，她基本不回家。当然，赵红霞不愿回家还有另外一层原因，已到二十六岁的大姑娘，当爹妈的能不急吗？比她大三岁的大姐赵红梅，孩子都两个了，大的已经上小学一年级。别提大姐，一提大姐气不打一处来。大姐身材苗条，瓜子脸、大眼睛、高鼻梁，是向阳镇有名的大美人。追她的小伙子足有一个连。大姐私下里爱上了一个年轻英俊的消防军官，但说一不二的父母坚决不允，大姐自小性格懦弱，逆来顺受，在父亲的做主下嫁给了一个铁路工人。这个没文化的铁路工人也是个火爆脾气，三句话不顺就动手打人，大姐生第二个女孩坐月子的时候就被打成了中耳炎。这回大姐豁出去了，坚决要求离婚。大姐夫不正面接茬，打起背包通过父亲调回千里之外的老家。二姐赵红丽的婚事也是父亲做的主，二姐夫虽然脾气没有大姐夫暴躁，却是个吃喝嫖赌、说大话、吹牛皮、干活不出力的窝囊废。红霞看透了，对象还得自己找，没有相中的宁可终身不嫁。周末到了，红霞有半年没回家了，原想回家住两天，听说父母要给她张罗对象，她烦父母唠叨，第二天一早拎个小兜就回青山镇了。

王柏林自那天乘车和赵红霞分开后，感觉度日如年。这天上午，他忙完工作闲下来，躺在床上，拿起一本《红楼梦》心不在焉地翻了两页，看不下去。这是怎么啦？这要是在平时，一袋烟工夫，怎么也得看十页八页的。看着看着红霞的音容笑貌又在他眼前闪现，何不找个理由去看看她？一个念头在柏林心中涌出,找什么理由呢?这时他看到了床前的一双旧大头鞋。母亲一到冬天就怕冷,对,这双鞋就寄回去让母亲暖暖脚吧。他又从箱子里拿出一套旧军装,找出一块白布胡乱缝了个包裹。来到青山镇邮局,他一眼就看到了那个熟悉的身影。

"你好,需要办什么业务吗?"红霞主动向柏林打招呼。"我寄个包裹,你不是话务员吗?怎么到这儿了?"柏林一边递包裹,一边不解地问。"我们这人手少,过来帮帮忙,对了,你这包裹不合格,我帮你缝缝。"红霞接过包裹,找来针线,密密麻麻地缝好了。过秤、填单,只四五分钟,业务就办完了。

"谢谢,谢了!"柏林平时就嘴笨,一激动,说话都结巴了。他没敢正眼看一眼红霞,转身离去了。

一连几天,柏林都要到青山镇邮局点个卯,见了红霞没话找话说上几句。一来二去,两人见面无话不谈。这天一大早,老连长曾祥辉找到王柏林说:"小王,我转业的报告批下来了,回家想带几盒滤嘴香烟招待乡亲们,你现在在营部工作认识的人多,帮我买点好吗?"曾连长一直很看重王柏林,柏林想推也推不了。何况柏林自来就是活雷锋,谁求帮忙都来者不拒。柏林壮着胆子把老连长的意思跟红霞说了,红霞点头说我试试吧。三天后,红霞打来电话,让他去一趟。柏林一路小跑来到青山镇邮局,红霞把一个长条报纸包打开一看,整整十二盒,虽然牌子杂一点,但都是过滤嘴香烟。柏林不知怎么谢人家,临走时立正敬了一个标准的军礼,惹得邮局满屋子的人哈哈大笑。

这天下午，柏林到青山镇一个指挥部办完事路过邮局，顺便看看红霞。红霞正好闲着，她第一次领着柏林进了自己的单身宿舍。柏林见红霞眼睛红红的、肿肿的，问怎么回事。红霞见问，眼泪吧嗒吧嗒掉下来，她告诉柏林，父亲托人给她介绍一个对象，说是森工局长的儿子，家里很殷实，红霞死活不见，父亲骂了她半宿，几次动手要打她。柏林边安慰，边伸手替她擦眼泪。擦着擦着，柏林的心快跳出来了。长这么大，他第一次给大姑娘擦眼泪。他拽着红霞的手摸自己的胸膛，这一拽两人像触电一样。"你是不是有心脏病？跳得这么厉害，用不用看看医生？"柏林摇摇头，抽回抖动的手，结结巴巴地说："晚上咱俩约个地方谈谈行吗？"红霞点点头。"晚上八点张子桥见。"柏林脱口而出。

冬天的夜晚，寒风刺骨，滴水成冰。今天是三九第一天，也是入冬以来最冷的一天。张子桥是青山镇连接张子大队唯一的一座石桥。张子河约两百米宽，夏天河水滔滔，现在上冻了，河床上一片白茫茫，柏林所在部队驻扎在张子桥大队部，距张子桥也就五百米远，离晚上八点还有十多分钟，柏林已来到桥头，他穿着棉衣棉裤、棉大衣还冻得直哆嗦。他抬头向北望去，桥上、路上空无一人。难道红霞改变主意不来了？柏林心里直打鼓，等人的事是很心焦的。何况盼的是一位心仪的天使女神。七点五十五、五十六、五十八，八点整，穿黑大衣的赵红霞来了。柏林兴冲冲地迎上去，他很想抱住她，但柏林没这个胆子。悄悄地说一声你来了，便领着红霞下桥朝河冰面上走去。因河床上太冷，俩人商量后来到一处存储红砖的空房，为解除尴尬，柏林从裤兜里掏出两块水果糖交给红霞，红霞接过糖没有吃，心直口快地问，"你今晚约我出来有什么事？"没谈过恋爱的柏林心都要蹦到嗓子眼了。他笨笨地说："我看你挺好的，想跟你交个朋友。""交朋友？我也不了解你，咱俩合适吗？"红霞出于礼貌来见柏林，交朋友的事她连想都没想过。两人僵持了好一会儿后，又来到了另外一处空房，因话不投机，满腔热血的柏林心一凉，身子冻得直哆嗦，穿着大头鞋的双脚也冻得不行，为了暖和身子，柏林在室内打了一套军拳。打着打着，红霞害怕了。在这里叫天天不应，叫地地不灵，万一这个愣头小伙起了歹意怎么办？红霞灵机一动，解开大衣说，"你把手伸进我的大衣里暖和暖和吧。"柏林是个少有的老实人，把手伸进去一动不动。几分钟后，红霞说，"咱们回去吧，晚了单位要关门。"柏林松开温暖的双手，戴上棉手套跟着红霞往回走。红霞几次让柏林回部队，但柏林怕意外，像保镖一样紧紧跟着红霞。一路上无语，只有两人沙沙的脚步声。见红霞进了青山镇邮局的大门，柏林才失望地离去。

三

夜很深了，赵红霞躺在暖暖的小炕上翻来覆去睡不着。脑海中浮想联翩，她中学毕业后最大的心愿就是穿军装、当女兵。那年头，不是一般女孩子能去得了的。她扳着指头算了算，这些年岭南县走的几个女兵有武装部长的二女儿、副县长的三闺女，再不就是县委副书记的老丫头。像父亲这个职位的干部，女儿想当兵？做梦去吧！自己虽没有当兵，但对军人还是有一种无比崇敬的情结，一种说不出的好感。这时王柏林的一件件往事像过电影一样浮现在眼前。两个月前，青山镇邮局收到一封加急电报，北京某兵种副司令员致电王柏林所在师，让王柏林某月某日赶到北京参加兵部召开的经济核算会议。师部转来电报时时间很紧了，邮局让赵红霞用电话通知王柏林所在连。赵红霞搁下吃了一半的饭碗，打了一圈电话才把电报内容传递过去。事后，赵红霞对王柏林肃然起敬。一个小小的连队统计员能得到大军区级的司令员赏识。一个月后，王柏林的名字再次出现，师部发来电报让王柏林参加所在师学雷锋标兵表彰大会。而此时，王柏林已提拔为营部统计员。青山镇邮局投递员老王，提起王柏林称赞有加，说这孩子将来一定有出息，长年自费订了十种报纸、十种杂志，他当了这么多年投递员，头一次遇到。赵红霞虽然与王柏林交谈不多，但发现柏林有志向、有文化、有内秀，为人淳朴、谦和。虽然个子不高，但长得眉清目秀，是个帅气的小伙子。最令人信赖的是，他为人真诚、老实，两人在野外约会，他没有做任何出格行为。这难道是上帝的安排？此时此刻一个念头牢牢地占领了她的潜意识：红霞呀红霞。这样的小伙子可遇不可求，过了这个村就没有这个店，下决心吧！想到这，红霞迷迷糊糊地进入了梦乡。

这里赵红霞辗转难眠，那边王柏林也烙起了烧饼，翻来覆去睡不着。他思前想后，觉得自己做事太唐突了。谈恋爱是男女双方的事，你爱人家，人家爱不爱你；你喜欢的，别人不一定得意；别人得意的，你不一定买账。三年前，柏林入伍后首次回家探亲，几年不见，家乡的变化太大了，他每天都像过年一样，走东家串西家，好酒好菜吃个够。俗话说，男大当婚女大当嫁，村里的媒婆纷纷上来提亲，但柏林一概不见，他早已规划了自己的人生，不在部队干出点名堂，坚决不找媳妇。可是有一天大队书记请他到家里吃晚饭，他不好拒绝，因为他能当兵大队书记功不可没，且自己的父亲还是大队长，一个班子的成员。酒桌上，主人们纷纷向柏林敬酒，并说了许许多多的赞美话语。这时一个媒婆趁机向柏林提亲，女方竟然是大队书记的大女儿。柏林了解这个女孩，心里很不情愿，但又不便直说，怕扫了主人的兴。他假装家里约了人，提前退席而去。可当他走出约五百米远路过一条小河时，一女孩拦住了他。他当时吓了一跳，定神一看，这不是大队书记的女儿吗？吃饭时没见到，她怎么会在这儿？女孩直率地说："柏林哥，我喜欢你，我要做你的女朋友。"说完女孩就要上去亲柏林。柏林正值青春期，也血气方刚，但他有自己的信条，做男人就要正经、正直、有正事，决不做浪荡公子哥，对不爱的人就不能有非分之想。这是对女孩的负责，也是对自己的负责。柏林没有接受女孩的拥抱，轻轻地推开女孩的手，委婉地谢绝了女孩的要求。联想到与红霞的约会，自己是不是也太冒失了？人家是城市户口，干部子女，又有正式工作，国营单位的金字招牌，自己不就是一个农村户口穷当兵的！人家凭啥跟你处朋友，也不撒泡尿照照镜子。想到这，柏林越来越理解赵红霞为什么没有当面答应做自己的女朋友。人一旦想通了，就啥都放下了，他紧紧闭上眼睛渐渐睡着了。

　　说了就算，定了就办。从来不拖泥带水的赵红霞，一大早起来对着镜子精心打扮一番后，把柏林约到自己的单身宿舍。顾不上脱去柏林的外衣，一把抱住柏林，狠狠地亲吻起来，边亲边说："林，我想好了，不管家里同不同意，我都要嫁给你。"这也太突然了！柏林还没缓过神来，红霞滚烫的嘴唇已落在了柏林的唇上。从来没有亲吻过女孩的柏林被突如其来的幸福融化了，于是赶忙脱去外衣，顺从地搂住这个心仪已久的女孩，深深地亲吻着。

四

　　"爸，我明天休息，今晚回家住。我还给你带了两瓶好酒。"星期六下午三点，赵红霞上车前给老爸挂了个电话。自从上次相亲之事与老爸闹翻后，红霞又有两个礼拜没回家了。病退回家的老父亲以为闺女想通了，忙上街鸡鸭鱼肉、蔬菜水果买了一大堆。他要亲手做几个好菜犒劳犒劳三女儿。他还让老伴通知两个成家另过的闺女也回家吃饭。向阳镇的冬天日子短，眨眼工夫天就黑了。晚饭开始的气氛非常好，一家人围坐在炕桌前有说有笑，老父亲也露出了难得的笑容。见父亲喝得很开心，红霞拿起酒瓶，先给父亲斟了满满的一杯，接着给能喝酒的弟弟也斟了一杯，最后给自己满了一杯。她没有说话，先喝为敬，父亲端起酒杯望着女儿说："霞，你从来不喝酒，看来你有话要说，是不是有什么好事？是升职了，还是涨工资了？"红霞说话自来就快言快语，她嘴一抹，辫子一甩，满脸红晕地说："爸、妈、姐姐、弟弟们，我向全家人宣布一个好消息，从现在起我有对象了。"接着她把何时认识王柏林、何时喜欢上王柏林、何时确定与王柏林的恋爱关系竹筒子倒豆子一五一十地道了出来。父亲一开始还耐着性子听，后来越听越来气，最后把杯子往桌上一蹾，气急败坏地说："放着有权有势的局长儿子你不嫁，你却看上一个穷当兵的，而且还是个南蛮子，你脑子有病啊？还是哪根神经堵了？"赵忠祥气得直哆嗦。"他人好，有知识、有文化。他现在不行，将来准行，你们同不同意无所谓，我就要嫁给他！"红霞的倔劲儿一上来，谁也拦不住。"你滚，你滚，我没有你这个女儿！"赵忠祥连抽了红霞两个耳光。"滚就滚！"红霞拎起小包一溜烟儿消失在茫茫的夜色中。

柏林接到红霞电话已是晚上十点了。红霞一边哭，一边让柏林去一趟。这么晚了有什么急事？柏林从床上爬起来，一路小跑来到红霞的单身宿舍。一进屋两人紧紧地抱在一起，林，我爸今天动手打我了，全家都反对跟你处对象。"林，你一定要娶我，哪怕就是跟你回老家种地我也不后悔，我是吃了秤砣铁了心，这辈子非你不嫁。""霞，我爱你，这一辈子给你做牛做马都愿意，放心吧，这辈子我一定让你过得好！"这对青年男女在一起整整唠了一夜，他们除了亲吻、拥抱，没有做出越轨的行为。这要放在今天，简直不可思议。

五

有人说，时光可以消磨人的意志。赵忠祥为了拆散这对不般配的鸳鸯，一面托人给柏林捎话，让他知难而退，另一面通过关系把女儿调到离青山镇一百公里的林子镇邮局做营业员。林子镇同时也是森工局所在地，这也是为了给那位森工局长儿子创造方便接触的机会。赵红霞上班的第一天，那位森工公子穿得油光水滑来找赵红霞。红霞一看就心生反感，狠狠地训斥了他一顿。公子灰溜溜地走了。第二天局长夫人拎了一篮子饭菜、水果送给红霞，红霞照样不给面子，让局长夫人赶紧拿走。局长夫人很有修养，任红霞怎么吊小脸子，她一直满面春风、和蔼可亲。她还亲手把水果分给其他台席的营业员。临走时，悄悄地对红霞说，我明天还来看你。一连三天，局长夫人都不厌其烦地给红霞送好吃的，但倔强的红霞没动一筷子，没吃一口水果，送来的东西都给同事们打了牙祭。局长夫人毕竟是有身份、要面子的人，一看红霞不是那种软柿子随便能捏的人，真要娶到家也是个麻烦，慢慢打消了收红霞为儿媳的念头。时间不长，局长儿子交上了新的女朋友。据说这位局长公子是个吃喝嫖赌的花花公子，结婚不到两年，就把如花似玉的媳妇打跑了，此是后话。

自从红霞调走后，柏林像丢了魂似的。他日夜思念自己的恋人，可部队有纪律，没有公务不能随便外出。写信没有回音，打电话又不方便，难道红霞变心了？柏林开始自卑起来，越想越觉得自己配不上红霞。长痛不如短痛，他开始有意识地躲避红霞了。有几次红霞打来电话，他都让人告诉她自己不在。柏林上火了，鼻子脓肿，卫生所开介绍信让他到某野战医院做手术，柏林悄悄地住进了医院。手术是很痛苦的，足足流了两碗血。手术后，他在观察室迷迷糊糊睡着了。这时一个女护士来到观察室叫喊，谁是王柏林？王柏林睁开双眼，"我是，什么事？""传达室有你的电话。"王柏林摇摇晃晃来到传达室，谁能把电话打到这里来？王柏林心里直犯嘀咕。他拿起话筒，一个熟悉亲昵的声音传来："林，你住院了！怎么不告诉一声？急死人了！听说你做鼻炎手术了，手术还成功吗？我给你写了十多封信，怎么你一封也不回？我想你了，过几天休假我上青山镇去看你。"一句句温暖掏心窝子的话通过电波传来，王柏林的泪水早已顺着脸颊流到了话筒上。他还能说什么？沉默片刻后，千言万语浓缩成四个字，"谢谢，谢谢。"

东北的气候说冷就冷。尤其是今年冬天。据老人们讲，是最冷的一个冬天。老人们不敢出门，孩子们不愿意下地。退休在家的赵忠祥每天猫在家里喝闷酒。女儿的婚事让这个大家庭增添了不少寒气。"今天什么日子？"赵忠祥放下酒杯稀里糊涂地问老伴。"都腊月廿八了，过两天就年三十了，老东西真是过糊涂了。还不快去买点年货，孩子们回来过年啃手指？往年都是红霞大包小包给家里办年货，今年怕是不能了。""老人们不都是为她好，怎么就不理解？"赵忠祥自言自语。"得了吧，你什么眼光？大女儿、二女儿嫁的什么人家，过的什么日子？依我看，红霞的事还是得让她自己做主。哪天让她把小伙子领回来认认门。"滴滴滴滴，说曹操曹操就到，正当两位老人说起红霞的事时，红霞乘坐一辆吉普车来到了家门口。"爸妈，我给家里置办年货了，都伸伸手，把东西搬进来吧。"一下车，红霞急三火四地开门向老人报告。随后从车上卸下来大米、猪肉、鲤鱼、蔬菜、水果、烟花、鞭炮，就连对联、福字都一一备齐了。卸完年货，红霞拍拍身上的灰尘跟老人说："爸妈，我单位还有事，得回去忙活忙活，年三十下午才能回来。""霞，你该忙忙去，妈给你说句话，我和你爸商量了，大年初二你大姐、二姐、二姐夫都回家来拜年，你把你那个男朋友，叫什么林……""王柏林"赵忠祥到底记性好，补充一句。"对，把柏林也领回来认认门。"女人到底心肠软，母亲一边给赵忠祥递眼神，一边吩咐女儿。"你妈说的对，你俩也处了好几个月了，就让王柏林来家里认个门吧。小伙子真要不错，我们也认了。"赵忠祥接过老伴的话，算是表了态，红霞激动地连连点头，掉下眼泪。嘟、嘟，红霞乘上吉普车掉头驶出小胡同，母亲抬手大声喊，"霞，年三十早点回来呀！"

　　大年初二，王柏林所在部队放假，管束自然松一些。允许官兵请假外出。因为白天两顿饭，早上八点了，多数人还在睡觉。自年前接到红霞打来的邀请电话，王柏林便按捺不住美滋滋的心情，选大年初二，这要是在南方是有讲究的。初一的崽，初二的郎，初三初四拜干娘。难道红霞的父母同意我们处对象了？天刚放亮他就起来打扫卫生，生炉子，掏灰。柏林自小就是勤快人，七岁上山砍柴，八岁下地干活，插秧、种地、放牛、割猪草样样都会。他把自己的炉灰掏了，接着又把紧挨他住的孟技术员、宋技术员、黄工程师的炉灰一个个掏干净。忙完这一切，他从箱底找来一套新卡其布冬装换上，对着镜子梳了个小分头，找来红霞买的雪花膏在脸上好一顿抹，他觉得军人就要有个军人的样子，何况今天还要执行一项特殊使命。柏林抬手看了一眼上海夜光表。对了，这块表是红霞离开青山镇时从自己手腕上摘下来亲自给他戴上的。据说这块表是她下乡当民办教师四年省吃俭用攒下的，即使现在也算是奢侈品。红霞把表留给他，意思是把心也留给了他。柏林用手帕轻轻擦去表上的灰尘，时针指向九点，离部队开饭还有一个小时。不等了，红霞告诉他早点走，赶去吃午饭。来到青山镇。柏林在一个早点摊花一角钱吃了一碗豆浆、两根油条，然后在一家副食店买了两瓶酒、两盒果子、两斤橘子、两斤苹果。柏林从小在老家养成了习惯，上亲戚朋友家串门，从来不空手。哪怕花两毛钱买两斤酸梨也是个意思。也许月下老人有意帮忙，大客车一路顺风抵达向阳镇客运站。平时两个小时的车程，今天一个半小时就到了。一下车，柏林远远就看到了出站口扎红围脖穿黑呢子大衣的红霞。这时，红霞也看到了柏林。她小跑着来到柏林跟前，亲昵地问："吃了吗？"这在计划经济商品短缺的年代，是人与人见面的问候语。"在青山镇吃的早点，浆子、油条。"柏林实打实告诉红霞。"客人们都到了吗？""到了，今天可要好好表现，除了大姐、二姐，还有二姐夫、四妹的男朋友和五妹的男朋友，他们都是有工作的城里人。"王柏林嘴上答应好，但心里还是有些打鼓。客运站到红霞家不到两里地，柏林边走边看，街上店铺都贴着对联、挂着灯笼。地上厚厚一层爆竹纸屑，不时传来二踢脚的尖叫声。柏林心想，这城里过年比乡下热闹。红霞走路很快，柏林有时候小跑才能跟上。不到一袋烟工夫，红霞就领他来到那个既向往又胆怯的家。一进屋，红霞接过柏林带来的礼品放到炕上。"串门就串门，还带那么多东西干吗？"红霞的母亲一眼就喜欢上了这个未来的女婿。红霞指着站在门口的柏林说，"这就是我常跟你们提起的王柏林。"接着她又把家里家外人一一介绍给柏林。王柏林是个很有礼貌的小伙子，"大叔过年好，大婶过年好，大姐过年好，二姐夫过年好。"每问声好，都要弯腰点头向对方行大礼。当介绍四妹、五妹的男朋友时，还主动上去握握手，介绍到未成年的小弟、妹妹和外甥女时，柏林还每人送上了一个压岁的小红包。虽然每个红包只有两元钱，这在当时也算大礼了。行了行了，快上炕暖和暖和吧。红霞的母亲见介绍得差不多了，以女主人的身份吩咐柏林上炕，并随手拉了一床褥子给柏林的双脚盖上。柏林想，接人待物的大考算是过去了，接下来的考试怕是越来越难。家里都有什么人？父母多大岁数？身体好吗？家里种几亩地？每年的收成有多少？柏林像小学生回答老师的提问，问啥答啥，多余的话一句没有。这时，坐在炕上最靠里的四妹赵红娟抛出了一个全家人关心的问题："你是南方人，我姐是东北人，你们结婚家安在哪里？你是一个大头兵，我姐有正式工作，你们将来有什么打算？"是啊，这都是最现实的问题。柏林从来没想过，他满脸涨得通红，支支吾吾没答出来。红霞见四妹在今天这样喜庆的场合，提出如此尖刻的问题，没好气地说，"柏林将来准有出息，放心好了。我这一辈子嫁鸡随鸡，嫁狗随狗，不用你们瞎操心。""摆桌子，吃饭吧。"母亲见姐儿俩火药味上来了，怕影响了大家的情绪，忙出来解围。柏林听到开饭，忙下地帮着捡碗筷、端菜。"不用你来，不用你来，我们人手多着呢，"尽管几个声音在劝，王柏林还是帮着忙活。而二姐夫和另两个准女婿像没事一样坐在一边抽烟、喝茶。午宴进行得很顺当，再没人像四妹红娟那样提不愉快的话题。大家互相敬酒、劝菜。柏林很腼腆，只夹离自己近的几道菜。红霞母亲就不断地往他盛菜的盘子里夹鸡鸭鱼肉。柏林说着"不用、不用、谢谢、谢谢"来礼让。直到柏林放下筷子，盘子里仍放着满满的肉菜。

午宴过后，一家人围坐在一起喝茶、聊天，享受着天伦之乐。这时，有人敲门进来，说公安局分给他们家一车煤，大车开不进胡同，只能停在院子里。有力气的都倒动煤去。赵忠祥一声令下，一家人都跟在后面，拿锹的拿锹，拿土篮子的拿土篮子。到底是人多势众，一车煤不一会儿工夫就卸完了。这时，四女儿男朋友、五女儿男朋友提出家里有事先走了，不一会儿，院外有人喊赵大爷，说新上任的刑侦股李股长请他去一趟公安局，有案子需要请教。赵忠祥拍拍身子，披起大衣也跟人走了。家里就剩下二姐夫徐中仁和柏林两个男劳力，从卸煤处到赵忠祥的煤棚有三十多米，四吨煤天黑前必须都倒动进去。柏林脱下棉衣换上赵忠祥的旧绒衣甩开膀子大干。他有的是力气，二姐夫装煤，他负责运输，开始他一手拎一土篮子煤飞跑，后来两手拎酸了，他就拿扁担挑，煤倒动一半，二姐夫说家里要烧炕，怕晚上冷，拍拍屁股走了。红霞见男劳力都走了，自己过来装煤，柏林干得更欢了。直到把剩余的煤全都运进煤棚才休息。红霞母亲诚心挽留柏林在家住一宿再走，但柏林说部队有纪律必须乘最后一班车赶回去。红霞只好依依难舍地把柏林送上车。

六

自从大年初二认门以后，红霞的父母对柏林有了新的认识，感情上不再排斥，觉得小伙子老实厚道、吃苦耐劳、待人接物彬彬有礼，算是默认了他与女儿的交往。柏林也很会来事，每次到县城办事，他都要到红霞家里看看，每次来都拎一兜子水果。他还很有眼力见儿，见缸里缺水了，拿起水桶挑满，炉坑满了，便把炉灰掏得干干净净，实在找不到活，他也要把院子扫一遍。时间过得真快，转眼又到冬天了。红霞和柏林商量后，征得双方父母同意，准备登记结婚。那时候，结婚登记有严格要求，需男女双方单位出具介绍信。红霞单位好说，说开就开，而柏林需要拿出团部的介绍信。当时团部远在千里之外的科尔沁草原，一时半晌拿不到。正好机会来了，营里有一批老兵要退伍，营首长便派王柏林和孙参谋到团部去办老兵的退伍手续。柏林顺便拿出结婚请示报告换盖有团部大印章的结婚介绍信。五天后，返回到向阳镇时已是晚上八点了。机不可失，柏林和孙参谋在县政府招待所开了房间后说看个老朋友，去去就回来，孙参谋告诉他早点回来休息，明天乘早班车回去。柏林出招待所后院一头扎进红霞家，得知红霞在班上，他把开介绍信的情况和想上林子镇见红霞的想法跟红霞父母说了。赵忠祥摸着脑门说，"这么晚了找不到车呀，家里只有自行车。""行，骑车去吧。"柏林从仓房里推出一辆永久自行车就上路了。向阳镇到林子镇有四十多公里，山道弯弯，又都是上坡路。王柏林算是吃了豹子胆。今晚就是上刀山、下火海他也要闯。因为这张介绍信一旦送到，他就可以与心爱已久的红霞领到结婚证，成为合法夫妻。想到不久的美事，他有点飘飘欲仙了。尽管是天黑，尽管是上坡道，王柏林一点儿也不感到累。快点，再快点，王柏林想着道上空空无人，骑着自行车朝着林子镇方向箭一般地奔去。王柏林的韧劲儿由来已久。参军前，他在渔场当工人，一次，他领着比他小一岁的工友小周到大峰山卖鱼，两人一人一挑，鱼盆有三个脚盆大。三十里的上山路，很少有人光顾，工友小周几次哭丧着脸要打退堂鼓，王柏林就给他讲红军长征的故事，最终咬牙上了山，山里人买鱼苗像盼星星盼月亮，两挑鱼苗很快被山里人抢购一空。快到林子镇时，一个穿黑呢子大衣的女子站在十字路口朝向阳镇方向张望。"柏林、柏林！""红霞、红霞！"柏林没想到晚上十一点多了，红霞能冒险单独来接他。"你怎么来了？"柏林为了给心爱的人一个惊喜，事先没告诉她。"接到大姐电话，我就往这边赶，担心你呀！你胆子真是太大了，多危险啊！黑灯瞎火的路这么远，弯道又那么多，万一出点事咋办呀。"红霞着急地说，停住自行车，柏林就要上前搂红霞。"急什么，一会儿让你亲个够，搂个够。"柏林很听话，重新骑上车，红霞也一跃坐在车后面，紧紧地搂着柏林，直奔林子镇邮局。然而，干柴烈火没有烧起来，一来孙参谋在招待所等他，二来，他们要把最美好的事留到新婚之夜。柏林顾不上喝口水，骑车连夜回到岭南县政府招待所。

柏林和红霞领取结婚证后，双方商定利用到柏林老家探亲的机会旅行结婚。新婚之夜的寒酸在全世界也是少有的。没有婚车、没有乐队、没有鲜花、没有洞房、没有家具、没有婚宴。俩人买了两斤瓜子、两斤水果糖招待祝福贺喜的亲友。红霞闺蜜方美佳一段话让柏林至今记忆犹新："红霞是我们的班花、校花，又有令人羡慕的工作，她嫁给你现在看是亏大了，这一辈子你一定要好好待她，否则，老天都不会让。"婚房再简单不过了。红霞父母腾出西边小炕，做了一套新被褥。两人要坐晚上十点的火车，全家人晚六点吃完饭后，两位老人知趣地领着未成年的弟弟妹妹和外孙女去看电影，临走时把大门锁上，并告诉红霞，晚上九点后回来送他们上车。言外之意是，老人给你们留了三个小时的时间，好好过你们的二人世界吧。真是可怜天下父母心，红霞和柏林会心地一笑，待老人和孩子走远后，俩人拉上红幔子，换上小红灯泡，急不可待地过起了仅有三个小时的新婚之夜。

说是新婚之旅，俩人兜里加起来满打满算就三百元，其中还包括柏林从几位战友那里借的一百二十元，一路上柏林满心负疚感，无心欣赏窗外的美景，闭着双眼暗下决心，将来一定好好干，用实际行动来回报眼前这个跟着自己受苦受穷的心上人。柏林是第三次来首都了，知道哪些地方可看好玩，他用一天时间领着红霞逛了天安门、故宫、颐和园、动物园。第二天，柏林还想领着红霞逛八达岭、十三陵，但红霞坚决不允，嘴上说是累了，实际上是心疼钱。她要省下钱给未见面的公公婆婆弟弟妹妹们买点礼物。柏林理解红霞的心，但嘴上没说，便改道领着红霞直奔王府井大街，在王府井百货大楼，他们慕名来到全国著名劳模张秉贵的糖果柜台，在这里，他们精心选购了五六斤各式各样的糖果。张秉贵一抓准、一口清的精湛业务让他们目瞪口呆。走出王府井百货大楼，他们又逛起了东风市场。在一个老年服装专柜，红霞给公公婆婆每人挑选了一件上衣，接着又在儿童柜台给四个弟弟妹妹每人选购了一套童装。走出东风市场，柏林有意领着红霞进了一家精品时装店。在这里各色时装应有尽有，这在一般小县城是看不到的。红霞眼睁睁瞅着一套标价一百二十元的藏青色毛料衣服不挪步，营业员善解人意地介绍，这是新上市的，你穿着肯定好看。红霞一看标价直摇头，一百二十元，太贵了，她心里明白，兜里还剩不到二百元，到家还有很多地方需要花钱。这时柏林的冲动劲儿上来了，他让营业员取下来试试，红霞拿到穿衣镜前一试，正好合身，简直一个大美人。红霞本来就是个美人坯子，毛料西服一穿，完全变了个人，亭亭玉立，出水芙蓉。"营业员，开票，交款。"柏林生怕红霞变卦，以命令的口气第一次自作主张。红霞只好不情愿地从手绢包里数出一百二十元。走出精品店，紧挨着的是王府井照相馆。在这里，他们花八角钱照了一张黑白结婚照。

　　江南水乡有一条延绵十多公里的金鸡河，沿河两岸住着祖祖辈辈种田的乡亲，河南岸一个叫王公岭的半山腰面南朝北坐落着一个雕梁画栋、青砖灰瓦的大院。这就是远近闻名的王家祠堂，传说已有二百多年历史。祠堂住有二十多户人家，除两户外姓外，主人清一色姓王。王氏家谱记载，王安石是他们的远祖，王家祠堂的人都以他为荣。王柏林是大兵团作战时出生的，母亲李金莲为生他在床上折腾了三天三夜，一直挨到半夜子时出生，老人讲迷信，说男孩难得子时，女孩难得午时，生在这个时辰的男孩女孩有天子皇后之命，一生荣华富贵。柏林的太奶很看重这个重孙，生下来第三天就由她抱养，而李金莲也没时间在家照顾孩子，她随任突击队长的王长武修金鸡水库去了。太奶王刘氏膝下一大帮重孙、重孙女，别的她一个也不带，可见她对柏林的偏心。柏林记事后，太奶常给他讲红军打白狗子的故事。然而太爷也就是王刘氏的丈夫王向能秋收起义时跟彭大将军一起上了井冈山，在一次战斗中壮烈牺牲，后来彭大将军率部队撤退到王家岭右边的王家冲整休时，王刘氏又放哨又送吃的。1965年秋天，八十六岁的王刘氏去世时，来了很多领导为她送行，正在上小学二年级的柏林见到挎手枪的解放军抬着花圈摆到太奶的灵堂前，一个风水先生悼念王刘氏后私底下跟人说，王家祠堂的风水好，要发两家人。那时候，王家祠堂住着十几户人家，家家都有七八个孩子，住东头的王昌攸八个孩子有四个在外省做官，可以算作是已发达的一家。风水先生所说的另一家还没有出现，但有一个算命的私下里说，将来王长武家可能要发，几个孩子了得，王长武的老婆奶头下有一颗黑痣，这事一般人不知道，唯有王长武、李金莲心里头明白，一个算命的怎么会知道？这事始终是个谜。

这天下午，王家祠堂像过年一样热闹。长辈们都穿得干干净净的，媳妇、妹子们都梳妆打扮一番，他们不愿让柏林娶回来的北方新媳妇看不起。王家祠堂大门外有一个方圆十多丈的晒谷场，站在这里不用抬脚就能看到三里外的人。说是下午三点到，怎么还不见人影呢？晒谷场站了五六十人在观望。这时，一个叫王宝的小孩儿眼尖，他手一指河对岸拎大包穿绿军装和跟在后面梳辫子的女人说，"柏林哥和柏林嫂回来了。""看见了！看见了！"又一帮眼尖的孩子在起哄。十多分钟后，王柏林、赵红霞在王家祠堂前面的小山坡上出现了。王长武按捺不住激动的心情，一个箭步冲在前面，他要替儿子拎行李。接着李金莲和一帮孩子也跟了过去。噼里啪啦的鞭炮声响起来了。这是江南一些偏远农村特有的规矩，凡贵客登门都要放鞭炮迎送。红霞当然不了解，她只知道北方过年和一些商家开业时会放鞭炮，她捂着两只耳朵生怕被震着。"金莲婶子，你儿媳妇真漂亮。"当李金莲领着穿毛料西服、围红围脖、梳小辫的红霞进到晒谷场时，王家祠堂的姑娘媳妇七嘴八舌地称赞不已。"城里姑娘嘛，保养得好，风吹不着，雨浇不着，太阳晒不着，当然好看！""我们柏林哥也很英俊潇洒。"这时又有人夸起王柏林来。李金莲边点头，边领着红霞笑呵呵地回到王家祠堂西南角自己的家，王长武在西南角有两间老屋，因为家庭人口多，柏林参军后，挨着老屋又盖起了三间砖瓦房。家里早几天把东屋腾出来做新房，新屋里新床、新被子、新蚊帐，还放了两把新椅子，总之一切都是新的。红霞很是满意，她知道，这个并不富裕的家，已经为他们的婚事尽了最大的努力。红霞见孩子们满屋跑，找来糖果袋，抓了几把糖放在客厅的饭桌上，招呼大家吃糖。十几个孩子一哄而上，"别抢了，别抢了，没规矩的孩子，也不怕新嫂子笑话。"红霞没有笑话，她听柏林说过，山里的孩子都这样，谁家办喜事发糖果孩子们都上来抢。

接下来的日子，红霞跟随柏林到姑妈家、舅舅家、姨妈家走亲戚。柏林的亲戚都住得较远，有的来回两三天，说是半个月假，在家也就住了一个星期。红霞由衷地感到，这趟蜜月旅行是她一生中最幸福、最快乐的时光。红霞暗下决心，一定要善待这个家，包括柏林的弟弟妹妹们。临走时，柏林的母亲悄悄地塞给红霞四百元现金，让她回家路上想吃啥买点啥。

七

　　一个月后，红霞每天起来恶心、呕吐，到医院一检查发现怀孕了。这可怎么办？实际问题来了，红霞和柏林是空手结婚的，一无家二无房，单位考虑到红霞的实际困难，把她调到父母家所在地的岭南邮电局做营业员。工作安顿好后，红霞才写信告诉柏林自己怀孕的消息。千里之外的柏林既高兴又担心，高兴的是自己要当爸爸了，担心的是妻子的身体。至今没有个家，将来生孩子怎么办？这期间，柏林几乎每天给红霞写一封信，每月一开工资，第一件事就是给红霞寄钱。柏林很节省，六十多元工资加补贴，他只留五元零钱花，其余全都给了红霞。

　　柏林是儿子出生第三天才接到电报的。顺产，八斤，大胖小子。柏林捏着电报好不开心。他请了十天假连夜乘火车赶往向阳镇。在这之前，县里出于对老干部的关心，给赵忠祥分配了新的住房。新房多了一间小屋，家里腾出这间小屋给红霞做月房。柏林来到房间急不可待地先亲了红霞的额头，他太感谢红霞了，接着抱起儿子亲了两口。在这十天里，柏林早起晚睡、倒尿罐、洗尿布、和煤、掏炉灰，什么脏活、累活都抢着干，看到红霞的艰难，柏林暗下决心，立马要求转业回到红霞的身边，给红霞一个实实在在的家。然而转业不是你想走就能走。此时，部队已全员冻结，要求全体转业到铁道部。柏林是部队的业务骨干，转业比登天都难。他拿着青山县民政局开具的接收函，团里、师里跑个遍，但得到的回答是：不予批准。但柏林算是遇到了贵人，当他一筹莫展的时候，王营长伸出了援助之手。他接过转业报告和地方接收函找师首长磨，在王营长的反复争取下，师长亲自打电话，师军务科终于开出了转业手续。王柏林接过转业手续向王营长敬了一个标准的军礼！

王柏林脱下军装来到岭南县后，第一时间把转业手续和档案送到了退伍转业军人安置办公室。安置办负责人告诉他，大批退伍转业军人还没回来，县里需要统一研究，先回去等消息吧。柏林和红霞商量后，花每月五元钱在邮局附近租了一副对面炕，买了一个炕柜，加上部队带回的两个木箱，就算全部的家当了。柏林学着生炉子做饭，孩子送托儿所，等待的时间是最难熬的。他和红霞一商量，买了一台二八自行车，凭着在部队自学的摄影技术，开起了流动照相馆，每天骑车走村串户给人照相。为了赢得信誉，他照相先不收钱，照好后客户相中了再付款。城里照相馆每照一张四寸照收一块二元，他只收八毛，由于他勤快，加上技术过硬，一月下来能挣四五十元。一天晚上，柏林洗完照片后，红霞拉着他的手说，柏林咱们别照了，你回老家种地去吧，我把工作转到你家附近的乡镇邮局。"那为什么？"红霞边说边哭，原来，营业班一个爱嚼舌头的姐妹与一个来办业务的红霞同班男同学在大声议论，说红霞找了个大头兵，一朵鲜花插在牛粪上，每天骑车给人照相，多丢人。"照相咋的？我不偷不抢，凭劳动、凭本事挣钱，有什么丢人的。"话是这么说，但柏林理解红霞的心情。"好吧，我明天开始找工作。"第二天，柏林拿着在军地报刊上发表的剪报找到武装部刘政委，爱才心切的刘政委虽然给柏林安排正式工作感到为难，但还是安排他以借调人员的身份到政工科出简报。每月开临时工工资三十元，出差有补助，柏林不计较工资多少，有工作干就行。柏林很能吃苦，写简报手拿把掐，出了几期简报，刘政委很满意，多次在征兵工作会议上点名表扬，并让主持政工科工作的王干事多向王柏林学习。当刘政委正想办法把王柏林调进武装部时，突患脑溢血去世，武装部政工科主持工作的王干事是个嫉贤妒能的家伙，他在新来的武装部政委跟前没少说王柏林的坏话，王柏林不明不白地被辞退了。

转眼间，年三十到了。王柏林一边哄着儿子王小军，一边准备着年夜饭。自转业到地方以来，王柏林的厨艺有了很大长进，尤其是炒菜，谁吃谁叫好。这得感谢母亲李金莲。柏林还记得小时候生产队搞大集体时，每逢夏季双抢生产队都要办集体食堂，妇女轮流做饭，只要轮到李金莲掌勺，到食堂吃饭的男劳力成倍增加，地里的活也干得多。原来大家都奔她的美食，生产队长很会调动人的积极性，把李金莲的日工分增加一倍，李金莲没的说了，几乎天天都去食堂炒菜，别的妇女甘愿打下手。有道是近朱者赤近墨者黑，柏林在家时虽然从来没进过灶房，但天天围在娘身边，母亲炒菜的工艺、技巧他闭着眼睛也能回忆出来。柏林做事最大的特点是执着，干一行、爱一行、钻一行。让他当通讯报道员，他在部队发稿量最多；让他当连队统计员，他成了全兵种的标兵。为此，军报还介绍过他的事迹。天快黑了，外面的鞭炮声此起彼伏，他知道，这是在吃团圆饭。红霞怎么还没回来？柏林已经炒了九个菜，还差一个红霞最爱吃的小炒肉没下锅。他要等到妻子进门时再炒，因为这个菜凉了不好吃。"对不起，老公，我回来晚了，给新战士送包裹去了，这些刚入伍的新兵看到我们年三十给他们送家里寄来的包裹，一个个蹦高乐，虽然年三十回来晚了，我们也很高兴。"红霞边说边亲儿子小军，"吃饭吧，吃饭吧，你还愣着干什么。"红霞是个急性子，肚里有话藏不住。"好，我再炒个小炒肉。"柏林趁着红红的火苗炒起了拿手菜。"怎么糊了？"一股呛鼻子的糊味冲了进来。柏林盛起小炒肉直说对不起对不起。"你今天咋的了，心不在焉的，是不是有什么心事？"柏林一看，瞒是瞒不住了，他是搞报道出身的，对新闻特别敏感，刚才红霞进门提到年三十给新战士送包裹，这不是很好的新闻素材吗？说者无意听者有心。柏林边构思，边炒菜，结果把小炒肉炒糊了。听了柏林的解释，红霞放心了。这是柏林转业后的第一个团圆饭，一家三口自然很高兴。而最开心的还是柏林。吃年夜饭还捡了一条好新闻。柏林不喝酒，还是部队那套作风，三下五除二就吃饱了。吃完饭简单收拾后，柏林拿出笔和本，郑重其事地采访起红霞来。把新闻的五个W都问到了，其中经过、细节、人物对话都问得很细。柏林是个快枪手，只个把钟头，一篇千字的现场特写跃然纸上。柏林很重视标题的提炼，琢磨了几个都不太满意，最后写上的是"邮局营业员年三十为新战士送包裹"，此标题长了点，王柏林也不是很满意，但比较贴切，主题也鲜明。红霞看了新闻草稿直点头，"老公，真有你的！"她顺势亲了柏林一口，红霞的字写得好，便找来单位方格纸，一笔一画地抄写了一遍。

初八一上班，红霞接到邮局党委于书记亲自打来的电话，让她到书记室去一趟。书记从来不找我，是不是工作有什么失误？红霞揣着忐忑的心来到书记办公室。"红霞，坐，请喝水。"这是怎么啦？平时在台上做报告很严肃的书记今天笑得如此和蔼可亲。红霞更搞不懂了。这时书记拿出一张省报《安东日报》指着头版一篇加花边的新闻让红霞看。红霞一眼就看到了醒目的标题《邮局营业员年三十为新战士送包裹》。于书记笑盈盈地问："文章的作者王柏林是你爱人吧？写得好，不错！你替我谢谢他，咱邮局一年也难得上一次省报，咱们局有不少好人好事、新经验、新做法，就是缺少笔杆子，听说你爱人还没有分配，你和他商量商量，能不能到我们党办来当干事，安置办我们去做工作。"晚上下班时，红霞到市场选了几条最好的带鱼，她要亲自下厨犒劳犒劳这个为她带来荣誉和柏林自身前途的好老公。吃完饭，孩子睡觉后，小两口认认真真地商量起来，最后商量的结果是，到邮局党办工作作为一个备选，先不忙于表态，看看事情的发展再定。因为柏林的理想是到政府机关工作。打那以后，柏林的新闻报道一发不可收拾，岭南供电局不吃请照样供电；解放军某部帮农民获丰收；岭南味精厂质量好，产品销四方；县委书记访农家等等，一篇又一篇消息、通讯频频在省报、省台发表，有的上了头条，有的配发了评论，一时间，柏林的名字几乎家喻户晓。

新年过后，岭南县的退伍转业军人安置工作提上了议事日程。在一次安置会上，工作人员通报了一个信息，有好几个单位到安置办调阅王柏林的档案，有的点名要王柏林，其中包括县委宣传部、县广播电台、县邮电局、农机局。民政局局长兼安置办主任凌文是个爱才心切的人，也是个军转干部，他马上让工作人员找来王柏林的档案，细细一看，王柏林是党员，多次受到部队嘉奖和立功，而且工作经历丰富，任过班长、连队统计员、营部统计员、团宣传股专职报道员。王柏林政治素质好、笔杆子硬，是个人才。"告诉这些单位，谁也不给，通知他明天上班，手续后补办。"凌文局长拿出了家长作风，一锤定音。几位副局长一看局长表态了，也纷纷附和表示同意。事后，邮局于书记见到红霞，仍直夸柏林是个人才，将来一定有大出息。他还深表遗憾和可惜，没抢过民政局。

　　岭南县民政局的工作包罗万象，优抚、安置、扶贫、救济、殡葬管理、敬老院管理，号称岭南县的小政府。柏林的工作是当秘书、搞综合、写材料、出简报。末了，凌局长加一条，你不是会写稿吗？就负责全系统的通讯报道。柏林拿出小本子把自己的分工一一记录下来。

　　岭南县的扶贫经验交流大会定于五月召开。民政局是主管部门，大会经验材料由民政局负责。领导讲话则由县委办、政府办承担，敲定的十个典型，民政局正副局长三人，两名副局长各负责三份材料。凌局长是一把手，负责四份材料。这年头，局长们是不会亲自动手的，他们要带自己的"笔杆子"。离全县扶贫大会还有一个多月，凌文局长就带着柏林下乡了。第一站是离县城最远的金山乡，有一百多公里。凌文局长坐的是帆布吉普车，这车抗折腾，有路就能过去，但颠簸得厉害。柏林是军人出身，身体素质好，开始还能撑住，时间一长，也慢慢顶不住了。头晕、眼花、恶心，几次忍不住要吐。到了，马上要到了，再坚持一会儿就到了。见到大山深处的几栋小平房，凌文局长长长地松了一口气。

　　午餐安排得很丰盛。党委书记和乡长推掉其他应酬亲自作陪。民政局管钱管物，接待好了，扶贫款自然少不了，而且书记乡长都很年轻，仕途上很想再上一个台阶，金山乡是个穷乡，发展经济比不上平原地区，出政绩很难。唯有扶贫这一项算是亮点，书记、乡长自然要抓住眼前的机会了。凌文局长是个酒仙，两位主官加起来也不是对手，当喝完两瓶地产酒，乡长再去开第三瓶时，凌文局长用手按住说，行了行了，下午还要工作，好酒留到晚上喝。

　　下午的汇报会开得很冗长，足足开了两个多小时。凌文局长到底是上了年纪的人，两瓶酒他自己就喝了一瓶，听着听着就打起瞌睡，再后来就趴在桌子上打起了呼噜。柏林听得很认真，主要观点做法和事例都记下来了。领导和笔杆子是有差异的。领导总觉得自己的每一句话都很重要，越全面越体现自己有水平，汇报内容无非是党委政府对扶贫工作如何重视，思想发动如何全面、深入，七站八所如何支持、落实，贫困户如何响应、配合等等。书记汇报后，乡长、副乡长、民政助理又做了一番补充汇报，主要是一些具体做法和事例，柏林从写材料的角度听得很认真，并不时打断发问，笔记本上记满了十多页纸。汇报结束后，柏林收集了厚厚的一叠材料。晚饭后，书记乡长陪凌文局长打扑克，凌文很讨厌搓麻将，他认为这是一种赌博行为，下乡不玩，在家里也不玩。柏林没时间也没心情玩，他知道自己的使命，开头一仗必须打胜。在招待所一个房间里，他很用心地看材料，其中有一份是现成的，题目很大气，"全党动员、全民动手，金山乡多渠道帮贫困户增收"。柏林细一看内容，通篇材料空话、套话，仅思想发动就占了四千字材料的三分之一。柏林知道，经验材料与通讯报道是有区别的，但也有共同点，那就是，用事实说话。一篇言之无物的材料味同嚼蜡。柏林准备跳出材料框框，沉下心来采访、思考。凌文局长素来大气，他知道好刀需要磨，好钢需要炼，该放手时放手，他以单位忙、脱不开身为由次日一早便离开了金山乡。送走凌文，柏林借了一辆自行车，请乡民政助理当向导，走村屯、入农户、坐炕头，与贫困户面对面交流，收集挖掘了大量的第一手资料。柏林离开金山乡头一天晚上，乡招待所门卫打更的李老头看到，柏林的房间灯光亮了整整一夜，打扫房间时，烟灰缸里的烟头装得满满的。

离岭南县扶贫大会召开还有一个星期，柏林负责的四个典型材料全部脱稿。凌文局长一气看完后竖起大拇指称赞说，"这是岭南县民政局有史以来材料水平最高的一次。"他随即指示两位副局长，把另外六份典型材料初稿一并交柏林修改、润色、把关。柏林不负领导重望，用了两天两宿工夫，把余下的六份材料一一修改完毕。

"柏林，回家休息休息吧，累了一个月了，该歇口气了。小两口好好亲热亲热。"凌文局长是个有情有义的好领导，还没到下班时间，他就给柏林放了假。柏林是个凡事先想着别人的人，他惦记起妻子红霞来，这一个月自己吃饱不饿，可红霞既当爹又当妈，工作家务全压在一个人身上，真难为她的。柏林没有把下乡回来的消息事先告诉红霞，他要给她一个惊喜。

他到农贸市场精心选购了红霞最爱吃的小炒肉、鲫鱼、泥鳅和蔬菜水果，要好好犒劳犒劳红霞和儿子小军。

　　岭南县民政局是把柏林当人才引进的，自然在住房、生活上给予照顾，这不，民政局东门外有一套三室一厨的住房一直闲着，原是给团职转业军官预留的，局领导一商量，先分配给柏林住。为这事儿没少给凌文局长惹麻烦。民政局的干部住房并不宽松，许多老同志要么住一间，要么住一间半，凭啥给一个刚退伍的毛孩子住这么大的房子？最能挑事的石阿姨愤愤不平，她虽没有亲自出面找局长说理，却暗地里鼓动局里几个愣头青生事，机关干部都盼着早点受提拔重用，现在王柏林来了，风头自然盖过他们，早憋着一口气——王柏林什么东西？才来几天就享受团级干部住房待遇！一天上班后几个愣头青闯进凌文局长办公室，七嘴八舌讨说法。开始，凌文局长还耐着性子听，细心做解释，但这几个愣头青越说越不像话，凌文的耐心是有限度的，他桌子一拍，拿起一摞子典型材料说，你们谁有本事写出这么好的材料，这房子就分给谁。局长这一将，愣头青们顿时哑口无言，面面相觑，忍气吞声而退。自此，柏林住大房子的事再无人提了，而柏林是个心地善良、能量事、会处理关系的人，在部队就留下少年老成、办事稳重的口碑，他不能给局长添麻烦，以后的路还长。他主动找局长说，自己家里人口少，用不了这么大的房子，他表示只住一间房，剩下的套间可以再安排别人住。凌文称赞柏林年轻风格高，时间不长，局里因工作需要进了新人，新职工领着一家四口住进了本来属于柏林的家。

下班后，红霞领着小军回到东门外的新家，一看门没锁，她知道柏林回来了。"你不下乡了？啥时候回来的？"红霞闻到扑鼻的香味心里很是高兴。"我提前完成了任务，局长给我放小半天假，想给你一个惊喜，就没有打电话。"柏林解开围裙，一把抱住小军亲了又亲，"想爸爸了吗？""想了想了！"小军边亲爸爸边用小手指自己的腹部，意思是心里想。不到两岁的小军很聪明，大人教他一遍就记住了。这是一个最开心、最幸福的夜晚。柏林一家三口打住了晚饭后散步的习惯，连正在热播的电视连续剧《上海滩》也没看。早早熄灯睡觉，心急火燎地上演了激情燃烧的二人战斗剧。

柏林不下乡的时候总像个家庭主妇。围裙一扎、套袖一戴，做饭、洗衣、和煤、烧炉子、扒炉灰，这本是很正常的事，却引起了新邻居男主人的极大不满。因为男主人是个大男子主义，从没干过家务活，油瓶子倒了都不扶。在乡下住着时，女主人没说啥，因为邻居男人也不干家务。现在女主人不干了，人家柏林也有工作，也忙，却主动承担家务，你一个大老爷们儿成天游手好闲像话吗？为此，她没少数落老公，还跟老公闹着要离婚。最近两口子一直在冷战。这天晚饭后，邻居男主人把柏林约出来谈判，为表示诚意，他给柏林买了一盒当时市面上很难买到的红梅牌过滤嘴香烟，谈判的议题只有一个，让柏林以后少做家务，不做最好。柏林推回香烟，面有难色地说，这我做不到，但今后做家务时，尽量躲着你媳妇，这话不等于白说吗？在一个门里住着，你做家务，她哪能总也看不到。时间不长，邻居男人放下架子，开始学着做家务了。

岭南县的扶贫经验交流大会在岭南县政府礼堂隆重举行。一千多人的会场座无虚席。县里四套班子领导神采奕奕地端坐在主席台上，大会第一个上台发言的是金山乡党委书记王德库，王德库天生就是个当官的材料，他口才好，声音洪亮，加上柏林的材料行云流水，朗朗上口，遣词造句铿锵有力，十分钟发言赢得了六次雷鸣般的掌声。王德库发完言先后三次鞠躬行礼才停止掌声。接下来又有九个单位和个人代表做典型经验介绍。这九个发言虽然没有王德库的发言精彩，但也博得不少掌声。整个会场秩序井然，没有平时大会人员乱走动、乱说话的现象发生。县委书记邵希有在大会总结时破天荒地表扬了会议组织者和材料起草者。

八

红霞与二姐赵红丽感情最好，二姐身材苗条秀气，很性感，加上性格开朗，有唱歌天赋，上中学时就有不少男生追。但她眼光很高，一个也看不上。红霞参加工作头两年，二姐就招工进了国营印刷厂当工人，有了固定工作后，父母很自然就操心起女儿的婚事来。红丽年龄一大，也想找个婆家嫁了。她和三妹红霞商量后，红霞没有反对，只是提醒她要看准人，不要走大姐的老路一辈子当个受气包。这天，一个远房表兄从邻县的大山沟里来到向阳镇串门，表兄的姑妈与赵家是老街坊，听说侄儿至今没对象，便有意说合这门亲事。赵忠祥得知男方叫徐中仁，比红丽大两岁，又有正式工作，是某国有林场的伐木工，便让老街坊领来相见。徐中仁身材魁梧，很帅气，能说会道。红丽是从班上被叫回来的，见个面就去上班了，只留下小伙子很帅气的印象。红丽从小就被父亲打怕了，当晚上父亲问她同不同意时，她不假思索地说，爸认为可以就可以，我没意见。既然女方没意见，男方还有什么挑的？徐中仁深知自己在大山里找对象难，能在城里找个天仙般的女孩这不是烧了八辈子香？关系定下来后，两人开始交往，说是交往，相隔几百里，两人一共见了三次面，看了两场电影，就确定了婚期。红霞认为二姐太草率了，天生愚钝、逆来顺受的二姐却说，嫁谁不是嫁！有爸做主怕什么？结婚后，赵红丽才发现，徐中仁是个中看不中用的绣花枕头，说起来头头是道，干起来一点也不靠谱。这天二姐和三妹红霞诉完苦后，请红霞帮忙把二姐夫徐中仁调到身边来，她想有人管着，徐中仁兴许能慢慢学好。她知道红霞上中学时跟工宣队队长牛四杰很熟，牛四杰现在是印刷厂主管部门一轻局的局长，走他的后门没有办不成的事。二姐有困难红霞当仁不让。晚上，红霞领着二姐到牛四杰家串门，求人办事是不能空手的，她们拎着一桶豆油、两瓶酒外加一兜水果，牛四杰一见红霞很是客气，串门就串门，还拿那么多东西干啥？红霞很会说话，从学校工宣队长一直夸到一轻局长，说牛局长很会当领导，很会做人。牛四杰自来对当年任学校团委书记的红霞印象不错，加上她这一顿夸，早已心花怒放，不知道北了。红霞见气氛融洽，火候已到，顺嘴说出了二姐夫徐中仁调动之事，牛四杰果然给红霞面子，"这事好办，解决夫妻两地分居，理由正当，也调到印刷厂行不行？""行，行。"二姐赵红丽生怕有变，忙点头应允。有局长督办，徐中仁很快调到国营岭南县印刷厂，考虑他能说会道的特长进了供销科。开头几个月，徐中仁在红丽的叮嘱下还夹着尾巴做人，跟科长外出跑业务也吃得了辛苦，话不多说，酒不多喝，但时间一长，狐狸尾巴露出来了，跟科长出去谈业务他高谈阔论，不断抢话，好像他就是科长，喝酒一杯一杯干，十次有八次喝醉。一次他到外地采购纸张，因为喝多了，车上的篷布没扎紧，没走多远就被大风刮开，他却坐在驾驶室里睡大觉，大雨来了全然不知。他是采购员，又是押车的，司机自然不管。回到工厂一看，一车印刷纸让雨浇透了，供销科长找到厂长，这人我不能要了，爱干啥干啥去。晚上，红丽气得没心情吃饭，她哭着找到红霞说，当初没听你的，你看你家柏林工作干得多好，听说局长、县长、县委书记都表扬了他。

王柏林很会干工作。扶贫大会后，他征得局长同意，把十个典型材料用简报的形式发到各部门和乡镇，又精选了一些素材写成报道，分别在省报、省台和国家民政部刊物上发表。柏林从来不贪功，每篇报道的作者名字都把局长、副局长和其他人放在前面，而自己总是排在最后。一天上午，柏林正在聚精会神地写材料，突然接到县政府办公室电话，说县长宗为修让他去一趟。县长找他？柏林放下笔，心忐忑。县长与自己隔好几层，他怎么直接找我？他虽然见过县长，但离得很远，他也写过民政部要的县长扶贫典型材料，也去过他家采访过县长夫人和他八十多岁的老父亲、老母亲，但一直没机会单独接触过。宗为修县长在政府二楼办公，民政局在一楼，他三步并作两步来到县长办公室门口，办公室工作人员见他来了，让他直接进去。"报告！"王柏林习惯了部队作风，见首长先喊报告。"进来。"宗县长和蔼可亲地应了一句。王柏林来到县长办公桌跟前站着一动不动。"坐下说。"县长桌前一般都放一把椅子，用手示意他坐下说话。柏林早就听说宗县长也是笔杆子出身，当过外县宣传部新闻干事，在报上发表过许多大块头文章，后来选调到地委组织部，从科员一步步干到副科长、科长，一年前才从地委组织部干部科长派到岭南县任代县长、县长的。宗县长充分肯定了王柏林在民政局的工作，说他扶贫材料写得好，尤其称赞他的新闻报道写得出色。临了告诉他，想把他调到身边当秘书，问他愿不愿意。柏林在部队是统计员，实际上也是营长的秘书，经常给营长拎包、写讲话材料，他不假思索地连连点头。宗县长见柏林同意，便叮嘱他，这事还要走程序，先不要声张，做好保密工作。一连几天，政府办公室张主任都要拿个小本本找民政局的人谈话，深入了解王柏林的有关情况，查阅他的档案。凌文局长告诉柏林，让他有思想准备，可能要调他到政府办公室工作，具体做什么，他不知道。凌文表示实在舍不得，但为了柏林的前途，他只能忍痛割爱。柏林像没事一般，每天仍第一个到办公室，打水、扫地、擦桌子，然后写材料出简报。时间一天天过去，柏林的事没有了下文，难道宗县长变卦了吗？正当柏林急等难熬的时候，一个重大消息传来，岭南县所在的顺风地区机构改革，地市合并，一分为三。临近的江河县升格为地厅级的林安市，辖岭南、大河、江河、海湾两县两区。县长宗为修升任林安市委常委、宣传部部长。政府办张主任后来告诉他，考察他的事宗县长很满意，正要启动程序时，宗县长被提拔了，他的调动之事只好暂时搁浅。柏林没有灰心，仍踏踏实实干自己的工作。为了加强林安市的宣传工作，林安市召开了一次通讯报道会议，柏林应邀参加。会议休息时，宗部长的弟弟林安市新闻科长宗华修找到王柏林说，我哥让我问你，先借你到市委宣传部新闻科工作，待市里人事解冻后再补办调动手续。柏林说，让我考虑考虑好吗？柏林没有直接答应是有原因的，在这前一天，新组建的林安市广电局长王德宽已找柏林谈过话，想调他到新成立的林安人民广播电台做记者，柏林回家和红霞商量后同意这一调动。柏林是个本分人，他不能一女许二郎，便没有立马答应宗部长的借调要求。柏林调动之事进展神速，林安市广电局很快派出考察组，谈话、调档一天之内完成。一周后，调令送达王柏林手上。这天早上，王柏林一身新装，高高兴兴地拿着调动手续、组织关系、户籍关系乘火车到林安市广电局报到。刚一上车就巧遇宗为修部长。宗部长问明情况后，要了王柏林的所有调动手续，并告诉他，你现在就到部里新闻科上班，调动手续我让办公室给你办。王德宽那里我会去打招呼。王柏林还能说什么？新闻科在市委一楼办公，王柏林一脸无奈地向宗华修科长报到，宗科长拍着他的肩膀说："老弟，好好干，我大哥亏待不了你。对，这套桌椅归你使用，这个铁皮卷柜也是你的。"随手交给他几把钥匙。

　　教师节马上要到了，宗部长打来电话，让他立马到市教委采访，稿件争取教师节那天在省报上发表。王柏林不敢耽搁，急忙赶到教委。教委主任舒同是个女同志，过去是地区妇联主任。王柏林在岭南县民政局工作时陪她下过乡，算是老熟人。一见面舒同就伸出右手说："欢迎大笔杆子，宗部长刚来过电话，让我们好好汇报。"王柏林的采访功底很深厚，经常边采访，边调整思路，边提问。采访一结束，腹稿基本形成了。初次到教委采访，舒同局长诚心留柏林吃工作餐，柏林婉言谢绝，说回去要抓紧写稿。回到办公室，王柏林啃了一块面包，马上动笔写稿，不一会儿工夫，一篇题为"林安市尊师重教狠抓落实"的千字文就写好了。宗部长看后只改了两个字，连说不错。教师节那天，这篇报道在省报《安东日报》一版重要位置刊出。

九

自从王柏林调到市里工作后，赵红霞每天忙得脚打后脑勺。天一放亮就得起来生炉子做饭，吃完饭收拾家务，接着送小军上幼儿园。红霞是一个很要强的女性，她总是第一个签到上班，干工作从来不糊弄。这不，林安市邮电局组织业务知识电视大赛，红霞率领岭南代表队沉着应战，面对镜头、面对电视观众她落落大方、机智果敢、侃侃而谈，回答问题干脆、利落，对答如流。经过激烈的角逐，岭南代表队以总分八百五十八分的成绩获得团体第一名。赵红霞本人获得最佳业务奖。班师回朝时，赵红霞及其队友受到全局干部职工的列队欢迎，在庆功宴上，局党委于书记向她频频敬酒，以表祝贺，并暗示她很快将提拔重用。

二十世纪八十年代中期，尽管改革开放的大潮自南向北汹涌而来，但以国有为主的计划经济仍根深蒂固，大多数人还没有向钱看，思想政治工作仍有强大的号召力。身残志坚的张海迪一场电视演讲，拨动了亿万观众的心弦。广大青年以张海迪为楷模，胸怀大志，埋头苦干，在平凡的工作中做出不平凡的业绩，一时间，神州大地各种演讲会、报告会铺天盖地、风起云涌。岭南县总工会也不示弱，自下而上组织了一场声势浩大的"立足本职，无私奉献"的演讲大赛，参加大赛的选手都是各级工会组织层层选拔上来的，可以说是岭南县的演讲精英。赵红霞因家里家外脱不开身，原本没有参赛的意思，在党委于书记的一再鼓励之下，她报了名，并很轻松夺得本系统演讲赛第一名，离县总工会组织的演讲大赛还有一个星期，赵红霞每天晚上都要忙到后半夜。写演讲稿，修改演讲稿，对着镜子背诵演讲稿。这时她多么希望柏林陪在自己身边啊！但柏林做不到，他就像机器人似的每天采访、写稿、写稿、采访。岭南县职工演讲大赛按预定的时间在县电影院举行，会场气氛热烈，主席台上方和观众席后方挂有横幅，四周贴满了红绿标语，观众席以系统为单位，统一着装列队入场，每名观众都带一个塑料巴掌，以免鼓掌把手拍痛。十名参赛选手披红戴花坐在第一排，赵红霞很庆幸自己抽签抽到最后一名，她可以多学习、多吸收别人的精华、技巧，尽量减少失误、败笔。演讲一个比一个精彩，尤其是第六名演讲选手，她是岭南县六中的班主任杨老师，业绩突出，音色很美，口才流利，尽管中途忘了几句台词，但观众仍报以热烈的掌声。评委给了一个平均分九十八点二分。杨老师以两分的优势在六名选手中暂时领先。"最后一名选手是来自邮政系统的十号选手赵红霞，欢迎赵红霞上台演讲。"红霞今天打扮得楚楚动人，她身着结婚时在王府井买的毛料西服，梳一双不长不短的小辫，头戴一只粉红色蝴蝶发夹，脚蹬高跟鞋，加上一双会说话的大眼睛，从气质上看就高人一等。红霞中学时代就是班干部、团支书、学生会主席，经常登台演讲，一般演讲者人越多心越虚，红霞正好相反，人越多胆越大。"尊敬的各位领导、各位嘉宾、各位工友，大家辛苦了！"红霞出口不凡，引来热烈的掌声。前面演讲者都是"大家上午好"，红霞改为"大家辛苦了"，自然勾起了观众的兴趣，接着她从辛苦一词引申到青年人如何干好本职工作，如何奉献自我，再结合自身的工作、生活，畅谈人生价值，整个演讲说事感人、论理透彻、逻辑严密、环环相扣，再配以适当的肢体语言，使演讲妙趣横生，高潮迭起。最后戛然而止，让人回味无穷。掌声，经久不息的掌声，"好！太好了！"许多观众丢掉塑料掌，站起来用手鼓掌。当主持人宣布，去掉一个最高分，去掉一个最低分，赵红霞最后得分九十八点八分时，全场再次报以热烈的掌声。这下，赵红霞不仅是岭南县邮电系统的明星，而且成了全县茶余饭后议论的名人。一时间，各种荣誉扑面而来，她被县总工会授予"劳动模范"称号，被县妇联授予"三八红旗手"，被团县委授予"十大杰出青年"。

正当赵红霞在岭南县红得发紫、前途一片光明时，她却选择了另一条道路。原来，红霞有自己的人生价值取向。当事业和家庭发生矛盾时，她宁可牺牲事业，也要维系这个得来不易的家庭。她要用自己的爱，用自己的双手去辅佐柏林的事业，在岭南县邮电局干部职工依依不舍的叹息中，赵红霞调到林安市邮电局工作，开始了新的人生。

初来乍到，一切从零开始，先安个临时的家吧。单位不可能马上解决住房，需要排号，林安升格为地级市后，大量的干部涌进来，租房比找厕所还难，条件稍稍好一点的空房都名花有主。一个好心的居委会主任将他们领到距红霞上班不算远的四合院，这是柏林的找房思路，尽量离单位近点，因为红霞不会骑自行车，柏林心疼红霞。这个院子不错，柏林和红霞决定进去看看，可迎出来的主人郭师傅说，多余的房子都租出去了，只有一间偏厦子闲着，你们要是不嫌弃，每月给十五元就行。柏林和红霞进去一看，墙上长满了绿毛，地上堆着破铜烂铁，室外有一条小走廊，可用作厨房。"如果你们看好，我马上找人粉刷一下，一会儿还有人来看，如果你们相不中，恐怕这房子都租不到了。"房主郭师傅是个实在人，柏林皱起眉头直犹豫。"我们这就定下来。"红霞知道柏林心疼自己，一锤定音。

林安市邮电局领导知道新调来的赵红霞工作表现好、业务能力强，不请客、不送礼，便继续安排她在营业室做营业员。赵红霞工作上一点也不含糊，不出俩月，她在营业班就崭露头角，包裹、汇兑储蓄业务样样精通，营业员遇到棘手的难题都向她请教，年底营业班长改选时，十一名营业员齐刷刷地投了她的赞成票。

二十世纪八十年代中期，全国掀起一股文凭热，许多没有上过大学的年轻人，都想通过电大获取文凭，已有文凭的想学一个自己喜欢的第二专业。王柏林做梦都想上大学。高中毕业后，他保存了初中、高中的所有教材，让母亲锁在一个专柜里谁也不许动。那年头叫工农兵学员，上学必须由基层推荐。王柏林本来有上大学的机会，结果被人顶替了。柏林参军的头一年秋天，一个在公社当秘书的要好同学告诉他，"公社来了几个工农兵大学生指标，其中一个点名分配给你，上的是江潭大学，你回家好好准备一下，一星期之内录取通知书就会送达。祝贺你，别忘了老同学。"老同学说完拍了拍他的肩膀，王柏林别提有多高兴了，一连几天，柏林嘴上哼着曲，走路都带风，见谁都笑，还把床单、被子洗得干干净净，厂里职工都在议论，王柏林怎么啦，是不是有什么喜事呢？王柏林只字不提，偷着乐。一个星期快到了，王柏林见到邮差就凑上去，看看有没有自己的信，有没有自己的录取通知书。一次次失望后，他找到老同学问究竟，老同学开始时安慰他别着急，再等等，后来告诉他，不知道，别问了，再后来干脆躲着他。半年后，上大学的事终于弄清楚了，原来，渔场有一个漂亮女青年被公社党委何书记霸占了，女青年听说渔场分配了一个工农兵大学生指标，便缠着书记要上大学，书记很为难，已经指定了王柏林，没法变，但书记正直血气方刚的年龄，挡不住女青年的诱惑，把录取通知书给了小情妇。可学校不干了，女青年小学都没毕业，哪能上大学？指标最终作废，公社书记因弄虚作假加上其他问题被查出。柏林一气之下弃笔从戎，参军不久，全国恢复高考制度，柏林摩拳擦掌准备高考，但部队是有纪律的，不是你想报考就能报考，必须有组织推荐。柏林是基层骨干，组织横竖不推荐他。现在有上电大的机会，柏林岂肯放过？他到电大一咨询，这年电大开设了中文、新闻、财会等专业，柏林是干新闻的就选了新闻专业，可是，考试录取工作已结束，要学，只能自己组织六十人以上的视听班，而且规定甚严，四科以上不及格，自动取消学籍。学生从哪里找？王柏林是个不达目的不罢休的人，凭着在宣传部工作联系广的方便条件，他四处游说，终于在两县两区妇联、广电系统组织了六十五名学生成立了林安市电大新闻专业视听班，在这三年的时间里，王柏林边工作边自学，吃尽了苦头。为了不影响红霞小军休息，他常常搬个小凳子在室外走廊上看书、听磁带，一学就到后半夜，考试是很严格的，视听班每次考试都有掉队的，最终只有王柏林等五名同学拿到了大学毕业文凭。

这年冬天，林安市格外寒冷，市医院不断传出煤烟中毒呛死人的消息。王柏林住的偏厦子经常冻得不冒烟，他爬上烟囱一看，烟囱根冻成了冰块，有人告诉他一种化工原料可以融冰，一试，果然好使。可时间一长，留下了隐患，化工原料越积越多，反而容易堵死烟囱根部，精明的王柏林从没想到这一点。一天后半夜，房主郭师傅听到偏厦子有孩子的啼哭声，后来，声音越来越弱，但还是能听到，会不会煤烟中毒？郭师傅招呼家人来查看，但任凭怎么敲门，屋里没动静。"不好了，是煤烟中毒。"郭师傅找来铁棍把门撬开了，进门一看，一家三口都在地上趴着，说不出话来。郭师傅立即找来大板车，将他们送到附近的区医院抢救，幸好医院有成熟的抢救一氧化碳中毒患者的经验，否则，一家三口都见了马克思。当然，也幸亏抢救及时，医生说，再晚到一会儿，医院也回天无力了。这不，同是那天晚上，就有一个两口之家因煤烟中毒而不幸遇难了。

十

大柳江由西向东延绵流长穿域而过，滔滔江水哺育了沿江两岸的数十万儿女。啦子河由北向南直插大柳江，江河相交，林安市由此而得名。林安还是进出长白山的门户、军事要塞。古代的阿骨打、努尔哈赤曾在此地摆兵布阵，大破敌军。日本投降后，东北民主联军挥师东进时，选择在这里安营扎寨。事物的发展是不以人的意志为转移的。正当林安人民为明天的发展而陶醉时，成立不到一年的林安市降回到县级市，很多人都另寻出路，仅有少数人留了下来。王柏林既没回岭南县，也没随宗为修部长到顺风市，而是回到林安人民广播电台做了一名小台记者。王柏林暗自发誓，要用自己的笔杆子挺起腰杆子，把"正面报道有深度、舆论监督有力度"当成座右铭。他就像老鹰捕食一样，搜索着林安大地上的新闻。一天上午十点，林安市突然电闪雷鸣、天昏地暗，行人伸手不见五指，街路上亮起了路灯，机动车开大灯而行。王柏林嗅到这是一条重大社会新闻，他立即打电话采访气象台专家和有关目击者，很快写成《林安出现白夜现象》，并以最快的速度电传给新华社。新华社播发后，《人民日报》《经济时报》、美国《纽约时报》、菲律宾《世界时报》等国内外媒体铺天盖地转载，一夜间，林安市成了世界名城，许多天文学家慕名到林安考察。

在计划经济年代，一切以公有制为主体，人们的住房由单位分配天经地义，但僧多粥少越来越满足不了人们的住房需要，无房户想要房，住房小的想换大的，难免给以权谋私、以房谋私者提供了腐败的温床。年轻的林安市房产局长向忠贤是个谋事、想事、干事不墨守成规的青年干部，他经过调研，科学制定了住房最终商品化的改革思路，为减少阻力，他设计了提高公有住房租金，打击二房东、三房东，国家、单位、个人多方筹资建商品房的改革过渡方案。这是一项前无古人的改革，别说林安市，就连安东省也没有先例。方案实施中，得到了基层群众的拥护，但也遇到了不少阻力，主要是有权有势的、既得利益者。王柏林深入采访后先后撰写了"林安市探索住房商品化新路""大幅度提高公有住房租金""林安市严厉打击二房东、三房东""林安市国家、集体、个人联建商品房"等系列报道，并配发评论先后在林安市人民广播电台和省报重要位置上刊发。在社会上引起重大反响。安东省有关领导看到报道后，充分肯定了林安市的做法，安东省副省长张莉亲自到林安市主持召开全省住房政策改革现场经验交流会，随后，林安的经验在全省开花。

×年×月×日，一条"林安市节省行政经费六十万"的醒目新闻在《××日报》上发表，正当作者王柏林为此沾沾自喜时，受到了林安市政府领导的责难。原因是安东省是穷省，财政经费捉襟见肘，报道发表时，正值年终决算，省财政官员看到报道后大笔一挥削减了林安市的财政补贴，林安市政府领导把气撒到王柏林头上，说他不讲政治、乱写文章。王柏林很是委屈。这明明是一篇厉行节约的正面报道，指责毫无道理，一时情绪低落，封笔休息。市委书记张兴龙了解情况后，在大会上严厉批评了政府有关领导，表扬了王柏林。受到市委书记的鼓励，王柏林又振作起来，一篇篇有分量的正面报道不断见于报端。

王柏林凭着过硬的新闻采写基本功，不仅能把握住大主题，还能在司空见惯的事物中挖掘出以小见大的鲜活新闻。王柏林家庭负担重，每月开支后，红霞总是第一时间把钱邮回老家，生活很是俭朴。他经常买路边的小咸菜下饭，他一打听，卖咸菜的都是朝鲜族妇女，于是，他骑车走遍了林安市的大街小巷，采访了许许多多卖咸菜致富的典型。他为了把报道写的充实，又采访了市农工部、妇联、朝鲜族集居的乡镇。柏林是个追求新闻写作无止境的人，他要求自己的每篇新闻作品都有新意。腹稿形成后，他开始动笔写作，但开头导语总是不满意，写一遍撕掉，再写一遍又撕掉，何不到现场感受一下？他在卖咸菜的小摊前一连蹲了三天中午。突然，一个中年妇女在买咸菜的人稀少时大声吆喝："买咸菜咧，咸菜好吃咧！"柏林一下子灵感来了，就用这句话做开头。柏林如获至宝，顾不上吃午饭，一篇千字文"小咸菜做出大买卖，林安市朝鲜族小咸菜打入京津市场"的现场短新闻跃然纸上。年底，这篇新闻获得全国优秀广播新闻三等奖，据说当年安东省仅有两篇稿件获三等奖，而安东省台剃了光头，此文还被收入江汉大学教科书。

这年秋天，林安市光照充足，雨水适宜，秋菜获得了大丰收。林安市的山平镇却丰收成灾。原因是老订户王沟河林业局撕毁合同，到外地买了更便宜的大白菜。王柏林冒着刺骨的寒风到山平镇采访，只见菜地到车站的两公里公路上停放着一车车的大白菜，菜农们捶胸顿足，哭爹骂娘，说好了今天交货，买家人是来了，但一棵也不要。王柏林震怒了。他顶着寒风，忍着饥饿，一直采访到半夜。回到家时，门锁着，对了，红霞告诉他，今晚她下乡回不来，让他接小军，怎么把这事给忘了？他立即赶到幼儿园，见儿子小军在收发室哭着找妈。传达室李大爷没好气地说："没看你这样当爹的，这么晚了才来接孩子，真够呛！"柏林安抚好儿子，写了一个通宵。几天后，《北方经济报》以"谁来为菜农主持公道"为题，在一版头题发表。稿件见报后，报社收到大量读者来信来稿，有帮忙买秋菜的，有批评王沟河林业局的，报社选了几篇来信来稿公开发表，安东省主管农业、林业的副省长杨长玉看到报道后做出重要批示，王沟河林业局迫于舆论压力，按收购价赔偿了菜农的全部损失。中国的老百姓是最善良的，谁对他们好，都记着，谁对他们有功，一定知恩图报。一天上午，菜农们自发地凑了三千元份子，敲锣打鼓地送到王柏林所在单位，王柏林执意不收，菜农只好把钱都订了《北方经济报》。

　　一段时间，全国钢铁企业产销两旺，为钢厂提供燃料的林安市碳素厂产品不落地，利润大增。那时很多企业不景气，银行不愿提供贷款，碳素厂成了香饽饽，银行纷纷抛绣球。而当时有一条不成文的规定，企业只许在一家银行开户。碳素厂开户的银行是林安市工商银行，可再好的银行也有贷款额度受限、资金周转不开的时候。情急之下，碳素厂偷偷在林安市建设银行开了新户，并得到了一笔短期贷款。俗话说，没有不透风的墙，尽管银企双方保密工作做得严丝合缝，但工商银行还是知道了。银行是食利的，蛋糕就这么大，岂容他人在自己碗里刨食？工商银行凭着自己财大气粗，向碳素厂发出通牒，要么退出建设银行开户，要么退出工商银行开户，一次性还清所有贷款，企业看着办！碳素厂找人民银行协调无果，只好向市领导求援。工商银行是林安市的金融霸主，得罪不起，领导让企业自己的梦自己圆，企业万般无奈之下想到了正直有胆量的记者王柏林。王柏林经过深入采访，撰写了"企业选择银行引起的风波"的剖析文章。文章先后在林安人民广播电台和《北方经济报》播发后，引起了社会广泛关注。林安市工商银行领导坐不住了，他们对王柏林的报道横加指责，要求王柏林在报上刊登声明，公开认错，赔礼道歉，为工行恢复名誉，否则就要对簿公堂。同时，他们向政府施压，要求政府撤销王柏林记者职务，调离广播电台。这是王柏林从事新闻工作以来遇到的最大压力。红霞不仅没有责备他，反而处处安慰他，关心他，鼓励他。王柏林就像一只受伤的小羊羔，趴在红霞怀里放声痛哭。林安市建设银行领导没有袖手旁观，"王记者为我们受了这么大的委屈，我们得保护他！"张行长在班子会上表态。在征得上级领导同意后，决定调王柏林到建行当政工科长。柏林谢绝了建行领导的好意，在安东省工商银行的干预下，林安市工商银行收回一切无理要求，破例允许林安市碳素厂在两家银行同时开户。自此，林安市的企业有了自主选择银行开户的权利，王柏林一如既往地干着自己喜欢的新闻事业。

十

在林安市西北角，有一片密密麻麻黑压压的棚户区。居民们长期经受着夏天漏雨、冬天挨冻的煎熬。林安市住房改革启动后，房产局选择这片棚户区通过筹资联建的方式，盖起了十几栋商品楼。柏林和红霞家就是受益者之一。他们拿了总价款的三分之一，住进了一套一室一厅一厨四十平方米的暖气楼。红霞别提有多高兴了。她把新房收拾得干干净净，在室内安了一张大床，供一家三口居住，在客厅里架了一张小床，让从柏林老家来林安市读书的三弟弟王春林住。两年前，红霞跟随柏林回江南老家探望父母时，见瘦弱的三弟春林在稻田里干活，一问才知道，三弟因家里穷交不起学费辍学在家，小小年纪不上学怎么行？红霞一边苦口婆心做公公婆婆的思想工作，一边耐心劝慰小叔子。临走时，春林拽着红霞的衣襟流着眼泪："大嫂，你把我带走吧，我想上学。"当时，由于红霞自身住房都很难，又出了一氧化碳中毒那档子事，便没有接他走，但每月寄给家里的钱明显增加了。现在，有了一室一厅的房子，三弟完全可以来读书了。她让柏林联系好了学校，一封电报把小叔子接到了林安市。春林很吃苦，很努力读书，每天都学习到半夜，把休学期间落下的课程一点点补了回来。为了给小叔子补充营养，她托人从乡下买来笨鸡蛋，自己舍不得吃，也舍不得给儿子小军吃，却每天给小叔子春林煮两个。高考成绩下来了，春林以高于重本线的分数被皇岛煤炭学院计算机专业录取，接到录取通知书时，春林再次哭了，"大嫂，大学我恐怕上不了，家里供不起。"红霞安慰他说："三弟，放心吧，我和你大哥砸锅卖铁也要供你上大学。"话是这么说，但钱从哪儿来？红霞和柏林每月工资加起来也就一百多元，上楼的钱还欠着饥荒，每月还得给老家寄钱，儿子还在上幼儿园，家里的开销也不小。但活人不能让尿憋死。两人商量来商量去，一筹莫展，还是红霞脑袋瓜子好使，她灵机一动，对柏林说："你跟啤酒厂厂长关系不是挺好吗？求求他批发几吨啤酒出来零售，兴许能凑够学费。"江河牌啤酒可是紧俏商品，没有相当的关系买不到。

林安啤酒厂坐落在林安市西北角，距市区五六公里远，是一家乡镇企业。工程师出身的贾厂长贾文长技术过硬，治厂有方，几年工夫就把一个亏损严重、濒临倒闭的啤酒厂变成利税超千万的盈利大户，产品远销沈阳、哈尔滨等大城市。啤酒厂形势好了，各方神仙一拨拨来要典型经验材料，啤酒厂是生产啤酒的，舞文弄墨的事干不了。王柏林是名记者，贾厂长自然想到了王柏林。每次写完材料。贾厂长都安排人支付报酬，柏林总是以自己有工资为由谢绝，赶上饭口了，吃顿工作餐，遇到抽剩的招待烟揣起来，仅此而已。这天上午，王柏林来到厂长室，他见很多人找贾厂长批条子买啤酒，有的批了，有的不给，厂长办公室仿佛成了自由市场。万一自己的要求被厂长驳回，不是很没面子？王柏林自当记者起就给自己定了一条规矩，不摆谱，不掉价。他接触过许许多多的厂长经理，从来没做过以权谋私、以稿谋私的事。有一次，他陪同安东省电视台的记者到林安市交警大队采访，临走时，这名记者掏出了三千多元的发票让交警大队报销，大队长当面没说什么，把钱付了，但背后多次埋汰这名记者。想到这，王柏林浑身不舒服起来。"王记者，对不起，今天来人太多了，也没陪你说说话，你上次帮我们写的那份技改扩能报告很赶劲，上级已经批准了，啤酒厂由年产两万吨规模扩大到五万吨，太谢谢了，你是我们啤酒厂的功臣。对了，你今天来是找我有事吗？"贾厂长关心地问。"没，没事。"王柏林心里直打鼓。"不对，你今天一定有事找我，别客气，说吧。"精明的贾厂长连连追问。王柏林红着脸把弟弟没钱上大学，想批点啤酒赚点学费的事一五一十说了。说完长长地吁了一口气。"好说，好说。"贾厂长随手找来提货单，大笔一挥批了四吨啤酒。"老弟，告诉你，如果用大车运，四吨啤酒零售能挣两千元，如果用大板车拉，能挣两千五百元，学费要是没凑够，你再来找我。"贾文长双手递过批条，王柏林不断点头表示感谢。

柏林工作忙，脱不开身，再说红霞说得在理，你一个大记者上街卖啤酒也太掉价了，让人瞧不起。赵红霞请了一星期探父母假，每天呼哧呼哧与小叔子挨家饭店送啤酒。一天下雨路滑，在后面推车的红霞不小心摔倒了，右半身和屁股沾满了泥浆，一双老解放胶鞋在稀泥里拔不出来。红霞拿出下乡当知青的闯劲儿，索性脱了鞋光着脚丫子推。晚上回到家里，柏林见红霞这身打扮，心疼得不知说什么好。江河牌啤酒确实好卖，红霞和春林每天送给饭店的啤酒，第二天都能结到现金，可酒类专卖办不干了，啤酒当时是专卖商品，没办证就是非法经营。"没收啤酒，罚款三千，到专卖办接受处理。"专卖稽查人员毫不客气。红霞的小叔子春林当场就吓哭了。学费没凑够，还要交罚款，倒不倒霉？红霞只好给柏林打电话，正在做值班编辑的柏林搁下电话，骑车直奔酒类专卖办公室。自知理亏的王柏林向专卖办李主任好一顿认错，李主任对王柏林的大名早有耳闻，今见大记者如此谦卑，又是为弟弟筹学费卖啤酒，心早已软了下来。他收回三千元罚单撕了，并免费给办了一张临时酒类专卖许可证。

懂事的春林回老家了，临走时悄悄地把两千五百元压在饭桌上，他是心疼嫂子啊！嫂子太不容易了，自己想办法回去凑学费吧。红霞看出了小叔子的心事，第二天她凑了三千元给春林邮了回去。王春林大学毕业后，靠着刻苦的努力、顽强的拼搏，事业大获成功，成为江南某知名企业家。吃水不忘挖井人，每谈起这些，春林总是深有感慨，没有我大哥大嫂，就没有我的今天，这是后话。

十一

这一年，林安市发生了两起"舆论风波"。两起风波都与王柏林有关。为此，柏林差一点儿丢了饭碗，断送了美好前程。一天上午十一点左右，正在伏案写稿的柏林突然听到"轰隆隆"巨响，大楼摇晃，顿感天旋地转，窗户上有缝的玻璃哗啦啦掉下去摔碎了。"是不是地震了？"编辑记者纷纷往室外跑。有眼尖的看到城市西北角方向浓烟滚滚、火光冲天。"有突发事件！"王柏林收起稿纸，拎起采访兜，骑着辆掉了脚蹬的自行车朝西北方向奔去。出事地点是林安市土产品采购供应鞭炮库，现场惨不忍睹，鞭炮库炸了一个十几米深的大坑，四周掀起来的土和杂物有四层楼那么高。隆起的土堆上散落着各种血肉模糊的尸体碎片。市领导在声嘶力竭地组织救援。白衣天使和解放军官兵用担架抬着重伤员急匆匆地上救护车，分别送往市内多家医院抢救。王柏林边听边观察，不停地速记着一桩桩、一幕幕。经过紧张的采访、挖掘，事故的轮廓基本理清了。鞭炮库存放着近百吨易燃的烟花爆竹，为防止发霉、发潮，土产站组织两个班的工人搬运鞭炮到室外晾晒，在搬运过程中，炮药不断洒落在地上。按规定，翻晒作业时，禁止抽烟玩火，其中一个愣头青工人却偷偷地抽起烟来，末了不掐灭烟头便扔在地上。刺一下，一条火龙直抵鞭炮库。"不好了，快跑！"话音未落，一声巨响，上百吨鞭炮爆炸，当场炸死七人，另有五人伤势过重抢救无效死亡。还有三十多位工作人员、周边无辜的群众受伤住院，损失超亿元。王柏林是快枪手，天黑之前一篇五千多字的纪实通讯成稿。这时，传来上峰死令，除市电台、电视台发简短的口播新闻外，上级新闻单位一律不准投稿，谁发谁丢饭碗。有人看到王柏林到现场采访，局领导、台领导特意单独提醒王柏林。怎么办？如此严重的灾难性事故不报道出去简直枉当一回记者。豁出去了，宁可丢了饭碗也要报道出去。柏林的想法得到了红霞的支持。当然，保密工作还是要做的。他把作者的真实姓名改成了化名，然后给《安东晚报》挂了电话预留版面，找了一个不相干的人连夜乘车携稿赶到省城。第二天一早，《安东晚报》以醒目的标题整版报道了林安市鞭炮库发生大爆炸的特大新闻。这一下，林安市想瞒也瞒不住了。这是谁干的？一查王柏林，没出门；一问报社，要替作者保密，碰了软钉子。没时间精力再查了，上级来电话，省市派出的联合调查组很快抵达林安市，这起安全责任事故共有七人受到牵连，分别受到纪律处分和法律制裁。林安市吸取事故教训，对全市安全隐患来了一次大排查、大整改。很长一段时间，林安市没再发生安全责任事故。王柏林的报道因查无实据，没有受到责任追究。

春节过后，林安市大街小巷垃圾成山，冰雪污水到处流，恶臭难闻。王柏林想把这件事曝光出去，但一直缺少由头。机会终于来了，一名全国红得发紫的歌唱家到林安市演出，据说这名大牌演员一般记者不见。王柏林用乡音敲开了她的房间，采访结束时，王柏林问她林安给她留下什么印象，演员脱口而出，最深的印象是林安的环境脏乱差。王柏林在市台和《安东晚报》上如实进行了报道，一时间，林安市脏乱差的代号臭名远扬，因为它出自一位名人之嘴，市政府有关领导震怒了，指责王柏林污蔑林安，出卖林安，甚至有人建议取消他的记者资格，让他扫大街去。演员采访风波后，王柏林没被处理，但历届班子以此为镜子，扎扎实实抓好城市管理尤其是环境卫生，林安在安东省最早通过省和国家级卫生城验收。

　　林安要成立报社了。这事已经嚷嚷了两个月，听说筹建报社的负责人是林安市广电局主管新闻的副局长高时村，电台的编辑记者都想去报社工作，因为当广播记者稍纵即逝，影响力有限，而文字记者则不同，白纸黑字，能长期保存。王柏林不是不想去，而是觉得自己根本不可能。一来老给领导惹麻烦，谁会带一个麻烦制造者在身边？二来自己学历浅，有张文凭还是电大的，看看周边的同事，哪一个不是名牌大学学历？三来自己太死性，从来也不知道给领导送礼。这年头不送礼还想干好活？做梦吧！他很羡慕顶头上司新闻部主任武子军，有一张金字招牌的文凭，又是高时村的得力干将，与领导关系处得铁铁的，难怪这些天一别扬扬得意的样子，每天西装革履，大背头喷着香水，皮鞋擦得程亮，都能照出人影来，敢情是要高就了。柏林既不嫉妒，也不妄自菲薄，保持一颗平常心，该采访采访，该编稿编稿。

　　这天早上，王柏林像平时上班一样在办公室等待领导派活，晚来几分钟的武子军进门就告诉他今天到黑子头乡采访粮食大丰收的新闻。黑子头是林安市产粮大乡，他多次去过，便一口答应下来。他刚要迈出门槛，主任桌上的电话铃声响了。"王柏林你回来。"穿过走廊正要下楼的王柏林听到武主任叫自己的名字，一路小跑又回到办公室。这是王柏林当兵养成的习惯，一有紧急任务就小跑。红霞没少提醒他，这是在地方，不是行军打仗，你急什么。可王柏林一时半会儿改不了。"主任，还有什么指示？""刚接到高时村局长的电话，让你马上到部里谈话，市委常委、宣传部长向忠贤约谈，采访的事已改派别人。"武子军不容分说道。谈话就谈话，自己也不是第一次挨批评，不知这次又捅什么篓子了？王柏林边骑车边琢磨。

"你这人怎么骑车的？你瞎了！"王柏林一不小心骑车把一个妇女撞了，遭到对方一顿臭骂。"对不起，对不起！"王柏林立即下车赔不是，好在没什么后果，妇女瞪他一眼后走了。王柏林再也不敢溜号，直奔市委大楼。

"报告！""进来。"新任职的向部长是老朋友，在房产局当局长时王柏林没少和他打交道。因为是老朋友，王柏林少了几分紧张。向部长为人随和，他给柏林倒了一杯白开水，和颜悦色地说："经市委研究决定，林安市正式成立报社，高时村任总编辑，宣传部出一位副部长任副总编，你任记者部主任。编制暂定十二人，不够的人手，全市机关事业单位范围内任由你们选，好好干吧！"向忠贤既不打官腔，也不说没用的，谈话干脆利落，点到为止。

十二

　　红霞有大半年没见到二姐红丽了，也不知道二姐过得好吗，很是想念她。上次见面还是爸爸过生日，只知道二姐夫徐中仁辞职下海了。那天二姐夫没来，二姐看上去明显瘦了，愁眉苦脸的样子。因为是老人过生日，大家只捡高兴的话说，不开心的事谁也不提。柏林自当了林安报社记者部主任，工作更忙了，差不多有两个月没休息了。听说办报纸市里就给两万元开办费，不够自己想办法，市里默许，可以向企业化缘、拉赞助。柏林是名记者，认识的人多，交际广，高总编走到哪都带着他。这不，有一次到化工厂拉赞助，很痛快地拉到两万元，可中午吃饭时，厂长李广田借着酒劲儿乱说一气："今天我是看柏林的面子，要是别人来，我一分钱没有。"这还了得？功高盖主，王柏林你还想不想干啦。王柏林用脚使劲儿踢李厂长，李厂长知道自己说错话了，赶紧把话拉了回来。"老高德高望重，在下也很佩服，来，敬你一杯。"高总编虽然心中不快，但他越来越感到自己没选错人。为避免尴尬，再到企业化缘，高总编很少亲自出马了。王柏林很能干，每到一户企业都有收获，十万元的赞助目标很快就要实现了，今天本来约了红宝药业老总吃饭，只好打电话改日期。

　　红霞和柏林领着儿子小军拎着水果进了向阳镇一家小院。这是二姐一年前搬来的，院子不大，门口种了几垄小白菜、小葱、小萝卜之类的。"二姨、二姨！"儿子小军很乖，见了二姨很亲。"宝贝来了！"正在门口劈柴火的二姐红丽见三妹一家来了，扔下大斧头，上来一把抱住小军狠狠地亲几口。"二姐夫呢？这劈柴火的力气活是男人干的，他怎么不干？"红霞心疼二姐，"别提他还好，一提他我气不打一处来，唉，气死我了！"红丽边说边领着红霞他们进屋。"红霞你陪二姐进屋唠吧，我去劈柴火。"柏林一来很有眼力见儿，再者姐儿俩很长时间没见面了，也让她俩说说悄悄话。到底是自己最对劲儿的亲妹妹，红丽像祥林嫂一样源源不断地道出自己的苦水。一遍又一遍地说自己命苦，嫁错了郎。

　　半年前，从供销科落配到搬运车间的二姐夫徐中仁因吃不了做搬运工的苦，辞职下海做起粮食生意来。开始小打小闹往沟里倒腾点大米，一趟能挣个三五百元，可他不满足，要大干，硬逼着赵红丽求亲告友给他凑了两万元本钱，徐中仁哪是做买卖的料，不是今天丢两袋，就是明天少收钱，加上出门抽好烟、喝好酒，两万元不到半年快赔光了。这不，他又到林安市货运公司租了一台大挂跑运输。听说他常住在一家叫"鸿运来"的小旅店。"这死鬼也不知道挣不挣钱？"二姐提到"鸿运来"旅店，红霞最清楚不过了，该店紧挨着红霞上班的地方，隔三岔五到邮局窗口存钱。那是什么旅店？说白了，就是个窑子铺。小店养了十几个小姐，一个个涂脂抹粉，妖里妖气的。红霞怕二姐多心，只是提醒二姐别太放纵二姐夫了。小垒嘞？小垒叫徐垒，是二姐的独生子，今年也有十岁了。红霞只顾和二姐唠嗑，竟忘了徐垒。"唉，别提他了，提他我死的心都有，跟他那个死鬼老爸一样，也是个不争气的玩意儿，才上小学三年级，说啥也不念了。这不，昨天一下没看住，跟几个没爹没妈的孩子喝大酒，四个孩子喝了三斤高粱白，醉得不行，还在睡大觉。"说着手一指屋里的小炕，红霞打开小屋门，果然有一股酒气呛鼻子。小炕上徐垒裹着一床厚厚的大棉被，红霞轻轻关了门，回头对二姐说："这你可得管，小小年纪不读书怎么行？学坏了，你将来有罪遭。""他死爹都不管，我也管不了啦，由他去吧。学坏了，让他进监狱，看谁遭罪！"二姐气头上，啥话也不避着红霞。

姐儿俩说得差不多了，招呼柏林进来休息，准备生炉子做饭。柏林是勤快人，那边刚干完活，一听说做饭，马上撸起袖子来帮忙，红丽见了直夸红霞嫁了个好丈夫。

吃完饭，红霞硬塞给二姐两千元钱，叮嘱她让孩子赶紧上学，一家三口亲亲热热地打道回府。

红霞刚迈进家门，母亲又来电话了，说："老五红雪两口子闹翻了天，把家也砸个稀巴烂，红雪说啥也不跟你妹夫过了，在家哭了好几天，怎么劝也不回去，你和柏林来一趟吧，看看有什么办法能解决。"

四十岁刚出头，又刚刚当上林安市市长的张为民表现得很亲民，他每天上班的第一件事就是阅读群众来信，从中了解民情、民心、民意，制定政策，帮助群众解决实际问题。张为民不像有的执政者，给老百姓办几件事就为了收买民心，给自己脸上抹粉。他是设身处地地为老百姓着想。张为民从小出生在一个贫苦的农民家庭，八岁丧父、十岁丧母，他是靠政府养大，又是靠助学金读完中学、大学的。走上社会后，没有任何关系、背景的张为民，是凭着自己的实干精神，凭着一颗赤子之心，一步步走上领导岗位的。张为民接过秘书送来的一摞群众来信，一页一页仔细地看，看着看着，一封求救信引起了他的关注。这是一个十七岁少年的来信，信中叙述了他因家庭困难，卖血求学，现正患白血病，生命垂危，希望市长救救他。落款是林安八中高三学生杨宝生。张为民略加思索后，提笔在信上做了两点批示：一、由宣传部组织市内新闻媒体宣传杨宝生的事迹和病情，号召有善心的人士捐款。二、由机关党委组织机关党员干部为杨宝生募捐。这时，张为民想到了名记者王柏林，他当常务副市长主管工业时，每有重要新闻需要报道，都指定王柏林采写，他怕一般记者写砸了。于是，他让秘书通知王柏林到自己办公室，亲自给他交代任务。接到电话后，柏林告诉红霞向阳镇妹妹的事今天去不了了，自己有了新的采访任务，只能让她一个人去。

半小时后，柏林从张为民市长办公室出来，乘坐政府办公室的桑塔纳直奔杨宝生的家四七石乡大沟子村采访。王柏林的采访作风是务实的，每次采访，无论多难，他都要亲历现场、亲历一线，直接采访当事人目击者，他把"挖深井、得甘泉"当成座右铭。由于春天刚刚开化，农村土路泥泞难行，轿车行驶一个半小时后再也开不动了。王柏林问带路的乡领导，到杨宝生家还有多远。乡领导告诉他还有十多里地，有的记者见路不好走，坐在车里不下来了。"走。"王柏林迈开大步在泥泞的路上跋涉。临近中午时，王柏林来到了杨宝生的家。这是一个穷得不能再穷的农家，两间草房一边倾斜，斜的一面支了几根柱子，随时都有倒塌的危险。家里父亲走得早，母子俩相依为命，为了筹措学费，杨宝生多次卖血，每次从学校回家都是走着走的，一天吃两顿饭，馒头就咸菜。天海市血液病医院诊断后认为，这孩子患白血病是长期营养不良造成的。尽管条件如此艰苦，杨宝生的学习成绩从来没有低于过年组前五名。现在杨宝生骨瘦如柴地躺在炕上，眼神里发出强烈的求生信号。王柏林的心被揪了起来。他暗自发誓，一定要救救这个杨宝生。临走时，他悄悄给杨母留下一千元。回到市里，王柏林又来到杨宝生就学的八中，先后采访了校领导、班主任和杨宝生的同学。当天晚上，王柏林一宿没合眼，一桩桩、一幕幕、一个个新闻事实撞击着他的心灵，他是带着情感、带着责任写这篇通讯的。林安人民广播电台播音员梁晓芳在播送长篇通讯《生命的呼喊》时，几次泣不成声。第二天，听到广播的爱心人士自发地到电台捐款。《林安报》刊发《生命的呼喊》通讯后，报社门口排起了长长的捐款人群，半个月后，多家报纸转载了这篇通讯，许多读者看到报纸后纷纷给杨宝生、张为民市长寄来善款。那段时间，王柏林不断跑中国银行，把美元兑换成人民币，交给杨宝生治病。统计结果让人吓一跳，这篇报道发出后，一共为杨宝生募集善款三十多万元，天海市血液病医院成功为杨宝生做了骨髓移植手术，杨宝生获得了新生，还考取了天海大学医学院。他立志大学毕业后当一名医生，救死扶伤，回报社会。

杨宝生得救了，那么，还会不会出现第二个、第三个李宝生、张宝生？他上书市政府，建议成立白血病资助基金，林安市政府采纳了王柏林的建议，在安东省第一个成立了白血病资助基金。市政府从财政拨出一百万元垫底，一些企业和慈善人士闻风响应，不到一年，基金规模扩大到一千万元，有三十多名白血病患者得到了资助。

周一一上班，王柏林接到电话采访白血病患者杨宝生后，赵红霞匆匆赶往向阳镇娘家。一进门，只见五妹赵红雪躺在炕上两眼哭得红肿，头上罩着纱布，右胳膊上吊着绷带，母亲正在抱着不满一岁的小外甥喂牛奶。

怎么还成伤兵了？红霞不问不打紧，一问，小妹红雪号啕大哭起来。生活中就是这样，有的人受点委屈没人管、没人问也就自消自灭，一旦有人替自己做主，委屈立马放大。红霞楼下就有这么一对冤家。女方没工作，在家服服帖帖伺候老爷们儿，老爷们儿是煤矿工人，后来下岗了，成天在家喝酒解闷，喝多了打媳妇，媳妇逆来顺受，不吵也不闹。可这天让红霞看到了，红霞从小到大都是眼里揉不下沙子，她立马上前制止。女方一看有女包公替自己做主，胆子一下壮起来，竟拽着老爷们儿要去离婚。老爷们儿知道离婚对自己没什么好处，离了谁来做饭洗衣伺候自己？当场认错服软，表示以后再也不打媳妇了。

红霞听了半天才明白，五妹两口子打架闹离婚是因为屁大点的小事。这天中午小两口坐在一起吃午饭，五妹夫陈野夹了一口菜放嘴里立马吐了出来，"这么咸，你怎么做的！"干了一上午苦力的陈野心中不快，脱口而出。"给你做就不错了，你看我三姐，一年做过几顿饭？我又不是你雇的老妈子。"红雪也是个不让人说、嘴不饶人的人。俩人你一句我一句互不相让，什么陈芝麻烂谷子全翻弄出来，舌战不断升级。"你苦，你累，别当这个臭工人啊！有本事也去当干部，坐办公室啊！"人在气头上千万别激，一激后果不堪设想。"啪"一个耳光扇在了红雪的脸上。"啊，你敢打人，我跟你拼了！"俩人厮打到一块，由于地方小，战争的结果是，陈野满脸是血印，红霞头部流血，右胳膊扭伤，彩电、冰箱、衣柜严重毁坏。战争结束后，红雪用没受伤的左手抱起哇哇啼哭的孩子回娘家，上医院，临走扔下一句话："离婚。"。

听完战事汇报，红霞是冷静的。她没有指责妹夫陈野。如果那样，只能火上浇油，使双方矛盾加深。她一件件有理有据地批评红雪的不是，接着讲述陈野结婚以来如何有责任、有担当，如何关心、关爱妹妹。末了告诉她，好好想想吧，你俩离不了，没到感情破裂的地步。

劝完妹妹红雪，红霞又去见陈野。陈野的气早就消了，他正在家里修家具。冰箱、彩电换两个零件也早就修好了，只是碍着面子没接红雪回家。听了三姐的劝导，他特别后悔，表示以后再也不会对媳妇动粗了。随后，他跟红霞来到岳母家，深深地给红雪鞠了三个躬，小两口和好如初。

十三

《林安报》的影响力与日俱增。发行量由开办时的三千多份陡增到一万多份，而地市级的《顺风日报》发行量才八千多份，原因是《林安报》更贴近基层、贴近群众、贴近实际。他们借鉴《南方周末》的办报理念，办起了《北方周末》，推出了《"砸三铁"大透视》《两家打水仗、苦了化学厂》《苦涩的润滑油》《个体户成了唐僧肉》《机动三轮车泛滥成灾》等深度报道和舆论监督报道。而这些报道有的是王柏林亲自采写，有的是王柏林组织策划、集体采写的，王柏林的名字在小城林安几乎家喻户晓，人尽皆知。新任市长李华在一次公开场合打趣说，在林安，提起我李华，很多人不知道，但提起王柏林的名字，谁人不知，哪个不晓？

林安降格为县级市后，多年未提拔干部，原因是干部指数严重超编，中国的国情就这样，干部一旦提拔，只要不犯错误，干好干坏都得用，顶多换换位置，职级不变。长此以往，势必影响干部的工作积极性。张为民任市长时，对林安市的干部现状很是不满，各局局长年纪大了不玩活，干活的科长又提不起来，张为民身为市长，但党内是市委副书记、二把手，动干部的事，市委说了算。现在，张为民已经坐上了市委书记的位子，他不能再将就下去了。他请示上级组织部门，在保持大局稳定、不动原有干部的前提下，超编提拔十名年轻干部。上级组织部门很民主，经请示很快批准了这一方案。张为民让市委组织部从全市局级后备干部中筛选一批名单上来。看完名单，他拿出碳素笔在上面写了王柏林、周子波、李春天、徐英杰四个名字。我就选这四个，剩下的六人你们和其他分管领导商量后再定。但这四人必须保证提拔。"王柏林才三十出头，任林安报社副总编是不是太年轻了？全市乡局级干部里还没有这么年轻的。"组织部长善意地提醒。"王柏林年轻吗？红军长征时，有的军团长才二十出头，不照样指挥打仗。王柏林政治素质好，业务能力过硬，别说副总编，当总编都富富有余。"书记是一把手，他的话是圣旨，组织部长拿着名单直点头，不再争辩。

市委常委研究干部时，王柏林正在南方出差。家里的事他一点也不知道。半个月后，他回到林安时，遇到熟人，眼神都变了，不断有人表示祝贺，恭喜他升官。王柏林一头雾水，这怎么可能？他跟张为民的关系好是好，但仅是工作关系，没有任何私交，从没给他送过礼，连他家门朝南朝北都不知道。在市委大院门口，王柏林一再辩解，让人别瞎说。此时，林安市文联主席，他的一个象棋好友吴成从办公室取来了市委组织部前几天下发的任命文件。文件上第一行王柏林同志任林安报社副总编几个大字赫然在目。林安报社在市委一楼办公，十几个人挤在三间屋子里，记者部排在第一个房间，六名记者早早地到了，正在倒动办公桌。王柏林一进屋，"王总编好！""恭喜王总编！"记者们齐刷刷围过来。"你们这是干什么？"王柏林不解地问。"给你搬办公室呀！""高总编让你搬到他办公室去办公。"这怎么行，高总编年龄大了，让他宽敞一点，我还跟弟兄们在一起办公。"王柏林实在不忍心打扰高总编，论年龄，高总编比自己的父亲还大几岁哩。"柏林，搬过来吧，咱俩现在是一个班子里的成员，商量点事也方便些。"这时，高时村总编过来了。还能说啥？王柏林只好乖乖地服从。

从此，这一老一少，率领着林安报不断书写辉煌。

这天上午十点，赵红霞正在忙着接待顾客，赵红丽慌慌张张地找来了。红霞见二姐有急事，让别人替一下，随二姐出了营业室。"三妹，你看怎么办，徐中仁那个王八蛋嫖娼让人抓了现行，你说丢不丢人！这不，让交五千元罚款。"随即掏出一张治安处罚单。"那你什么意思？"红霞想知道二姐的真实想法。"我不想管他了，让公安局拘留他、劳教他，看他以后还敢不敢。"二姐生气地说。"那你得想好了，你俩毕竟是夫妻，真为这事劳教，对孩子影响也不好。"红霞说的是实话。"可我身上只有两千元，交罚款也不够啊。"红丽说是不管，不过是气话。"你在这等一下，我去取三千元。"红霞转身进了营业厅，用存折取了三千元。王柏林是个老实本分人，挣多少钱都交给红霞，任红霞怎么花，他从来不过问。红丽接过钱，匆匆来到林安市公安局治安科。中午，红霞接到二姐打来的电话，说她交完罚款就领着徐中仁回向阳镇了。

王柏林当上林安报副总编后，求他发稿的、找他办事的人越来越多，只要不违反原则，柏林能帮的尽量帮，能办的想法办，实在办不了的，他会给人解释清楚，从不伤人和气。那些年，社会风气不好，报社也不是生活在真空中，面对形形色色的腐蚀、诱惑，王柏林洁身自好，自觉抵制。一次，报社酝酿提拔一批中层干部，编辑记者们跃跃欲试。一天晚上，王柏林接到一位美女记者打来的电话，让他到单位有事找他，柏林刚一迈进办公室，这位美女记者一下子把他抱住了，并伸过红唇要亲吻。王柏林一把将她推开，美女记者见用色相贿赂不了副总编，随身掏出两沓装钱的大信封，并赤裸裸地告诉王柏林，这次提拔中层干部我想上，其他领导都答应了，就差你这一票，我不差钱，我家有的是钱。王柏林义正词严地说，"你再有钱我也不稀罕，你这是在玷污我的人格，请你马上把钱收起来，否则，我把钱如数交纪委，你提拔的事我也坚决反对。"美女记者只好乖乖收起来。打此以后，这名记者对王柏林的人格佩服得五体投地。

王柏林在林安报社除分工抓记者部外，还分管广告工作。自他分管广告后，林安报社的广告收入年年增长，他靠的是两点。一是对内用好激励机制，对超额完成任务的广告部主任、业务员实行重奖，而自己只是白尽义务，一分钱不贪；二是对外广交朋友，尤其对重点广告客户堪比亲人。但柏林在与这些人交往中始终把握住度，不越雷池半步。

十四

爱国路邮电支局是林安城区最大的支局，附近有居民四点五万，还有厂矿、部队、学校，按科级体制管理。可由于局长王金福能力差，加上年龄大，不懂业务，管理得乱糟糟，成为全局的老大难，业务收入不及一点二万人口辖区的小支局。派谁去收拾这个烂摊子？局党委会扒拉来扒拉去，决定派市局营业大厅班长赵红霞接任支局长，级别暂时不提，待年底工作有成效再落实科级待遇。赵红霞上任后，挨个找员工谈话，一谈，问题暴露了。一是纪律涣散，上班晚来早走，工作时嗑瓜子、织毛衣、看小说；二是员工不学习不钻研业务，接待一个顾客半个小时也搞不定，致使顾客大量流失，存款的到其他银行，办邮电业务的舍近求远，到别的支局或市局；三是内部不团结，说三道四、传瞎话。问题找准后，红霞拿出了铁的治理手腕。首先，严格了劳动纪律，凡工作时间迟到早退、嗑瓜子、织毛衣、看小说，每违反一项都要扣工资。过去局长坐在二楼局长室喝茶水、看报纸，高高在上，赵红霞上任后，每天跟班作业，局长室成了摆设；接着，每天下班后组织职工学习一小时业务，开展岗位练兵。在严管的同时，红霞不忘陶冶职工的情操，组织大家唱歌、跳舞，开展丰富多彩的文娱活动，还经常让老公柏林露两手，自掏腰包请大家吃饭。人是有感情的，红霞的亲力亲为、一招一式把职工的心拴到了一起，员工们拼命工作，比着学业务，有矛盾的释怀了，传瞎话的闭嘴了，年底爱国路支局业务收入翻两番，被评为先进支局，每个职工都拿到了超额奖金。

爱国路邮电支局各项工作步入正轨后，林安市邮电局不仅没有兑现承诺，解决赵红霞的科级待遇，反而将她调到了环境更差、职工更乱的兴日胡同支局。赵红霞任劳任怨，没有讲条件、要待遇，工作有板有眼地抓，经过两年的治理，兴日胡同支局一跃成为先进支局。

这年，全国人民代表大会常务委员会修改了选举法，允许基层民主选举代表。新一届顺风市人民代表大会名额分配到各地，赵红霞所在的邮电局、电业局及两个街道为一个选区，仅选一名代表，而各单位推选上来的候选人共有十人，赵红霞在候选人之列。选民们每个人心里都有杆秤。赵红霞敢作敢为、有能力、有魄力，能替选民说话，早已是他们心中的代言人。经过第一轮的淘汰，有四人落榜。赵红霞胜出。第二轮投票，赵红霞再次胜出。经过四轮投票，赵红霞最终以高票当选，成为新一届顺风市民选的人大代表。

俗话说，人往高处走，水往低处流。赵红霞已连续救活了两个支局，又当上了顺风市人大代表。职级上往上提一提是顺理成章的，她亲手培养的几个女工都当上了科级、副科级干部，而她仍然是个班长。这一天机会来了，局长孙长文亲自找她谈话。孙长文是个有名的酒鬼加色鬼，局里有点模样的女工都让他霸占了，凡跟他上过床的女工不是提拔就是干好活。赵红霞的美貌是出了名的，但她的冷峻又使孙长文不敢轻举妄动。今天中午，他和两个小情人喝了不少酒，酒壮怂人胆，他想疯了，一定要把赵红霞弄到手。谈话是经过精心策划的，他一再肯定了红霞的能力、水平、素质，说她的能力早已具备当科长、局长的条件，便试探着问，局里新业务发展科正缺一名科长，如果红霞愿意的话，他可以拍板。见红霞没有反对，孙长文壮着胆子离开座位来到了红霞身边，他色眯眯地盯着赵红霞，红霞后退了两步。孙长文借着酒劲儿突然一把搂住红霞就要亲吻。"啪"一记响亮的耳光落在孙长文脸上。"姓孙的，瞎了你的狗眼，你也不打听打听我赵红霞是什么人，你个大色鬼，光天化日之下耍流氓，急了告你去！"说完赵红霞摔门而去。

当然，没有什么后果，赵红霞没有告发孙长文，可红霞提拔之事也泡了汤。一年后，红霞辞去兴日胡同支局长职务，到市局档案室做了一名档案员。

赵红霞的大弟弟赵洪涛出狱了。红霞因工作上受刁难的郁闷心情有了一次释放。提起这个不争气的弟弟，红霞成天提心吊胆。因为赵洪涛出生之前，赵家清一色的女孩儿，洪涛来到这个世界后，成了赵家的祖宗，要星星，父母、姐姐恨不得给月亮。洪涛彻底被宠坏了、惯坏了，年龄一大，想管也管不了了。偷鸡摸狗、打仗斗殴什么坏事都干。一九八三年严打时，公安机关以团伙首犯的罪名将他抓捕归案，当时，团伙首犯是要砍头的，家里人都吓出一身冷汗，赵忠祥毕竟干了一辈子公安，知道如何维权，经过专案组反复调查核实，赵洪涛能落实的罪名就是通奸、盗窃，最后以流氓罪判了二十年。这也判重了，赵忠祥不断地上诉、申诉，法院改判为有期徒刑十年。红霞在姐妹中是最有责任感的，她常常云探监，不断地给弟弟写信，规劝弟弟好好改造、重新做人。在红霞苦口婆心的劝导下，洪涛多次立功受奖，还减了两年刑，学了一门修车技术，现在终于可以回家骨肉团聚，红霞心里能不乐？

　　然而，现实是残酷的，弟弟回家小半年了，工作始终无着落，他原本在一家金属制品厂上班，判刑后饭碗没了，她多方求情无果。是啊，谁会冒险收留一个刑满释放人员？红霞的心病瞒得了别人，但瞒不了柏林，红霞是担心弟弟找不到工作，到社会上去游逛，再结交一些不三不四的人，重新走上犯罪道路，这些年的操心费力不就打了水漂？社会上一些刑满释放的人员找不到工作，出去偷，出去抢，导致二进宫、三进宫的事还少吗？柏林的心地是善良的，在一些关键事情上，他总是替别人着想，这些日子他满脑子都在琢磨内弟的事。他想在林安帮洪涛找个正式工作，把洪涛留在身边，姐弟俩也好有个照应，然后再帮他说门亲事，成个家，往后的日子也就有盼头了。柏林一向为人做事低调，哪怕家里人，没有搞定的事他是不会声张的，这也是南方人的行事风格。一位多年的老朋友对柏林的评价是，柏林就像一坛陈年老酒，越处越香。这天下班时，红霞接到柏林打来的电话，告诉她晚上有个应酬，让她和儿子小军自己吃，红霞叮嘱他少喝酒，注意身体。柏林一般情况下是听红霞的，但今天要例外，他要请的是一位重要客人，这位客人直接关系到洪涛今后的命运。客人叫远重为，是林安市汽车运输公司掌门人。柏林清晰地记得，三年前，北方经济报社派人到林安市买大米给职工搞福利，大米买到后，运输是个问题，因路程太远一般单位都不愿派车，找营运车又不合算，加上运费，大米成了肉价钱，如果能找到空车捎一下就什么问题都解决了。柏林抱着试试看的心理把客人领到林安市汽车运输公司，没想到公司经理远重为是广播电台的忠实听众，王柏林的大名他早已如雷贯耳，他早就想结识王柏林，但一直没有机会，今天送上门来了。一见面，远重为就有相见恨晚的实在劲儿，不等柏林把话说完，远重为就拍起了胸脯，"好说好说，这事就包在我身上。"他马上找来调度员询问，一问，正好有一台大货车放空到大北市拉物资，柏林提出给点油钱，远经理是个红脸汉子："你埋汰我呀！能交你这个大记者，是我远某人三生有幸。"打那以后，柏林和远重为成了最要好的朋友。

今晚，王柏林是经过了激烈的思想斗争才找到远重为的，他知道林安市汽车运输公司的日子也不好过，业务量减少，成本增加，许多生意被个体运输抢了去，至今有不少下岗职工吵着要工作、要饭吃，可不找远经理又找谁去？别说是刑满释放人员，就是正常人也很难找到像样的工作。因为谈事，不方便外人介入，柏林在一家骨头馆要了一个小包间，柏林是不喝酒的，但今天他要舍命陪君子，来时特意揣了一瓶十五年茅台，他知道，远经理爱喝茅台。远重为不见外，他打开一闻，"哎，这酒是真的，你是不是有什么事要求我？拿这么好的酒。不过，丑话说到前面，酒咱俩平着喝，你一杯，我一杯，否则，你的事我办不了。"柏林知道这是玩笑话，就是不喝酒，凭自己和老远的关系，他也不会不办。两杯酒下肚，柏林把内弟前前后后的事一五一十说了出来。远重为把端起来的杯中酒一饮而尽豪爽地说："这事好办，你内弟不是会修车吗？让他上我们公司机修车间，一切手续我来办。""远哥，我这就给你敬礼了。"柏林站起来，刚要给远经理敬礼。"不行，不行，你得用酒表达。"远经理给柏林斟了满满一杯，足足有二两，王柏林豁出去了，他端起酒杯一饮而尽。"喝，今天高兴，一醉方休。"王柏林给远重为满上一杯后，又给自己倒了一杯。两杯酒下肚，王柏林基本不知道北了，后来怎么算的账，什么时间离开骨头馆他都不知道了。等他清醒的时候已是第二天早晨了。红霞告诉他，是远经理送他回来的，回家已经是十点多了。柏林这才把求远经理安排洪涛工作的事告诉红霞，红霞娇嗔地说，今晚上奖励你。

十五

　　这注定是一个多事的年份。红霞家阳台上养的一盆君子兰不缺肥、不缺水，突然间枯萎死去。年三十包的饺子烂成一锅粥。红霞和柏林的心悬了起来。红霞的第六感告诉她，今年家里恐怕要有灾难。每天早晨出行，她都要叮嘱柏林和小军出门过马路机灵点，遇到打仗斗殴的别往前凑。过完正月十五，各单位工作都走上了正轨。红霞单位组织女工体检，下午体检报告发到每人手上，基本无大碍。仅有个别女工有点妇科炎症或子宫肌瘤，用点药就好了，单单赵红霞的报告没发给她。红霞找工会，工会女工委员告诉她，报告单还没出来，她转身去找医院，医院又说报告单统一返给单位了，这是怎么回事？原来，检查发现红霞乳房上长了一个鸡蛋黄大的肿瘤，有经验的大夫看后，认为这不是个好东西，很可能是恶性肿瘤。工会怕红霞经受不了这一打击，经请示工会主席，把报告单交给了红霞的丈夫王柏林。柏林接到报告单后如五雷轰顶，双手颤抖。这怎么办？红霞这么年轻，孩子又这么小，柏林当即眼圈红了。工会单主席很会做工作："柏林，你是男子汉，千万要坚强，咱们想法子给红霞治疗。"红霞聪明透顶，瞒是瞒不住的，柏林灵机一动，到医院通过熟人开了一张假的体检报告，报告上表明患者乳房上长个粉瘤，需要小手术切除。晚上，柏林做了红霞最爱吃的小炒肉、酱鲫鱼、炒菜心、泥鳅鱼几个菜。红霞见柏林做了这么多好吃的，更起了疑心，她已知道报告单在柏林手里，坚持要看了报告才放心吃饭。柏林掏出假报告单让红霞细看，红霞看后一块石头才落地，拿起筷子吃饭。

晚上，两人在做不做手术的问题上产生了分歧。红霞认为，既然是小粉瘤不碍事，找个好大夫吃点中药就化了，红霞外表看很刚强，说话像男人性格，但内心很柔弱，很胆小，平常扎个针都害怕，她拒绝动刀是有原因的。而柏林知道实情，手术必须得做，而且要尽快做。割出来的肿瘤还要化验，以便对症治疗。他尽量把事往轻了说："既然是小粉瘤，也不用做大手术，忍着点，割完就没事了，免得老惦着它。"红霞犟是犟，但在一些大事上，她还是听柏林的。两人商量好，下周一到市医院做手术。

王柏林在林安市是有面子的，加上红霞单位做工作，医院派了最好的大夫"栾一刀"亲自主刀，又让最好的麻醉师打麻药。手术前，红霞单位来了三个领导，一齐给红霞打气、鼓劲儿。手术进行了两个多小时，连鸡蛋大的肿瘤连带周边的组织切下来小半碗，肉瘤让柏林和在场的领导看着送去检验科化验，红霞留医院观察。这期间，不断有亲朋好友、单位同事来探视红霞。红霞渐渐起了疑心，难道是恶性肿瘤？她问化验结果出来没有，柏林告诉她，需要一星期。红霞更起了疑心，一般化验报告也就一两天出结果，怎么自己的化验结果要等一周呢？后来，只要有人来看她，她就要哭一场，她几次拉着柏林的手说，我可能要不行了，假如真那样，你一定要带好儿子小军，还要照顾好双方老人。红霞还嘱咐一个至今未婚的大龄闺蜜，万一她走了，就让闺蜜嫁给柏林，说柏林是这个世界上难寻的好男人，嫁给他一定会幸福的。闺蜜眼含热泪连连点头，柏林虽不知道红霞有这个念头，但这些天，他看见红霞的闺蜜很反常，见到自己总有些不好意思，眼神怪怪的，红霞没事以后才真相大白。一星期后，送到省城医院的化验结果出来了，红霞乳房上长的瘤是良性的，当时医院还没兴收红包，柏林拿出一月工资请大夫吃了一顿大餐。

　　肿瘤风波过后，红霞和柏林一切看开了，开始注重养生保健。每天坚持走路锻炼，定期到医院检查身体，钱该花的花。他们更加孝敬父母，更加注重亲情，夫妻更加恩爱了。阳春三月，大柳江开花了，柏林和红霞手牵着手在大柳桥上看江景，突然，一个背行李的小伙子让他们吃了一惊，这不是柏林的五弟勇林吗？他怎么来了？事先一点消息也没有，一问才知道，五弟高考落榜后，背着行囊闯世界，没想到处处碰钉子，亲戚们不肯收留，无奈，千里迢迢来投奔大哥大嫂。柏林有些为难，因为在这之前，家里已经收留了红霞的两个弟弟一个妹妹，虽然家里换了两室一厅的房子，如果再收留一个，地板上都得住人了。柏林原想让五弟住几天就打发他走，可红霞不干了，有我们吃的就有他吃的，有我们住的就有他住的。她在两个弟弟的房间加了一张单人床，五弟住下后，她求柏林在林安帮他找个工作，几天后，柏林通过朋友给五弟在一家乡镇食品厂找了一个推销员的差事。五弟到底是年轻，缺少社会经验，卖了几车饼干后，让一个地痞骗了一把，钱没要回来，还让人打得鼻青脸肿。"销售不好干，咱们自己开个店吧。"还是红霞心疼小叔子，她拿出了压箱底的私房钱，给勇林开了一家计算机培训班。勇林很争气，只几个月时间，就把培训班变成了计算机学校，后来又通过连锁的方式把学校办到了北京、深圳，如今成了财产过亿的互联网公司大老板。

红霞查出肿瘤的那年秋天，父亲赵忠祥咳嗽高烧不退，原以为打几个点滴就好了，没想到越来越重。"把爸爸接来好好查一查，别耽误了。"柏林一句话提醒了红霞。这天下午，柏林和红霞陪着老父亲赵忠祥到林安市医院一检查，发现肺部有阴影，大夫怀疑是肿瘤，让病人转省城医院复查确诊。第二天，柏林让单位出车，陪岳父到省医院进一步检查。省医院的王教授是肿瘤专家，通过X光一透视，基本确定为恶性肿瘤。手术预约在下周三进行。王教授让患者家属回家准备两万元住院和手术费。红霞通知外地的姐妹下周二带钱到自己家里开家庭会，商量给父亲治病事宜。周二早上，姐妹八人一个不少都来了，有的带了五百，有的带了三百，有的两手空空，最多的一千，都加到一起也不到三千。这怎么成？柏林第一次见红霞发这么大的火："怎么？你们都不是爹妈养的，自己蹦出来的？就这点钱能给爸做手术吗？"可发完脾气，红霞又心软了。这些姐妹也不容易啊！下岗的下岗、失业的失业，做生意的赔钱。"这样吧，三千就三千，剩下的一万七我来拿。"红霞当场拍板，她把家里的钱凑了一下，连零钱加一块就五千。下午，她向同事借了两千，又向一个开店的小老板以每月二分利抬了一万元。红霞和柏林乘火车连夜赶到省城，在一个三十元的招待所住了半宿，第二天赶在父亲手术前，把两万元交到了住院部。手术是艰难的，王教授在手术室整整做了六个小时，父亲的肿瘤已开始扩散，王教授把父亲的大半个肺都切下来了。红霞把探视的姐妹都打发回去了，她自己留下来陪护，一直陪护到父亲刀口恢复出院。整整半个月，红霞没洗个澡、没睡个安稳觉，而柏林有空就往省城跑，半个月跑了六个来回，出院时，他找了台车，亲自把岳父接回家疗养。癌症越到后期越痛苦，柏林通过朋友、熟人买来杜冷丁，在痛得扛不住的时候就给打一针。每天一下班，柏林和红霞准时来到病床前，变着花样给老人买吃的。这天下午，赵忠祥回光返照，精神强了起来，他一手拽着柏林，一手拽着红霞，泣不成声地说："红霞，你原谅爸爸吧，当初是爸爸不对，反对你和柏林处对象，现在看来，你选对了，柏林是个好丈夫，值得你爱他一辈子，我在阴曹地府也会保佑你们的。"没想到，这段话成了赵忠祥的遗嘱。

红霞和柏林虽然早有预感，但没有料到来得这么突然。第二天一早，他们就接到了父亲去世的消息。噩耗传来，夫妻俩失声痛哭，在极度悲痛中，他们按照当地风俗，给老人举行了隆重的葬礼。红霞是个孝女，柏林是个孝婿，他们没有要老人的一分钱遗产，反而把垫付报销的医疗费留给老母亲养老，又添钱给母亲买了一套两室一厅的暖气楼，还帮助三个弟弟妹妹结婚成了家。

十六

这年冬天，林安市要调整乡局级干部的消息早早传了出来。人们看到每当夜幕降临，市领导家门口总是车水马龙，人来人往。有的希望得到提拔，有的想换个好位置，这也是人之常情。柏林谁家也没去，他一直认为，提不提拔，那是组织上的事，干好自己的工作就行了。但这几天他坐不住了，听到一条小道消息，说在一个单位干满六年以上的副职，不能提拔的必须交流出去，柏林任林安日报社副总编已满七年——对，

《林安报》两年前已改为日报——按规定必须交流出去。而柏林很热爱这份工作，他对新闻事业很有感情。这天晚饭后，他给组织部长林光兴挂了电话，询问有关干部调整政策。林部长也是军人出身，说话不藏着掖着，直率地告诉柏林："你任现职已满六年，属于调整的对象，那你有什么想法吗？""不麻烦组织，可以把我的职务免了，留在报社当记者。"说完轻轻地放下电话，王柏林不是跟组织上赌气，他是经过深思熟虑后做出这个决定的，并且他的想法也得到了红霞的支持。那些年，由于社会风气不好，研究干部工作没有不跑风漏气的。这不，市委常委会刚开完，王柏林家里的电话响个不停，清一色地祝贺。祝贺他荣升林安日报社总编辑，当然也有不少电话是为自己评功买好的，柏林心知肚明，他一概表示感谢。

王柏林当上林安日报社总编辑后，没有沾沾自喜，更没有飘飘然，他觉得这是一种责任，深感到肩上的担子沉甸甸的。他决心大干一场，用实际行动回报组织上的信任。他针对报社的现状和存在的弊端，决定在用人、出版、经营上进行大胆改革。在用人上实行全员竞聘上岗，总编聘用部主任，部主任聘用编辑记者，层层传导压力；改革出版办法，变小报为大报，加强一版要闻报道和评论，加大舆论监督，建立考评机制，好稿实行票决制，凡评上的好稿给予重奖，对差错实行重罚；对广告、发行实行招标承包制，超收分成，多劳多得。为确保改革的顺利进行，王柏林用报社的财产作抵押，从银行贷了三十万元，期限为一年。王柏林在部队做过统计、核算员，他精于算计，当时人均工资四百多元，全报社一年工资支出约三十万元，再拿出三十万元绩效奖励，相当于职工收入翻一番。市里财力有限，没有多余的钱给报社，他要眼睛向内，改革挖潜，羊毛出在羊身上。当时很多人包括市领导也为他捏了一把汗，但他想好了，自己不多拿一分钱，干砸了，引咎辞职，改革哪有没风险的？怕担风险就别当领导。小平同志还讲"摸着石头过河"。王柏林的改革很快带来了连锁效应，职工积极性空前高涨，记者、编辑争着写好稿、编好稿，报纸权威性、可读性增强了，差错率减少了，报纸发行量大增，居民、个体户、私营业主纷纷半路征订《林安日报》。报纸发行量增加，加上承包激励机制，广告收入成倍增加，他让财务算了一笔账，改革运行三个月，报社累计发出各种责任奖九万多元，同期广告净收入十五万元，同比增长百分之一百五十。年底一算账，除归还银行三十万元贷款外，报社还结余二十多万元。王柏林一不做二不休，他把结余的钱拿出一半办起了职工食堂，职工每顿饭花两元钱就能吃到可口的饭菜。但改革也带来了不同的声音，对内，一些人犯起了红眼病，认为广告、发行承包部门得奖金太多，不公平，有的人还扬言要到市里告状。王柏林先是召开班子会、中层干部会，统一思想认识，接着召开职工大会，他掰着指头给大家算账，讲清利害关系，如果回到吃大锅饭的日子，广告、发行收入减少，这三十万元责任奖金就得泡汤。最后，他提议全体票决，同意广告、发行继续承包的画√，不同意的画×。结果百分之九十五的职工支持承包经营。内部的风波平息了，外部因舆论监督带来的困扰有增无减。今天有人打电话骂娘，明天有单位告状。最典型的是林安市公安局，前些日子，报社社会生活部主任荣万程连发三篇报道批评警察。这还得了！小报记者敢在太岁头上动土？公安局长楼万宝亲自找市委书记刘冲才，要求市委严肃处理林安日报社，并开除荣万程。这一切，当王柏林还蒙在鼓里的时候，王柏林的好朋友公安局政委王和向他透露了这一消息，建议柏林主动向楼万宝赔礼道歉，挽回影响，并加大对公安的正面宣传。一贯为人低调、与人为善的王柏林豁出去了，他亲自率领市委宣传部新闻科的同志对三篇报道展开调查核实，经过调查，三篇舆论监督报道完全属实，他亲自起草调查报告提交市委，刘冲才书记批示，舆论监督很重要，建议公安局举一反三，对干警作风进行一次整顿。楼万程接到批示，表面上服从照办，但内心里对王柏林恨之入骨。王柏林的做法，既坚持了正义，又保护了干部，在报社的威望大增，但由此也给自己带来了麻烦。此事发生后不久，王柏林家被盗，丢失现金九万多元。完全可破的案子，却被楼万程不作为压了下去。一天上午，红霞取了九万元现金准备交房款，因排队的人太多，她把钱暂存在家里，然后继续上班，原计下午再去交，没想到，自己的举动被犯罪分子盯上了。她前脚刚走，犯罪分子别门撬锁，进屋偷走了她的钱。一邻居老太太发现时，犯罪嫌疑人上了一台白色蓝杠的出租车。她灵机一动，暗自记下后面三位数车牌号，并马上给红霞打电话，柏林赶回家时，红霞已哭得不行："都怪我，都怪我，柏林你打我吧，打我吧。"柏林一句怨言没说，以最快的速度到公安局刑警大队报案。由于线索清晰，他希望公安局马上派警力到公路收费站堵截。刑警大队长觉得案情重大需向楼万程局长报告，让柏林和红霞稍等片刻。十多分钟后，刑警大队长垂头丧气地回来了，告诉柏林，楼局长说了，犯罪嫌疑人早已跑了，堵也没用，让你们先回去，他会安排专案组调查，一有消息，马上告诉你们。后来，柏林不断到刑警队打听消息，要么是正在调查，要么是没有那个车号，是老太太眼花，记错了。后来，楼万程调走了，刑警大队长才说了实情，楼万程压根儿就没有成立专案组，还说"活该"，谁让王柏林与公安局作对，与我楼万程过不去，想破案，做梦吧！

王柏林原来一头黑发，自当总编后，头发一把一把地掉，不到四十的年龄，头发也开始白了。一天，他请老领导喝酒，老领导语重心长地说，"柏林别干了，小报你再怎么干，能干到哪里去，凭你的才能适合去干大报。"柏林不是没这个机会，早在八年前，还是任《林安日报》副总编的时候，安东日报社社长就看好了他，认为他是棵好苗子，明确表示要调他到省报工作，但他替红霞着想，已经两次两地生活了，不能再过牛郎织女的生活。现在，老领导的话，让他有点动心了。自己尽管是总编辑，仍是个中级职称，将来顶多弄个副高，评正高想都别想了，因为地市级日报也就一个正高指标。这天中午，突然来了个看相算命的，不等柏林拒绝，算命先生就说："贵人是个大富大贵的命，非久留此地，很快会飞黄腾达，职务上能干到处级、职称上能做到教授。请记住我说过的话吧！"说完也没要算命钱，便不辞而别。说来也怪，此后，柏林再也没见到这个神秘的算命先生了。

真正促使王柏林下决心离开林安到省报工作，是报社内部发生了一起闹心的奇葩事件。元旦凌晨两点左右，正在熟睡中的王柏林突然听到急促的敲门声。"谁呀？""是我，姜子国，王总编，请开门。"姜子国压低嗓门，他是怕惊动邻居。"等等，有危险吗？姜子国现在可是亡命徒。"红霞一把拽住正要起身开门的丈夫。

姜子国原是一名农村孤儿，长大后随伯父进了城。姜子国尽管没多少文化，但人很机灵，也很能吃苦。林安报社成立后，王柏林可怜他没工作，就把他招到报社以临时工的身份订报、送报。姜子国很能干，也很会说，一般难啃的钉子户，他一出马准能拿下。在报社第三批进人时，姜子国以正式员工的身份进了林安报社。报社改日报成立发行部时，王柏林力排众议提拔姜子国担任发行部主任。社会上有的人天生就是贱骨头，当自己落难时，夹着尾巴做人，一旦时来运转，就不知道北了，什么龌龊事都敢干。这不，自当上林安日报社发行部主任后，半拉眼看不上自己的糟糠之妻了，成天色眯眯盯住从乡下来的长得如花似玉的邻居李金花不放，这李金花也不是个省油的灯，一有机会就与姜子国眉来眼去，打情骂俏。姜子国很有手腕，他把蹬三轮车谋生的李金花的老公狗顺子招到手下送报，每月开固定工资。狗顺子和李金花养了一个女儿，五六岁了，却是个智力不健全的残疾女童，计生部门批准他可生育二胎。李金花担心和狗顺子生出来的二胎又是个痴呆傻，便央求狗顺子"借种"，并赤裸裸地提出借姜子国的种。狗顺子虽然心里一百个不愿意，但应了一句老话——拿人手短吃人嘴软，只能点头同意。不过他告诉李金花，事成之后，与姜子国一刀两断，决不能藕断丝连。李金花满口答应着。不出两个月，李金花"借种"成功，怀上了姜子国的"种"。不到一年，李金花生了个大胖小子，长得与姜子国一模一样，俗话说猫改不了吃腥，姜子国与李金花表面上各过各的，暗地里仍勾搭连环，在一起鬼混。狗顺子心知肚明，却无可奈何。但最近发生的一件事，使俩人的关系闹到水火不容的地步。一天，林安日报社主管发行工作的副总编张宇收到一封订户来信，说他是一个读报迷，最近两个月没收到《林安日报》了，这还了得！张宇自来与姜子国不和，他带人亲自出面调查，不查不知道，一查吓一跳，狗顺子负责送报的三个批零市场上千用户都没收到报纸。张宇找来狗顺子一通吓唬，狗顺子全招了。这些报纸一到手，都让他送废品收购站卖了，张宇请示王柏林后，当即辞退了狗顺子。俗话说，光脚的不怕穿鞋的，狗顺子把姜子国如何借种，如何霸占民妻的丑事一五一十地抖了出来，然后借着酒劲儿把李金花、姜子国打了一顿，姜子国做了龌龊事不反省自己，反而找张宇大吵大闹，威胁要杀了张宇。要不是王柏林赶来震住，那天或许会出人命也未可知。紧接着，姜子国失踪了。王柏林从姜子国媳妇嘴里得知，姜子国与张宇大闹那天晚上，姜子国拿了一把锋利的杀猪刀走了，王柏林担心出人命，每天派人护送副总编张宇回家，并叮嘱他晚上千万别出门，谁叫门也不开。

"王总编，请开门。"姜子国今晚看来不见王柏林是不能走了。王柏林开灯一看手表，凌晨两点半了。姜子国在寒冷的门外站了半小时了，红霞仍哆哆嗦嗦地拽着柏林的手不肯松开。"红霞，让他进来吧，我跟他好好谈一谈，兴许能打消他的恶念。再说，我跟他无冤无仇，甚至可以说是他的恩人，不会把我怎样的。"其实，王柏林心里也没太有底，一个狂徒急了什么事都能干出来的。他随手拿了一把椅子，万一姜子国动粗，他也能防一下身。早在中学时代，王柏林就跟一个远房亲戚学过椅子防身术。王柏林穿好衣服，打开客厅大灯，然后把门打开。姜子国一只手开门，另一只手塞在大衣后腰部进来了。这真是一个亡命徒，脚穿一双破棉挂，身穿一件破军大衣，头发像个鸡窝，眼睛红红的，充满了血丝。姜子国果然不是冲王柏林来的，进门便道歉，"王总编，对不起，打扰你休息了。"王柏林让他坐在沙发上，自己坐在对面椅子上，把门关好后，柏林示意他把那只手拿出来，一把一尺多长的杀猪刀在灯光的照射下明晃晃地扔在了地上，发出"叮当叮当"声。

这时，红霞出来了，她给姜子国拿了烟，递了火，又沏了一壶茶，然后，伸了一个懒腰，见气氛不错，便推说睡觉去了。其实，她只是和衣躺在床上，手里紧紧握着一根铁棒，一旦外头打起来，柏林也好有个帮手。王柏林虽然年龄不大，但却是个经验丰富的老领导了。对付这种没文化的亡命徒，不能来硬的。"张宇那小子太不是东西了，他跟我过不去，我就让他白刀子进去，红刀子出来。要不是你安排人保护，他早没命了。"姜子国坐下就开骂。柏林让姜子国随便骂，让他尽情地发泄情绪，他见姜子国骂累了，喝了水，抽了烟，情绪稳定下来后，和风细雨、推心置腹地跟他谈，说他工作上的成绩，对林安日报的贡献。然后，一针见血地说："子国，你不能那么做，你想过没有，假如你这几天晚上得手，真把他杀了，杀人偿命，你也得伏法，可你的家人怎么办？他们是无辜的……"

王柏林说的都是掏心窝子的话，姜子国不断地点头，喝水、抽烟，他表示一切听王总编的，不会再去干傻事了。王柏林告诉他，犯了错就要有勇气承担，听候组织上处理。当然也暗示他，发行部主任是干不成了，但会保住他的饭碗，留他一条生路。

这时，天已大亮。姜子国一再感恩地离去，半宿没合眼的王柏林痛下决心，离开报社，离开林安市。他把自己的想法告诉赵红霞，目睹这一切的红霞紧紧抱着柏林说："你走吧，我宁可再过牛郎织女的生活，也不要你过这样担惊受怕的日子。"说办就办，柏林又拿出部队那套雷厉风行的作风，他马上给省报安东日报社长宁洪武家挂了电话。"谁呀，这么早来电话，我刚躺下，有什么事？""是我，王柏林，宁社长，我现在下决心到你手下工作，还可以吗？"王柏林知道，这不是婆婆妈妈的时候，直接把调工作的事说了出来。"哦，柏林啊？我还是那句话，安东日报社随时欢迎你加入。"宁洪武是个爽快人，他从不在柏林面前打官腔。"谢谢，谢谢。"柏林没有再打扰宁社长休息，匆匆挂了电话。

十七

二姐赵红丽是带着哭腔给红霞打电话的。她告诉红霞，这回她吃了秤砣——铁了心要跟二姐夫徐中仁"拜拜"。"上次你把他从公安局领回去不是好了吗？"红霞着急地问。"别提了，是狗改不了吃屎，一两句话说不清楚，这样吧，你下班后坐通勤车上家来一趟，好好帮姐参谋参谋，姐有半年没看到你了，怪想你的。"红丽在电话那头央求起红霞。

红霞下班后先回了趟家，原想跟柏林说说二姐红丽的事，见柏林还没回来，便留了张字条，自己乘通勤车去了岭南县向阳镇。

向阳镇火车站是日伪时期修建的，楼体面积不大，但很结实，一直沿用至今。上级铁路部门几次想规划重建，因当地客流量不增反降，建的意义不大，便小打小闹、修修补补、刷刷外墙，红霞经常来往向阳镇，对这里的一切再熟悉不过了。红霞没有随人流走出站口，而是顺着站台往东走，走了约五百米远，围墙上露出一个豁口，她顺着豁口钻出了站台，穿深灰色羽绒服的二姐红丽在这里恭候多时了，她见红霞到来，立马过来帮着拎兜子。姐儿俩一前一后踏着瑞雪"咔嚓咔嚓"往家走去。回到家里，两人简单吃一口后，红丽就把与徐中仁没法过下去的理由一五一十道了出来。

徐中仁嫖娼被抓，交完罚款随赵红丽回家后，老老实实待了一段日子，这段时间，徐中仁大门不出，二门不迈，家务活也帮着干点，红丽脸上也有了笑容。徐中仁是个嘴上抹糖的人，那天他看见红丽心情很好，便卖乖说："媳妇，你太辛苦了，我一个大老爷们儿，屁钱挣不来，还得靠你养活，真难为你的。要不，我再到沟里跑几趟，挣两个补贴补贴家用？""得了吧，挣多少也不够你花的。"红丽虽然说话难听点，但这是实情。"宝贝，再也不敢了，我发誓，徐中仁若再犯，天打五雷轰。"红丽是个头脑简单、没心没肺的人。她见徐中仁发誓，心早已软了。徐中仁说得没错，一个大老爷们儿成天在家待着，也不是那么回事，便叮嘱他要干就好好干，别再整些乱七八糟的。

徐中仁开始果然听话，往沟里倒动两趟粮食，回来给红丽交了五千元，可接下来就不是他了，一次他喝醉了，在大街上大把撒钱，八千元票子扔到空中像天女散花，幸好过路人不贪财，把捡到的钱还给了他，一个记者听说后做了报道，赵红丽是从岭南广播电台听到的。红丽给徐中仁一顿臭骂："你傻呀，你还是有精神病？拿钱往大街上扔，你怎么不去撞车，一头撞死得了。"徐中仁任媳妇怎么骂，一句话不说，好像这事跟他没有任何关系。再后来，徐中仁一两个月也不回家一次，听说他在沟里跟一个小寡妇在一起鬼混，挣俩臭钱不够填小寡妇那个坑。"这不上月债主告到法院，欠人两万多元，家里哪有钱还债？就这破房子顶多值一点五万元，可这房子要是顶债了，我和孩子住露天地啊？我好说歹说最后同意办了个假离婚，这死鬼是狗改不了吃屎，仍在外面胡作非为，三天两头回来要钱，不给钱就动手，这右腿就让那牲口给打的。"难怪红霞来时见二姐走道一拐一拐的。她撸起裤脚，红霞看到二姐大腿上青一块紫一块的。"这回说出龙叫也不跟他过了，可这死鬼不干，非让我再给他拿一点五万元，否则还回来作。"红霞听了二姐红丽的诉说，冲劲儿也上来了。"行，彻底离开他，钱不够我帮你凑。"

第二天，拿了钱的徐中仁一去不复返。二姐红丽担心他再回来纠缠，匆匆把房子低价处理了，自己请长假，远走高飞赴韩国打工去了。

安东省的《安东日报》是一张老报纸。据史料记载，它诞生于解放战争的炮火声中，比新中国还年长三岁，因而报社是藏龙卧虎、人才辈出的地方，水深得很。很多编辑记者来自于各省高考状元，出自于清华、北大、人大、南开、复旦等名校。王柏林虽然很顺利进入安东日报社大门，但一切都得从头干起。初来乍到，领导安排他到地方记者部当机动记者，这就很不错了。看在他当过县报总编的份上，许多名牌大学生进报社都是从校对干起，干满两年才能转岗做通联编辑，当正式记者没有五年资历基本没戏。地方记者部是管辖各地记者站的，一天忙忙碌碌为他人作嫁衣裳。柏林一时半晌插不上手，再说每人都有分工，谁都不愿让这个新来的同事掺和自己的事情。他只能干点扫扫地、打打水之类的杂活，真正让柏林抬起头来走路是他干了两件漂亮事之后。柏林调入安东日报社不久，安东省发生了百年不遇的洪灾，他自告奋勇赴前线采访，啃干粮，睡草地，与抗洪大军摸爬滚打，几次险些被洪水卷走，由于他能吃苦，又身临其境，他的每一篇发自前线的报道都产生了很大的社会反响。有的被上级领导批示，其中有一篇参与采写的大通讯获年度省和中国新闻一等奖，全国党报好新闻一等奖，安东省抗洪表彰时，王柏林披红戴花，荣记二等功。王柏林在报社小有名气了，但在地方记者部还没太认可。接下来有件事让大家对他刮目相看了。中秋节快到了，报社没钱搞福利，但允许各部室自找门路、各显神通。有的战线多，采访对象又很肥缺的部门，福利自然丰厚，地方记者部高高在上，很少接地气，只能眼馋其他部室。一天，地方记者部尤主任找到柏林，"你在地方当过总编，能不能拉点赞助，给大家搞点福利？拉来赞助给你百分之二十提成。"柏林没有应允，但答应试试。柏林原想回林安市找朋友企业拉赞助，这事肯定成，但那样做怕被人家看不起，部里人也会不服气。用你原来的资源算什么？柏林决定另辟蹊径，他乘车来到距省城二百多公里的惠宁县，抗洪报道时他结识了这里一位合资企业的吴老板，吴老板被他的职业精神所感动，消息见报后，吴老板亲自打电话表示感谢，并承诺找机会专程赴省城请他吃饭。再见到王柏林时，吴老板很是兴奋，带着王柏林参观车间流水线，参观时，吴老板告诉他，现在产品供不应求，可就是原料短缺，要不效益会更好。王柏林得知该合资企业收购的原料为秋田小町时，立马给林安市的粮食局长刘子文挂了电话，刘局长听说他帮助推销秋田小町自然乐不可支，答应马上组织收粮，保障合资企业的原料供应。吴老板更是爽快人，他告诉王柏林，按企业有关规定，可合理合法取得报酬。柏林接过话茬说："吴老板，给本人报酬的事可以免了，求你给我们部里搞点福利。"王柏林办事一向心胸坦荡，大公无私。他把地方记者部遇到的困难一五一十讲了，吴老板大笔一挥，当即让财务取了两万元现金，交给王柏林，外加二十八袋精装大米。吃过午饭，吴老板派专车把王柏林和大米直接送到安东日报社，地方记者部的三个主任和十一名编辑记者一看王柏林带回来如此丰厚的中秋福利，一个个眉开眼笑，尤主任当场抽出四千元奖励王柏林，王柏林说啥也不肯收，此后，王柏林在安东日报社地方记者部威望与日俱增。

这年年底，安东日报社调整中层干部，社党组拟提拔王柏林为副处，当时有两个岗位可供他选择，一是地方记者部副主任，二是派到顺风市任副处级记者站站长，因为老站长已经到退休年龄。当主管地方记者部的副总编仇宝民征求王柏林意见时，王柏林毫不犹豫地选择担任顺风记者站站长。

十八

有人说王柏林是拿着打狗棍进顺风市的，理由是他走马上任后接连发了几篇重量级批评报道。顺风市地处安东省东南部山区，距省城三百多公里，王柏林是乘火车去的，在漫长的乘车途中，他听到邻座有人议论，说前两天，顺风市城管执法人员执法时开车活生生把一个小伙子轧了，瞅都不瞅一眼就把车开走了，现在当事人躺在医院没钱医治，患者家属上告无门。这时，旁边有人插话说："该死的城管，就是一帮土匪。""告他去呀！""唉，小老百姓，告有什么用？"说者无心，听者有意，凭着职业的敏感，王柏林觉得这是一条有价值的新闻。在顺风火车站下车后，王柏林没有到单位报到，而是直接介入这一事件的调查，经过采访当事人、目击者和有关涉案单位，掌握了大量的第一手材料。事件的真相是这样的：林安酒厂在顺风市一大型批发市场搞促销活动，为了扩大影响，厂家雇了一伙小青年发传单，顺风市城管大队执法人员以影响市容为由，没收了传单，并抢走了几十箱瓶装酒。负责看场子的工人李强不干了，拦住城管的车不让走。城管执法人员仗着人多势众，推开李强强行开车，李强一个箭步跨上踏脚板，手里死死拽着车门把手不放。城管人员平时野蛮执法惯了，哪管你的死活，一脚油门加速，李强被甩倒在地上，执法车就势顺着李强的腰部轧过去，并逃之夭夭。现场好心人见李强鲜血直流，伤势严重，拦了一辆出租车把李强送到附近的铁路医院救治，幸好抢救及时，李强保住了性命，但下身瘫痪了。事发过去两天了，城管执法人员连面都不见，患者已欠下近十万元的医疗施救费用。当王柏林采访城管执法大队负责人时，他们拒不担责，认为这是正当执法。王柏林中午、晚上两顿饭都没吃，赶写了一篇《顺风城管野蛮执法，致人重伤倒打一耙》的批评报道，迅速传到报社，第二天，《安东日报》以黑体字加花边在一版重要位置刊发，编辑还在报道末尾加了一句"本报将关注事态发展，连续报道"。此文见报后，在顺风市引起了强烈反响，市委书记常民、市长李伟、主管城建的副市长张根生分别做出重要批示，要求有关部门立即调查，严惩肇事者，承担患者的医疗费用。第二天，王柏林就事态发展做了连续报道，顺风市城管执法大队告饶了，表示愿意承担一切责任和后果，负责患者的所有医疗费用，求记者别再做连续报道了。王柏林见批评报道达到了预期效果，便终止了后续报道。

顺风市城管执法大队轧人风波不久，王柏林来到顺风市所辖的岭南县江北镇采访农村备耕生产情况。当他走访完几家农户回到镇上约见镇委书记杨玉山时，一位穿着朴素的老农缠着杨玉山说事，杨玉山见到记者像见到救兵似的对老农说："正好省报记者在这里，你的事跟他说说吧，我实在没办法帮你。"

老农民叫赵春光，现年六十二岁，原是江北镇岗下村村支书，十年前，他拿两万元带头参加了人保公司的养老保险，交保费时说得好好的，六十岁以后，赵春光可以到人保公司按月领取养老金，可两年前，人保公司一分为二，有寿险公司、财险公司，赵春光满六十岁拿着保险凭证去领养老金时，寿险公司让他去找财险公司，财险公司又把他推给寿险公司，可怜的赵春光跑了十几趟县城，一毛钱没领着，倒搭进去一大把车费。镇委书记杨玉山人脉广，跟寿险公司老总是老朋友，但人家说一码是一码，公事公办，赵春光的保险资料分家时弄丢了，退休金没法给他开。听了赵春光老人的诉说，王柏林的心揪了起来。他暗自发誓，决不能让老人的养老金打了水漂。几天后，安东日报以《老人的养老金谁来管？》为题在一版《焦点纪实》栏目刊出，此文见报后，安东省人寿保险公司领导立即打电话责问岭南县人寿公司，岭南公司一看事闹大了，马上组织人手查资料、翻档案，结果，不到两个小时就找到了赵春光的投保资料。当天下午岭南县人寿保险公司就把欠了赵春光近两年的养老金送到赵春光手上，并告诉赵春光以后每月十五日按时给赵春光发放养老金。

顺风市委办公楼坐落在官路岭脚下，这幢建于二十世纪五十年代初的三层建筑物，与市内的高楼大厦相比显得很不协调，没有八项规定之前，各地攀着比建办公楼，顺风市领导也不是没有想法，顺风的经济实力在安东省名列前茅，建豪华办公楼不是没有这个条件，那为什么顺风市委的领导甘居陋室？原来，顺风的领导内心一直隐藏着一条拿不上台面的秘密。凡搬进这幢大楼的主人都会得到升迁，六十多年来，百分之九十以上的地委书记、市委书记都顺利当上了省部级领导，改革开放初期，顺风地市合并后，机构迅速膨胀，办公场所拥挤不堪，市委书记下令在原有三层楼的基础上再接三层，楼盖揭开了，钢筋、水泥、木料都备好了，这时，官路岭大庙的老道出来说话了，这楼接不得，一接，风水就破坏了，顺风再也不会出省部级官员。市委书记是省城派来的，不能提拔就意味着在顺风养老，他权衡利弊后采纳了老道的建议，在拆出来的楼顶上加了一个红瓦盖顶。这年底，市委书记在激烈的竞争中顺利当上副省长，这可苦了在这幢楼办公的机关干部，安东日报社驻顺风记者站原指望增加两间办公室，这下泡汤了，四名记者仍挤在一个不满十平方米的斗室内办公。

二十世纪九十年代来，顺风市和全国各地一样，大刀阔斧地推行国企改革，一大批国企或破产倒闭，或出租出售，那些因改制损害到自身利益的下岗职工、离退休职工纷起抗争，他们成群结队地到顺风市委上访、静坐，每次上访都要求见"一把手"，但"一把手"是那么好见的吗？满足不了要求的上访者便赖着不走，一静坐就一天，那段时间，顺风市委大院简直成了自由市场，新上任的王柏林每天进出办公楼都要挤出一身汗。这天早上七点半，王柏林正常去办公，可市委楼前被上访职工排起了长长的人墙，任他怎么挤也进不去。上访者一般有信访办接待处理，王柏林一般不管，他知道这种事太多了，管也没用，管也管不过来，多一事不如少一事。再说自己已接连发几篇批评报道了，该转向唱点赞歌。王柏林正要想办法进楼时，突然看见上访人员拉开了横幅，"请顺风市委为我们做主，还我们公道"。王柏林一打听得知，这是顺风制药三厂的职工，归属顺风县管辖，王柏林采访报道过这户企业，生产和效益很不错的，今儿个怎么啦？王柏林决定调查这件事。他首先找了几个职工代表座谈，然后采访企业老板、县经委主任，随着采访的深入，问题的症结愈来愈清晰，这是一起县领导以权谋私、侵害企业承包人利益的事件。

三年前，顺风制药三厂因经营不善，负债累累，停产放假，厂房设备、药品批号等有形无形资产闲置，早些年从该厂辞职下海创业的吴德敏已是身家过千万的大老板了。此人心地善良，为人低调，多次捐资修路，建希望小学。顺风制药三厂停产后，他心里很不是滋味，想为三厂做点事，为下岗职工解决实际困难。经过多方运作，他承包租赁了大部分厂房设备，招回了二百多名下岗职工，签订了三年期的承包合同，合同规定承包人每年上缴县里二百万元承包租金，承包期满后，承包人有优先续包的权利。吴德敏是个实实在在干事的，他每天起早贪黑，与职工摸爬滚打在一起，不断提高职工的工资和福利待遇，三年承包期他累计投入一千多万元，现在厂房好了、设备新了、效益高了，有人却眼红了。原来，在吴德敏承包顺风制药三厂的同时，顺风县委书记李德贵以干股的形式找了几个把兄弟合伙承包了三厂的一个小车间，靠出租倒卖药品批号捞了一些钱。县经委要与吴德敏续签合同时，李德贵横挡着竖挡着，让吴德敏卷铺盖走人，把三厂交给自己那伙人干，吴德敏上告无门、欲哭无泪时，三厂职工挺身站出来为好心的老板喊冤。上访真相查清后，王柏林以《参与国企改革者遇到的尴尬》为题在《安东日报》一版刊发报道，市委书记常明看到报道后拍案大怒，把顺风县委书记李德贵找到办公室严词训斥，责令顺风县委妥善处理。一个月后，李德贵调离顺风县，新任县委书记周子平成立改制工作组进驻顺风制药三厂，经过清产核资，将三厂整体出售给吴德敏，更名为金精药业有限责任公司。

顺风市药材资源丰富、药厂林立，号称为北国药都，全市有大小药厂七十多家，在激烈的市场竞争中，一些药厂偷工减料，生产假药劣药，王柏林从中国质量万里行活动受到启发，经领导同意，在《安东日报》开辟了《顺风药品质量纵深行》栏目，每周出一期，每期一到两篇报道，有正面的，有负面的。在采访报道中，王柏林顶住各方压力，坚持实事求是的原则，有一说一，有二说二，把栏目办得有声有色。

在当今中国有一种奇怪的社会现象，说好话，皆大欢喜，相安无事，说批评，尤其在报纸上开展舆论监督，就犯了大忌，于是造就了一大批记者终身只写表扬稿、说奉承话。王柏林是党报记者，他知道自己的职责所在，他到顺风记者站上任后，采写的多数都是正面报道，舆论监督仅仅是一小部分，可这一小部分也给他工作、生活、身心带来了极大的压力。首先是来自顺风市高层的压力，顺风市委书记常明多次在公开场合诋毁王柏林，说他是个不听话的记者，甚至把他纳入"三防"人员，即防火、防盗、防记者。市里召开一些重要会议都拒绝他参加，王柏林想找书记汇报汇报，沟通沟通感情，都被常明的秘书一一挡了驾，他知道常明不想见他。一把手的想法太重要了，在顺风市，很多人都看一把手的脸色行事，一段时间，王柏林走到哪里，人们像遇到瘟神一样躲着他、绕开他。一次，他回林安市参加一个朋友孩子的婚礼，他的老搭档现林安市委宣传部副部长邢志伟把他拽到一个角落问："老弟，听说你在顺风市得罪了当权领导，他们想把你赶出顺风，你可得当心啊！"

顺风市对王柏林的不欢迎，情有可原，因为过去老站长一直写正面表扬的文章，冷不丁出来一个挑刺的记者，一时半会儿接受不了。而这种批评声一旦来自娘家安东日报社，王柏林的压力要说有多大就有多大。年底，他回到报社参加驻外记者站站长会议，总编辑江力大不点名地批评了王柏林，江力大露骨地说，有的新站长上任后，棍棒乱舞，妄自尊大，高高在上，眼里没有地方党委政府。这不就指的他吗？

欲哭无泪的王柏林，一上火病倒了，在省城开完站长会后，他回到林安市请了几天病假，休整休整，想静静地思考一下，可家里也不是一方净土，一向温柔贤淑的妻子突然向他发无名火，不给好脸色，说话夹枪带棒。"丁零零，丁零零"一阵急促的电话声响起，"喂，你找谁？""我找柏林。"对方是个娇滴滴的女声，红霞把电话交给柏林。"喂，喂。"对方没有应答，"嘟"的一声把电话挂了。这人真是的，接了电话又不吱声，还把电话搁了。"真见鬼。"王柏林随口嘟囔了一句。"我还想问你哩，你在顺风是不是有女人啦！"红霞接过话茬问。王柏林边咳嗽边摇头。"没有？怎么这些天总有个女的打电话找你，说是你的女朋友？""我要在外面找女朋友不得好死。"柏林激辩道。一连几天，那女的再没来电话，按理说，柏林在家里，女的真跟他有事，一定会再打电话。柏林本来就患重感冒，这一闹，病加重了，发起了高烧，还是红霞心疼老公，她用湿毛巾给柏林敷额头，用酒精给柏林擦手心、脚心、后背，还真管用，不一会儿工夫，柏林的高烧就退下去了。柏林见红霞的火气消了，便把自己写的十几篇批评报道拿给她看，红霞越看眉头皱得越深，红霞是聪明人，一点就通，这指定是柏林写批评报道得罪了哪路神仙，明的不敢，暗中使绊子，打骚扰电话，挑拨夫妻感情，来恶心王柏林。柏林告诉红霞，对手不会就此罢手，还会使别的手段，让她加倍小心。这天，王柏林到省城办事，突然接到一个陌生电话，恐吓他："不想活了？"问他家在哪里，媳妇、孩子在家吗！王柏林感到事态的严重，他一查这个匿名电话，竟是一个陌生男子在一个大街公用话亭打出来的。半夜时分，柏林又接到红霞的电话，说一个陌生男子打电话威胁她，要王柏林识相点，否则给她放放血，杀了他们的孩子。王柏林把这一切都向安东日报社领导做了如实汇报，报社领导很重视，立即派人到顺风市，协调宣传公安部门维护记者权益，保护记者的生命安全。

当各种流言蜚语、脏水、污水一齐泼向王柏林，王柏林的记者生涯遇到最困难的时刻，有一个人一直在力挺他，给他勇气和力量，这个人就是王柏林的伯乐，安东日报社社长宁洪武。宁洪武是北大高才生，琴棋书画样样精通，新闻、评论、美学，文学功底深厚，是安东日报社历届班子中最有才气的社长。别看他性格柔弱，书生气很浓，但他一身正气、慧眼识人，顺风市有人写匿名信诽谤王柏林，给他罗列了十大罪状，宁洪武气得当场把告状信撕得粉碎，他多次打电话安慰王柏林，告诉他，你该干啥干啥，顺风市实在容不下你，我给你在报社安排重要的岗位。

王柏林谢绝了宁社长的好意，他要继续在顺风市干下去，他要让自己的行动给顺风市社会各界一个交代。王柏林是党的好记者，是历届驻顺风记者站长中最出色、最优秀的站长。俗话说，逆水行舟不进则退，王柏林下决心反击了。他找来厚厚一叠揭露顺风市委书记常明纵容其子顺风市公安局副局长常小明充当黑社会保护伞、欺行霸市、强买强卖、非法经营、牟取暴利的群众来信，他将这些来信整理成上、中、下三份典型材料，以安东日报内参专送给安东省有关领导，省领导分别做出批示，并责令省政法委派出联合调查组赴顺风市秘密调查。常小明的问题很快浮出水面，他纠集一伙地痞流氓扰乱市场秩序，强买强卖、走私贩毒、倒卖枪支，非法经营获利一亿多元，充当黑社会保护伞，他还指使多人恐吓、威胁有正义感的记者王柏林。最后常小明以多项罪名判处死刑，缓期两年执行。受子牵连，常明被省委免去市委书记职务，提前退休。

十九

为了稳定顺风市，省委很快派出素有黑脸包公之称的省监察厅厅长游海群任顺风市委书记。游海群个人品格、为人处世、领导艺术、工作作风与前任书记判若两人，他为人低调，沉默寡言。他思维缜密但作风强悍，说一句算一句，他从不听风就是雨，有自己独到的见解。据说，他主持召开顺风市委第一次常委会，其中有一个议题是研究决定顺风市建设局局长。当时，组织部征求各方意见后初拟两个人选，一个是房产局长，一个是建设局副局长，在讨论时，十一个常委有十个发言认为房产局长适合做建设局长，房产局长就真这么十全十美？这里面一定有猫腻。要么这个人是个老好人，要么就是私底下做了工作。游海群一针见血、咄咄逼人的发言，弄得常委们一个个脸红耳赤，最后在投票表决时，建设局副局长被提拔为局长。

安东日报社驻顺风记者站站长王柏林在游海群心目中的印象也是在众口一词的批评声中出现大逆转的。游海群刚入主顺风时，领导层和身边人不断吹耳旁风，王柏林不是个省油的灯，要多防着他点，前任书记就倒在他手里，还说他写了多少多少监督顺风市的批评报道。一人说，也许能信，众人都说，游海群反而划起了问号，他很想见见这个王柏林，但由于初来乍到，工作太忙，只能把见面的时间往后靠靠。而王柏林呢，也很想找机会跟新来的书记汇报汇报，因为驻外记者站是双管单位，在一定意义上说，市委书记也是自己的领导。这天早上，王柏林得知新来的书记没有下乡，便没打招呼直接去敲门。"谁？""是我，安东日报社驻顺风记者站站长王柏林。""谁让你找书记的？事先请示了吗？快走开，书记正在找人谈话。"听到敲门声的书记秘书赶忙过来阻拦王柏林，王柏林正在尴尬时，游海群亲自来开门了，他客气地说："小王进来吧，我正想找你呢。"他让秘书倒一杯茶水，并把正在谈话的一名县委书记打发走了。

都说游书记架子大、说话重，没想到这么随和，王柏林紧张的心情立马缓和下来，接着，游海群跟他唠起了家常，问他是哪里人，家里父母都好吗，在顺风工作顺畅吗，生活习惯否，还详细问了他的工作经历，有关报道的事一句也没提，柏林几次想汇报，都被书记打断了。接着，游海群又把自己如何从农家子弟一步步干到生产队长、大队书记，车间主任、厂长、经委副主任、主任、江城市副市长、副书记、省监察厅厅长，直到市委书记，介绍完自己，他一再夸记者这个职业好，他从小就想当记者，但自己文化低，没有这个资格，两个人不知不觉谈了两个多小时，要不是外面人排队等着见书记，说不定会谈一上午。临走时，游书记站起来主动和王柏林握手，并把他送到门口，还说让小王常来坐坐。游海群平时对部下很严厉，送客从来不挪半步，顶多站起来算是给足了面子。

王柏林是打了腹稿的，主要想汇报工作，征询书记意见，近期有哪些重点工作需要报道，没想到书记一言不听、只字不提，王柏林琢磨来琢磨去，觉得新来的市委书记太厉害了，他是以心换心，要和记者交朋友，至于报道的事，有宣传部，有记者站，还用他书记瞎操心吗？

自从同书记谈完话后，王柏林的工作环境大大改观，很多重要会议包括市委常委会、常委扩大会都点名让王柏林参加。个别重要会议有人提出非议时，游海群手一挥，"怕什么，咱们这层次的会议又不研究军国大事，有什么好保密的，让记者多了解咱们的决策，有百利而无一害。"每季度雷打不动的市委理论中心组学习闭门会议，有时谢绝市内记者参加，游海群也要请王柏林到场。

有了市委书记的支持，王柏林的工作如鱼得水，他的许多重头报道多来自会中获取的重要信息。游海群上任仅半年，王柏林就先后在安东日报一版头题刊发了《不用扬鞭自奋蹄》《国企改革看顺风》《天堑变通途》等大型纪实通讯。

顺风市的各项工作，通过王柏林的报道在全省引起了轰动效应，各路学习参观取经的人马纷至沓来，省里领导当然不能落后，尤其从顺风走出去的省领导，家乡情结都很浓，隔三岔五就到顺风调研。作为顺风市一把手的游海群，心里自然美滋滋的，遇到一些重要场合，总是给足王柏林面子。一次，他率领人马参加一个重点项目的开工仪式，下车后，游海群撇开前来迎接的二道沟区委书记、区长，直奔站在后排的王柏林，跟他握手寒暄，把热情洋溢的当地领导晒在一边。从此以后，二道沟区领导把王柏林奉为座上宾，每有大事都请王柏林到场，王柏林不负重托，把二道沟区作为记者站的采访基地，源源不断地报道二道沟区。

安东日报社宁洪武社长得知王柏林在顺风市站稳脚跟后，趁热打铁，一次率领八个部主任、四名记者乘三辆车浩浩荡荡开进顺风市采风。这在顺风市史上是绝无仅有的。游海群和顺风市的领导们只差脱裤子，能看的都让他们看，能采的都让他们采，记者们自然很受用，都想展示自己的才华，他们像蜜蜂采花一样，飞到顺风市的各个角落，采来鲜艳的花朵，酿出最甜、最浓的蜜。这次声势浩大的采访活动，明眼人都能看出来，以安东日报社宁洪武为首的采访团是专为王柏林站台来了，他们要用笔杆子为王柏林撑起腰杆子，无论采访何人何事，都把王柏林抬举到前头，做了一辈子官的游海群看在眼里，记在心上，每次宴请，他都把王柏林安排到身边坐，并不时跟他交头接耳，他用行动告诉顺风市的领导，今后看谁还敢欺负王柏林，我游海群会给他做主的。

安东日报社采访团回到省城后，很长一段时间，对顺风市进行了密集的、全方位的正面轰炸。有的上了头条，有的加了评论，有的加了编前、编后语，一时间，顺风市成了全省的明星，游海群成了明星书记，为下一步晋升打下了良好的舆论基础。很多事情就这样，你敬我一尺，我敬你一丈。在接下来的人大、政协换届会上，经市委书记游海群亲自提议，王柏林顺利地当上了顺风市新一届政协委员，可以名正言顺地参政议政。

在顺风市，社会上都说市委书记游海群是黑脸包公，在王柏林看来，这话一点也不假。他成天搂着个脸，说话也嘴黑。一次在游海群办公室，他当着自己的面训斥市长"瞎整、胡来"，弄得市长满脸通红，下不来台。王柏林恨不得有个地缝钻进去。再有一次，顺风市来了一位顺风籍的省领导，作为一把手的游海群自然是主陪，他来到宾馆一看，几位副市级领导干部捷足先登，他黑着脸问："谁让你们来的？那你们陪，我走了。"说完转身离去。

王柏林很佩服游海群会当领导。他话不多，但说一句算一句，吐口唾沫就是钉，很多同僚都惧怕他。顺风市与林安市之间要修一条一级公路，全长一百四十多公里，总投资十二亿元，游海群在常委会上黑着脸说，决不能修了一条公路，倒下一批干部，谁要敢收钱，我就查谁，绝不护犊子。据说有个包工头子不信邪，心想这年头当官哪有不收钱的，便拎了一密码箱成捆现金送给市长黎子成，黎子成说什么也不肯收，包工头扔下密码箱就跑，黎子成无奈把密码箱交到了纪委，一查一百八十万元。顺江一级公路修成后，成了安东省的样板路，跑了多少年都不见破损。游海群嘴里敢批评人，跟他自身过硬有很大关系。他上任伊始在干部大会上约法三章，不收礼、不受贿、不许亲友和身边人打着自己的旗号谋利。游海群一到顺风正赶上过年，一些干部以汇报工作拜年为名，临走都要塞个红包。游海群把收到的三十多万元红包一并交给纪委，并在领导干部会上公开曝光，警示送礼人不要再送了。

　　游海群对领导干部要求严，甚至不近人情，而偏偏对王柏林态度和蔼可亲，游海群是从省城来的，他在顺风安了个临时家，有时搞个家庭聚餐他也叫上王柏林，顺便喝上几杯。王柏林嘴很严，他从不把领导的亲近当成炫耀的资本。正因为看重这一点，游海群很信任他，也很器重他，几次要安排他到部门和县区任职，都被王柏林婉言谢绝。王柏林既不想入仕途，也不看重金钱，他觉得记者这个职业最适合自己，想老老实实干一辈子记者。顺风市有一家上市公司董事长，很看重王柏林的才华和人品，多次做工作想让王柏林去做主管企业营销策划的副总经理，并承诺不菲的股份，王柏林每次都摇头。几年后，当别的副总身家几千万时，该董事长问王柏林后不后悔，王柏林还是摇摇头。

顺风市委书记游海群是个心胸豁达的领导，他不要求记者一味唱赞歌，涂脂抹粉，他认为事物都是一分为二的，他经常提醒王柏林遇到问题该批评就批评，该曝光就曝光。顺风市委后面有一家水泥厂，是上届班子招商引来的，环保很不达标，经常晚上偷着排污，停在市委大院的车辆一宿能扫出厚厚的一层水泥。附近居民怨声载道，政府一提要关闭，老板就暗中发动职工集体上访，游海群找来王柏林说，这家水泥厂污染严重，你们做记者的可以搞搞调查，该揭露的揭露，该曝光的曝光，不要怕得罪人。有了尚方宝剑，王柏林深入工厂、车间明察暗访，还找来附近居民座谈，接着在《安东日报》上连续刊发批评报道，在舆论的压力下，顺风水泥厂终于搬迁改造，在原址上建起了绿化小区。

一段时间，安东省工商局稽查大队以资本金注册不实为由到顺风市一些改制企业乱罚款、乱收费，动辄罚款二百万元、三百万元，企业不堪重负。游海群接到企业投诉后，把任务交给了安东日报社驻顺风记者站，王柏林自来不信邪，经过走访调查，撰写了一篇很有分量的内参，省领导看到内参后纷纷做出批示，省工商稽查大队立即终止错误做法，把罚款退还给企业。

顺风市地处山区半山区，游海群下乡调研时发现，很多老百姓仍住着泥草房，经他提议，决定在顺风市开展为期三年的新居工程，市里出台了一系列的扶持政策，并要求机关党员和各级领导干部带头包保，游海群抓工作是很实的，谁弄虚作假，就摘掉谁的乌纱帽。三年下来，顺风市三万多套泥草房全部换成了砖瓦房，王柏林采写了六千多字的大通讯。《广厦万间暖民心》先后在《安东日报》上发表，为游海群的任期画上了圆满的句号。游海群当选副省长走马上任时，专程到王柏林办公室坐一坐。临走时，握着王柏林的手说："我代表顺风市委、市政府谢谢你，代表顺风市的老百姓谢谢你，我游海群本人更要谢谢你。"

二十

不知从什么时候开始，顺风市掀起一股"刨幺"热，这是一种全新的扑克玩法，即两副扑克合到一起，两个四一个A为小幺，管四路，三个四一个A为中幺，管六路，四个四一个A为老幺管七路，小王为三路头，大王没亮，是五路头，大王亮了可以管中幺，刨幺可以四个人玩、五个人玩，也可以六个人玩，谁先捡到九十分谁胜。当时在安东省的东部地区有好些个市县都玩这种游戏，都争自己是发源地，谁也不服谁，但没关系，不影响玩。那些年，社会上都兴玩圈子，什么老乡圈子、战友圈子、同学圈子、秘书圈子，如果刨幺也能划圈子的话，又可以划出很多很多的小圈子。原顺风市委书记常明就有自己的刨幺圈子。他那个圈子要不就是自己的亲信，要不就是顺风有头有脸的头面人物，或政府官员或有钱有势的老板，一般人是进不了常明的刨幺圈子的。王柏林是一次偶然的机会进了另一个刨幺圈子的。这天下午，林安市委常委、市政府常务副市长高天龙到顺风市开完经济工作会后没有往回赶，寻思找几个熟人喝酒，王柏林任林安日报社总编时，高天龙是常委宣传部长。两人工作交集时间虽然很短，但感情很好，一直没断了来往。高天龙在顺风市担任过团市委副书记，他找来喝酒的人都是清一色的团干部出身，他们中有个子不高、说话斯斯文文的市政府副秘书长费美美，他原是机冶局的团委书记；走路风风火火，满脑子生意经的物资局王喜江，他原是物资局的团委书记；办事干练，与市领导交往甚密的交通局副局长余长宏，他原是交通局团委书记；头脑反应快，说话爱啰啰唆唆的顺风市纪委党风室主任郎冲花，他原是团市委办公室主任；说话像个女孩，办事婆婆妈妈的教育局副局长许谦国，他原是教育局团委书记。王柏林比他们年长几岁，酒桌上，高天龙把几个老团干一一介绍后，让大家伙儿称呼王柏林为王大哥，高天龙开门见山地说："今天把大家找来主要不是喝酒，是过周末。咱们一不唱歌，二不跳舞，干什么？刨幺，玩它个通宵，现在你们都打电话跟媳妇请假吧，谁回家谁是孙子。"说完只有王柏林和余长宏打了电话。王柏林是疼老婆出了名的，离开家大事小情都要向赵红霞报告，何况一宿不回家呢。余长宏则不同，他家里有一个如花似玉的小媳妇，不报告，回家要跪搓衣板的。不打电话的都是装大老爷们儿，喝酒是意思意思，一顿饭三下五除二就吃完了，高天龙买完单，叫了几台出租车直奔光棍楼夜总会。光棍楼在顺风市很有名，它实际上是一家洗浴夜总会，是由原顺风市副市长仇北斤辞官下海后创办的。这仇北斤说来话长，他原是顺风市的一颗政治新星，二十世纪八十年代初，二十八岁的他就当上了顺风县县长，参加过中央党校的青干班学习。如果不是酒后失德丢官，他现在至少也是个省部级官员。二十世纪九十年代初，仇北斤由顺风市政府副秘书长派到林安任市长，人称"三力"市长，有学历、有能力、有魄力。他上任三板斧，把林安砍得地动山摇。第一板斧，上程控电话，花二百万美元从德国西门子公司引进三千门程控电话交换机，把电话没有走路快的摇把机扔到了爪哇国里，当时地、市、州一级都没有这洋玩意，林安了得。程控电话开通那天，安东省领导和国家邮电部领导亲临林安现场，仇北斤当着领导的面给远在欧洲的中国驻法国大使馆文化参赞，也就是仇北斤

126

的中央党校青干班同学曲波挂了电话，当时现场一片欢呼声。时任林安报社副总编的王柏林受到感染，草就一篇《世界变得这么小》的现场短新闻，刊发在《林安报》一版重要位置；仇北斤的第二板斧是打通顺风市"裤裆"街，大规模进行旧城改造。林安原是一个农村县城，几乎没做过城市规划，有块地就建个房子，私搭乱建成风，最典型的要数市政府门口的"裤裆"街，它就像一个成人的大裤裆，把东西南北的行人、车辆挡在裤裆里，林安升格为地级市时，有过打通的念头，谁知地级市短寿夭折，林安降格为县级市后，两任班子因财力所限没敢动弹，仇北斤站位就是高，他引入经营城市的理念，拆裆、修道、城市开发一起上，没动用市里一分钱，拆了八处建筑，扒了上万平方米棚户区，修了一条三公里的江河大街，建起了十万平方米的沿街商品住宅和门市楼，从而揭开了林安市向现代化城市进军的崭新篇章。

仇北斤年轻有为，思想解放，思维超前，总有新点子。为了拉动林安的民营经济发展，他在工人文化宫千人干部大会上公开提出，林安无处不市场、无处不经商，在安东省率先实行五天半工作制，每周六下午给全体机关干部放假，为鼓励机关干部经商做买卖，允许公职人员从事第二职业，三年税费全免。仇北斤的敢想敢干、敢作敢为，触发了王柏林的创作激情，他用一周时间创作了报告文学《1389交响曲》，热情讴歌了以仇北斤为首的新一届市政府敢为人先的动人事迹。《1389

交响曲》在《林安报》发表后，林安机关干部、市民、知识分子争相传阅。一段时间，仇北斥的声望达到顶峰，以致林安人只知道市长仇北斥，不知道市委书记姓甚名谁，这就在官场上犯了大忌。功高盖主嘛！政治风险随之而至。就在省、市考察组确定仇北斥接任市委书记的那一天，得意忘形的仇北斥连喝三场大酒，酒后在宾馆调戏女服务员，偏那女服务员不是省油的灯，将仇北斥的酒后失态报告了市委书记安插在宾馆的亲信——宾馆的一位女副总经理。于是仇北斥的政治对手们连夜派车将女服务员送到顺风市纪委、省纪委告状。俗话说，好事不出门，坏事传千里。安东省的一颗政治新星就这样陨落了。仇北斥受到党内严重警告处分，职级上由正县降到副县，调顺风市建委任第一副主任主持工作。试想，如果仇北斥悠着点，把书记推前头，有事书记挡一挡，仇北斥何至招此下场？王柏林替仇北斥惋惜之余，切肤之痛地感受到官场江湖的险恶，发誓不入官场大门，只做一个记载官场历史的旁观者。

官场摔倒的仇北斥没有自暴自弃，他仍像个拼命三郎，把顺风市的城市建设搞得风生水起。百姓心中有杆秤，在顺风市的换届选举中，本来不是候选人的仇北斥，硬是被林安代表团、顺风市二道沟区代表团联合推选为顺风市副市长候选人。大会主席团慌了神，省里派到顺风市监督换届坐镇的领导急了，商量决定找仇北斥集体谈话。可偏偏这时仇北斥失踪了，电话关机了，按新的选举法规定，仇北斥成了正式候选人。在接下来的选举中，仇北斤高票当选为新一届顺风市副市长，而另一名省委指定的候选人遗憾地落选了。须知该候选人已当了两年的副市长，如果没有仇北斤的半路杀出，他会一如既往地当自己的副市长。仇北斤虽然合理合法、名正言顺地进位，但省领导和有关部门从感情上一直不认可他这个副市长，总认为他是民选的，不正统。于是，他履行职责、开展工作就很难得到上级的支持。他感到愤怒，感到窝心，工作两年过了把官瘾后，仇北斤主动辞去顺风市副市长职务，下海到顺风市一家上市公司担任驻美国分公司经理。正当他在美国干得顺风顺水、大展拳脚，回国述职再次前往美国时，护照遭到大使馆无理由拒签。仇北斤无奈之下出来自己创业，开了这家富丽堂皇的光棍楼夜总会。

官场不得志的仇北斤看上去有点发福了。他腆着大肚子在大堂门口与客人一一握手表示欢迎，当握到王柏林的手时，柏林明显地感到仇北斤加了力，他还用左手拍了拍王柏林的肩膀，示意与王柏林交情不浅。他告诉王柏林一行，你们尽管玩儿吧，没事的。王柏林一行来到二楼，这是一个天井结构的楼层，四周房间灯火通明，每间房紧闭着，但室内的麻将声此起彼伏。王柏林和朋友们被安排在二〇八房间，这是一个套间，外间是麻将室，里间有大炕和卫生间。服务小姐早已把桌子上的麻将撤去，换了两副新扑克，并备了茶水和水果，这一切都是高天龙事先打电话让仇北斤安排的。

在以后的日子里，这个刨幺小圈子基本上每周末聚一次，有时高天龙参加，有时顺风市的几个小哥们儿玩，外人想进这个小圈子比登天还难。王柏林总是输多赢少，高天龙动不动就和他开玩笑，说郎冲花家的大钢琴有一多半是刨幺赢王柏林的，王柏林从来不生气，为此，他在刨幺朋友圈中赢得了良好的声誉。

二十一

　　自游海群担任安东省副省长后，顺风市委书记的位子便空了下来。按顺风市历来的惯例，书记提拔市长补缺，顺风市市长李勇很能干，已做了两年的市长，又正值年富力强。他工作兢兢业业，凡事亲力亲为，尤其因亲民赢得了不少百姓的口碑。他经常微服私访，逛市场、坐公交，亲自接待市民上访，但李勇也有一个致命的弱点，好批评人，而且不分场合。有一次，王柏林随李勇到县区检查工作，走一路批一路，七个县市区委书记让他点名批了五个，柳江县委书记王福生人称王老蔫儿，就因为李勇乘车途中看到柳江与邻县交界的山顶上有一处光秃秃的山，李勇便不分青红皂白教训起王福生来，"你们柳江县为什么穷？就因为你们领导不作为！连乱砍滥伐都管不住，还能干点啥？"这句话触碰到了王福生的痛处，因为柳江县是安东省有名的贫困县，县里机关干部的工资比邻县差了一截，可这也不怪王福生啊！是几届班子积攒下来的，他王福生上任不到两年，要改变落后面貌也得时间，非一朝一夕能办到的。王福生干的就不错了，他上任后，财政收入以两位数的速度增长，何况这一处乱砍滥伐能与县里穷扯上关系吗？王福生被李勇批得满脸通红，"这……"了半天，一句完整的话没有蹦出来，车上的县委书记们，你看看我，我看看你，直摇头。当领导得有领导艺术，得讲究工作方法，不要以为自己官大，就可以随便训人，不行的。

最近省里放风了，说顺风市委书记不能老空着，省委组织部要到顺风市考察干部，确定书记人选。李勇像打了鸡血，来精神了，他过去到企业调研，从来不通知记者站记者参加，今天上午他要到一家上市公司调研，让政府秘书长破例通知安东日报社驻顺风记者站站长王柏林参加，调研不过是走过场，公司提出的技术改造项目、流动资金等三大难题，他一个也解决不了。可临走时，他让王柏林在省报上好好报道，按说这样的官场新闻也就《顺风日报》、顺风电台、电视台装模作样发一发，在省报上是发不了的。官员是不讲规矩的，政府秘书长要求王伯林不仅要发，还要把"主持顺风市委工作的顺风市委副书记、市长李勇"的字样在省报上露出来，王柏林知道这不是秘书长别出心裁，一定是李勇亲自授意。党报记者是讲规矩的，好在顺风市委组织部与记者站同在一层楼办公，说话、办事也方便，王柏林向组织部长张卓林求证，张卓林笑笑说，省委压根儿就没授权李勇主持顺风市委工作。王柏林心中有数，报道可以调个角度发，而"主持顺风市委工作的李勇"几个字绝对不能见报，否则给省委工作带来被动。稿件见报后，王柏林听说李勇很不满意，两手端着《安东日报》直皱眉头，他私下里对政府秘书长说，王柏林不听摆弄，以后有求政府的事儿没门。

　　不久，安东省委向顺风市派来了一位年轻的书记，年龄上新书记比市长足足小了十四岁，李勇的政治前途基本被封杀，据说，省委原倾向于李勇任书记，这样做有利于顺风市的稳定和工作的连续性，可李勇不争气，省委组织部在顺风市的民主测评推荐中，李勇得票不到半数，要知道在中国的官场中，是官选官，平民百姓口碑再好，是没权利划票的，凡能划票和口头推荐的都是正处级以上领导干部和部分人大代表、政协委员，李勇嘴损，关键时刻，李勇得罪的干部不在背后捅一刀才怪呢！

　　新来的顺风市委书记叫毛长斌，别看年龄不到四十岁，资历却不浅，已做了三年的平原市长、五年的团省委书记。领导干部大会上，王柏林远远地看到，毛长斌其貌不扬，高高的个子，精瘦精瘦，乍一看是个文弱书生，但说起话来有板有眼，逻辑严密，很有鼓动性和感染力。到底是团干部出身，王柏林接触过不少团干部，一个个能说会道，思想活跃，智商情商都很高。好像他们天生就是当官的材料。

王柏林见得多了，官员新到一地任职，都不忙着开会、表态、做决策，而是熟悉情况，基层调查研究，呼呼啦啦，带一帮吹喇叭的记者。毛长斌也不例外，每天早出晚归，路远的住上一宿两宿。这天，毛长斌调研的目的地是最贫困的柳江县，王柏林见手头没什么大事，便陪同书记一行到柳江县采访调研。柳江县真是个贫困县，街路破烂不堪，机动三轮车横冲直撞，县里没几栋像样的楼，记得上次陪游海群巡检项目时，别的县市都是好酒好菜招待，临走赠送高档纪念品或值钱的土特产，到柳江县就给巡检人员一把几元钱的扇子，有的当场就扔了，柳江县本来预备了午餐，巡检大军说，省了吧，贫困县不容易，硬是回到顺风宾馆吃的午餐，把柳江县领导弄得很没面子。

说是在柳江县看重点项目，谁不想把最好的拿出来，谁不想把粉往脸上抹？但柳江县实在没什么看的，绕了大半天，看了一个药厂、一个木材加工厂、一个养鸡场，外加一个不伦不类的休闲广场，在这些所谓的项目中，只有药厂还像模像样点儿，可不知道接待过多少领导，每次来都让人穿白大褂进GMP车间，王柏林看过多次，他和一帮人留在门外抽烟聊天。

毛长斌这次调研很给面子，决定在柳江县住一宿。老实厚道的柳江县委书记王福生很感动，他让县宾馆准备丰盛的晚宴，通知在家的县委常委集体陪餐，领导席上打了王柏林的名字，但王柏林不想凑这个热闹，自己不就一个随行的记者吗？他悄悄来到隔壁的记者席坐下。开席时，毛长斌见王柏林的座席空着，坚持派人请来，王福生便亲自来请，并一口一个大记者叫着，让王柏林给点面子，王柏林只好客随主便，坐到了毛长斌的身边。

　　酒菜还算丰盛，酒是用的地产年份酒——柳江陈酿；菜也很讲究，六荤六素，还上了林蛙。毛长斌只点了红酒意思意思，新来的领导什么脾气秉性，谁也不了解，说话就不敢造次，宴会显得有点沉闷。这时，餐厅大屏幕柳江电视台的柳江新闻出来了，播音员叶梅长得很像中央电视台的方红静，漂漂亮亮、白白净净、声音很甜美，正在播送内容提要，"顺风市委书记毛长斌到我县调研，县委书记王福生等领导陪同。""声音调大点儿，再大点儿。"王福生让餐厅女服务员把电视机音量调高，因为他看见，毛长斌放下酒杯，搁下筷子，专心看柳江新闻，同桌的县委常委们也都放下筷子，把目光转向电视屏幕，这条新闻足足播了半个小时，随着毛长斌的镜头不断出现，也不断地点头，"不错，不错。"王福生搞不清领导是指新闻拍摄得不错，还是指女播音员不错，便大言不惭地说："毛书记，我们柳江虽穷，但我们电视台的主持人叶梅在安东省也是数一数二的，你看她的长相气质一点也不亚于中央电视台的方红静，她是我们柳江县的一张亮丽名片。""叶梅真漂亮""叶梅气质好""叶梅声音真甜"，王福生说完，在座的常委们纷纷附和着，一场欢迎领导的晚宴变成了赞扬美女的盛宴。

王柏林随毛长斌调研走了几个县区后，中华大地上发生了非典，舆论铺天盖地袭来，举国上下都在防控非典，顺风市也不能置之度外。毛长斌再下基层调研时，增加了防非典的内容，有的县市由于准备不充分，调研时受到了新书记的严厉批评，毛长斌决定回顺风再度部署非典防控任务，计划下周一到林安接着调研。周末，刨么圈友林安市常务副市长高天龙给王柏林打来电话，私下里了解新书记的性格喜好、调研意图，以及各地的汇报情况，实质上是通过内线刺探情报。王柏林是林安市出来的，当然不能看故地的笑话，他告诉高天龙，不要泛泛地汇报，突出两个重点，一是非典防控，二是经济工作，重点项目建设，至于新书记的性格喜好等等，王柏林只字不提，那样做有失厚道，也是做记者的大忌。王柏林一贯的作风是，该说的说，不该说的守口如瓶，这也是前任书记最欣赏的一点，不像有的记者乱说、好显，本来关系一般，偶然跟领导吃顿饭，偏说自己是领导的红人，关系如何如何铁。

林安市果然按照王伯林提供的信息做了精心的准备，汇报工作简明扼要，重点突出，毛长斌听了很高兴，并拿出小本本不断地记录。在接下来的参观中，毛长斌更是兴致勃勃，先看了防非典的几个重要部门，发热门诊、病人隔离区、疾控中心、交通卡点。毛长斌每看一个地方都给予充分肯定和高度评价。看项目是林安的又一重头戏，他们选择了八个点，四个利税超千万超亿的重点企业，四个投资超亿元超十亿元的在建大项目，毛长斌当过三年市长，对经济工作很熟悉，是不是糊弄一眼就能看出来。毛长斌看了啧啧称赞，他说林安市委、市政府抓工作很实，这些企业和项目都是实打实的，值得全市学习、推广，晚上在林安就餐，毛长斌破例喝了白酒。酒桌上，他当场拍板，让随行人员总结林安的防非典和重点项目建设典型，组织各县市区到林安召开现场会，推广林安的经验。

二十二

多年的记者生涯使王柏林深切地感受到，做一个出色的记者，必须努力做一个思想家，一个会思考问题的记者，不能人云亦云。王柏林是一个省报记者，他经常站在全省的高度看问题、想问题、回答问题，"非典"来后，他看到舆论一边倒，报纸、电视、广播铺天盖地宣传防非典，其他工作好像可有可无，甚至扔到一边，长此以往，势必影响经济发展、社会稳定，王柏林虽然不能发号施令，指挥全省如何如何，但他可以通过手中的笔引导舆论。王柏林跟随毛长斌调研，掌握了大量的鲜活的第一手资料，王柏林经过深入思考，先后撰写了记者来信《防非典不要忘了抓经济》，消息报道《顺风市一手抓防控，一手抓项目，防控非典经济建设两不误》，记者调查《且看顺风市是如何在非典防控严峻的形势下推动经济发展的》，这套组合拳式的报道，在《安东日报》刊发后，在全省引起了重大反响，省委书记、省长先后到顺风市调研，一星期后，省里专门出台了防非典、抓经济的文件，不久，中央也出台了这方面的文件。毛长斌还专门请王柏林吃了一顿饭，称他是有思想、有谋略的记者，私下里让他担任自己的顾问。王柏林没有飘飘然，他很好地把握分寸，什么话该说，什么话不该说。王柏林看到，毛长斌在基层走访时，经常遇到一些单位汇报工作时，提出一些合理诉求，目的只有一个，需要一点钱，数额也不大，十万二十万就能解决，可书记是不管钱的，这就很尴尬，认为新来的领导没魄力。因为原来的书记遇到这种事，都很痛快地拍板。一次，王柏林陪同游海群到顺风县视察洪灾，有十几户居民被水淹了，县领导又是汇报又让看专题片，游海群知道他们的小九九，大腿一拍，给你们三十万，明天到市委办取支票。顺风县领导直夸书记体恤民情，爱民如了，王柏林把游海群的领导作风、办事能力，一一向毛长斌道来，建议他让财政拨款五百万扶贫专项资金供书记支配，毛长斌采纳了这一建议。后来毛长斌走基层访贫问苦时，遇到少量缺钱的，不用再转有关部门，可以当场拍板了，这大大提高了毛长斌的领导权威。实际上，资金到年底该给也得给，不过是提前用到了刀刃上，落得上下满意，皆大欢喜。

很长一段时间，一些媒体记者不讲职业道德，一味吸引眼球，一味追求收视率、轰动效应，他们不顾事实，滥用舆论监督权力，给基层工作带来了很大的麻烦。春天，几名央视焦点访谈记者路过林安市清华乡八家子村时，见路边建起一排排的绿色玉米楼子，便一顿拍摄，当地宣传部门闻讯赶来，这伙人说录点资料不会播放，临走时绕道邻省机场转飞北京。第二天，央视焦点访谈以顺风市大搞政绩工程为题，将这片玉米楼子好一顿曝光。可事实是，交通部门用占地补偿款，应农民的要求盖了这片玉米楼子，这是一项利国利民工程，既晾晒了玉米，又美化了村屯。焦点访谈是一档高收视率的新闻评论类节目，顺丰市领导感到了前所未有的压力，尤其是年轻的市委书记毛长斌，一夜间，满嘴起泡，如何应对这场舆论风波？毛长斌把市委办、宣传部、政研室、记者站等多方诸侯找来商量对策，有建议起诉记者打官司的，有建议通过关系请央视纠错发更正的，这时，毛长斌把目光对准了王柏林。"柏林，谈谈你的高见吧，你们是同行，怎么处理是好？"王柏林说："依我看，官司不能打，关系不能走，冷处理，咱们该干啥还干啥，但舆论上应该有个交代，顺风市不是正在开展村屯美化、亮化工程吗？我们记者站可以采写一篇有分量的正面报道，在《安东日报》刊发。""行，就按柏林的意见办，宣传部、爱卫会、农委等有关部门全力配合。"毛长斌一锤定音。不久，一篇描写顺风市大力开展美化、亮化村屯的长篇纪实通讯，在《安东日报》一版头题刊发，并配发八家子村玉米楼的几幅美景照片。通讯见报后，全省各地纷纷到八家子村学习取经。一场舆论危机就这样被王柏林及伙伴们轻轻松松地化解了。从此，毛长斌越发信任和亲近王柏林了。

"高天龙出事了，林安市纪委初步掌握他有受贿行为，看能不能着实，一旦着实，他就得进去。"王柏林与郎冲花家住邻居，王柏林住四楼，郎冲花住五楼。这天晚饭后，王柏林上楼到郎冲花家串门，郎冲花忧心忡忡地告诉王柏林。"不是要提林安市市长了吗？"王伯林不解地问。"可不，都是市长惹的祸。"郎冲花沏了一壶茶，一五一十向王柏林道来。

七月间，一场意外车祸夺去了林安市市长江子坤的生命。那么，谁来接任市长？林安市政府常务副市长高天龙、市委副书记黎文根是最热门人选。两人旗鼓相当，按职务排序，黎文根占得先机，如果按能力，按老百姓的口碑，高天龙更胜一筹，二人谁也不服谁，都想在市长争夺战中击败对手。那些年，官场俨然成了角斗场，乌七八糟，尔虞我诈，你死我活。"三讲"期间，发生在林安市的市长争夺战就打得不可开交，事件的主人公是林安市委副书记王明和市政府常务副市长李刚，他俩原是一副架，一个是管宣传的副书记，一个是市委常委宣传部长，那时哥儿俩好，情同手足。正应了那句老话，世界上没有永远的朋友，也没有永远的敌人，只有利益的一致。当利益发生冲突时，亲哥儿俩也会闹掰的。原市长江大贤调走后，市长位子留下空缺，偏偏李刚两年前已转任常务副市长，自然要搏一搏。两二人暗中较劲，互相使绊子。先是李刚因大操大办父亲丧事被绊倒，受到党内严重警告处分，调到外县任末把副县长，李刚怀疑举报信是王明干的，李刚哪咽得下这口恶气？他指示手下对王明往死里整。结果，王明被整得比李刚还惨，最终以受贿罪被判处有期徒刑七年，尽管后来司法鉴定，他收受的熊掌是假的，恢复公职，但市长位子没了。黎文根眼看着高天龙在这次市长竞争中占了上风，便使出浑身解数，散布流言蜚语，说高天龙主管城建与开发商走得近，存在着利益输送，有收贿受贿问题。黎文根分管纪检和政法口，正好有一个与高天龙走得近的街道党委书记撞在枪口上，这个叫陈大虎的书记在建街道办公大楼时，收受开发商十八万元现金，而陈大虎的兄弟陈小虎是高天龙的司机。做梦都想当市长的黎文根，把想当然当成了必然。他先是让办案人员上点儿手段，让他交代与高天龙的问题，这陈大虎也是有钢的，任办案人员怎么折磨，就是只字不提，黎文根气急败坏，竟赤膊上阵亲自提审。黎文根的脑袋也不是白给的，他见硬的不行，便来软的。他扔给陈大虎一根中华烟，并亲自给他点着，皮笑肉不笑地问："陈大虎，你想不想出去？想不想自由？想不想回家与老婆孩子团圆？我是市委副书记，主管纪检和政法，只要你交代了，你收那点钱不算事，我保你出去。"这时，陈大虎大口大口地吞云吐雾，他满脑子想的是情妇过得怎么样。因为在这之前，他勾搭上一个比自己小十多岁的酒吧女，并给酒吧女买了房子，添置了家具，瞒着媳妇儿过起了销魂的二人世界。这小情妇一定想自己了，如果自己能出去继续销魂，即使丢了官也值。想到这儿，他猛劲儿抽了一口烟，大声说，"我交代，我交代。"于是，他把自己如何找高天龙批地块，如何请高天龙吃饭不去，送钱不要，后来如何通过弟弟陈小虎送给高天龙两万元现金的事，一五一十说了出来，黎文根兴奋了，他让办案人员把记录的口供让陈大虎签了字，按了手印，并拍着陈大虎的肩膀说："你立功了，等着出去自由吧！我是市委副书记，说话是算数的。"

黎文根心里虽然明白自己在林安掌管纪检、政法，但像高天龙这一级的干部，他是管不了的，顶多提提建议，上级机关办案也需要确凿的证据，仅凭陈大虎的口供是定不了罪的。于是，黎文根使出了下流手段，到处放风说高天龙收受贿赂，高天龙有口难辩，走到哪都遭人白眼，好像自己真成了一名贪官。组织上用干部是慎重的，既然高天龙有问题待查，而黎文根又心术不正，两个人都不用。不久，顺风市给林安派去了新市长，高天龙仍做常务副市长，协助新来的市长工作。一段时间，高天龙犹如戴着脚镣跳舞，浑身上下不舒服。这天，他到顺风市参加完项目建设汇报会后，决定找几个刨么的朋友玩几把，放松放松。他打了一圈电话，不是说没时间，就是告诉他出差在外地，找来找去，只有王柏林有时间作陪。这年头，谁不求个自保，人家躲着你是有道理的。据说，被查的干部，手机、家里电话都受到监控，高天龙万一有事，受到牵连犯不上，人家不把你的手机号列入黑名单，就算有良心了。

接了高天龙的电话，王柏林翻出一瓶放了多年，一直舍不得喝的五粮液，他今天要给高天龙压压惊，他叫了一台出租车，直奔约好的小金子狗肉馆。得知高天龙涉嫌受贿的消息后，王柏林先是一惊，但他冷静一想，觉得不可能，他太了解高天龙了，一个农村孩子，没根没派的，全靠自己的努力干到这个位子。他知道，现在很多人都躲他远远的，王柏林心地善良，作为记者加朋友，能帮尽量帮，实在帮不了，也不能雪上加霜，让人寒心。小金子狗肉馆开在一个叫光明路的胡同里，这里比较安静，非常时期，尽量别找事，这是王柏林约在小金子狗肉馆见面的真实想法。晚上七点整，王柏林几乎与高天龙同时到达小金子狗肉馆。这顿饭原本是高天龙打算请的，但王柏林有言在先，必须自己买单，否则不去。高天龙很是感动，满口答应。他知道两个人的饭菜，使劲吃也花不了多少钱，朋友嘛，大难见真情，高天龙很欣赏王柏林的为人。

两人边吃、边喝、边聊，王柏林很想知道，两万元高天龙到底收没收的事，高天龙赌咒发誓说："王大哥，我是冤枉啊，我真的没有收。"发完誓，他把小屋的门关上，以防隔墙有耳，悄悄地向王柏林说出了事情的经过：陈大虎拿到建房的审批手续后，几次到高天龙家里、办公室送钱，都被高天龙拒绝，最后一次，高天龙急了，他说："陈大虎，你今天要把钱留下，我就把你的钱连同姓名职务一并交到纪检委，看你这官儿还当不当。"陈大虎见市长急了，只好把装钱的信封收起来。后来，一次出差到外地，高天龙的司机，也就是陈大虎的弟弟陈小虎，见车上没外人，便掏出装钱的信封交给高天龙，并说这是他大哥的一点心意。高天龙没有接，还狠狠地批评了陈小虎，为这事，陈小虎几天都闷闷不乐。"既然这样，那你应该主动向组织上说清楚啊！"王柏林给高天龙出主意。"可纪检委没找我谈，也没说我有问题呀！我不敢去找他们谈。"高天龙委屈得直掉眼泪。实际上，王柏林知道，顺风市纪检委接到举报后，早已派出专案组暗中调查高天龙，只是还没拿到受贿的证据，也就没打草惊蛇，找高天龙谈话。"你明天就应该找顺风市纪检领导谈，只有他们才能帮你洗清。""能行吗？""行。"在王柏林的再三鼓励下，高天龙第二天一早主动找顺风市纪委书记尚淑芬说了陈大虎送钱和自己拒贿的经过，顺风市纪委专案组经过调查取证，否认了高天龙受贿的事实，撤销了专案组，还高天龙以清白，但被提拔的事只能等机会了。

二十三

　　顺风市二道沟区接连发生煤矿瓦斯爆炸、透水事故，每次矿难，都有人员伤亡和财产损失。而二道沟区委书记张子兴是个绣花枕头，能说会道，但心中无数，样样工作拖全市的后腿。他把心思都用在玩女人上了，区里的要害部门头头清一色是漂亮女性，如果顺风市搞女领导选美比赛，二道沟区肯定得冠军。市里对二道沟区领导班子极为不满，但一直找不到由头。这次接连发生矿难，市委要下决心了。这天一大早，毛长斌专门把王柏林找到办公室，想听听王伯林对二道沟区班子的评价。按常理，毛长斌获取真实情况的渠道很多，没有必要听取一个无关人员的意见，但毛长斌已从心里把王柏林当成了自己的谋士，认为王柏林是个正直无私的记者，又是顺风市政协委员，征求他的意见有利无害。王柏林果然直言相告，认为张子兴已不适合再做二道沟区委书记，而区长杨鹏事业心强，作风扎实，为人正派，可提拔为区委书记。毛长斌追问王柏林谁适合担任二道沟区区长。王柏林直言不讳地推荐高天龙，认为高天龙是块好料，定能担此大任。一个星期后，张子兴被免去二道沟区委书记一职，杨鹏接任二道沟区委书记，高天龙任代区长。这事过去多少年后，王柏林一直守口如瓶，连高天龙也不知个中内情。其实王柏林推荐启用的干部何止高天龙、杨鹏，但他心如止水，从不向任何人买好。毛长斌很欣赏王柏林的能力和人品，几次要安排王柏林到顺风市有关部门和县里任职，王柏林都一一谢绝，毛长斌遗憾地说："许多人找我要官都不给，给你官都不当，当今社会难得呀！难得。"

二十四

顺风市委门前有一个两个足球场大的四合院，这里树木成林，花团锦簇，空气新鲜，是休闲、锻炼的好地方。不知从什么时候起，每天早晨，总有一伙老人在此晨练，说是晨练，他们无非是在这里伸伸腿、甩甩胳膊，然后说古道今来个精神大会餐，王柏林与老人凑在一起晨练是有历史的，二十世纪九十年代初，林安市江河公园建好后，三十刚出头的王柏林每天到公园跑步、跳操、练气功，在晨练的同时，他看到每天有一伙退休的老同志在堤坝上边伸腿、甩胳膊，边侃大山。这些老人他大多认得，有原烟草公司经理，有原文联主席，有原糖酒站经理，有原新华书店经理。有一天早晨，他跑步路过老人晨练群时，原烟草公司经理马有三突然叫住他，询问老干部退休待遇问题。马经理可以说是王柏林的忘年交，柏林在林安广播电台当记者时，就烟草专卖问题，给马经理做过录音采访报道。那时候香烟是紧俏商品，红梅、石林等过滤嘴香烟须经理批条子才能买到。每年春节前夕，烟草公司院里像看戏一样热闹，叽叽喳喳找经理批条子，批到的眉飞色舞，又是秧歌又是戏，没批到的扯开嗓子骂娘。王柏林不用去挤，年三十头一天，马经理雷打不动地把两条红梅烟的批条派人送到王伯林手上。王柏林很念旧，马经理退下来后，他隔三岔五请他喝点小酒。

"柏林，你现在是林安报社的副总编，你知道的新闻多，有关老干部待遇问题的最新精神，你跟我们学学。"这个问题真难不倒他，王柏林最近参加了市里的一个会议，传达了省市有关提高离退休老干部待遇的若干规定，他正准备派人采访老干部局负责人，就有关政策做出具体解释。他便把自己掌握的政策精神毫无保留地给几位老同志做了宣讲，老人们很是感激。打此以后，王柏林就加入了这个老人晨练队伍。天长日久，他从老人们的交流中汲取了许许多多宝贵的经验、智慧和营养，与老人们结下了深厚的友谊。老人们也离不开他，不断从王柏林的嘴中了解到林安的大事小情、奇闻趣事。王柏林调省城工作时，老人们依依不舍，每人集资五十元请王柏林吃了一顿告别宴。

王柏林从安东日报社总部派到顺风记者站当站长的第一天起，他就加入了顺风市委大院里的老人晨练队伍。经过一段时间的接触后，他觉得这些老人都很了不起，他们身上都有很多故事，他们的经历就是半部中国史。那位戎马一生、耳不聋、眼不花身子笔直的冯老、冯玉强老人，现年九十岁，他出生在冀东平原，十六岁参加八路军，有过电影《敌后武工队》的经历，多次偷袭过日本宪兵队、炸碉堡、破公路、生擒日本兵。抗日胜利后，他随东北民主联军入关。解放战争，他随林彪的四野从东北一直打到海南岛，抗美援朝战争爆发后，冯老随38军入朝作战，三大战役都有他的身影。回国后，冯老没有回老家，因为家里亲人都被日本兵杀害了，在顺风市就地转业安置。他是个团职军官，被安排到地区物资处当处长，后又任地处交通处处长，退休时是市交通局局长。就这样一个对新中国有大功劳的老英雄，家里生活却过得很清贫。王柏林到冯老家拜访过，家里就老两口生活，一个两室一厅的顶楼，家里几乎没有什么像样的家具。一对木箱，两张铁床，一台十四英寸彩电，一个小匣子收音机，再就是金光闪闪的各式军功章，老人常把自己与牺牲的战友比，他常说能活着就很知足了。最令冯老欣慰的是，三个孩子都很有出息，大女儿在三○一医院工作，女婿是总参的少将，儿子在国家安全部，小女儿在深圳中心医院上班。老两口是一对候鸟，夏天在北方，冬天在南方。那位钟老钟子民老人是中华人民共和国成立前参加工作的地下党。老人是从顺风市市直机关工委书记位子上退下来的。抗美援朝时期，他在顺风地委办工作，美军入侵朝鲜推进到鸭绿江边时，金日成的作战指挥部搬到顺风地委大院办公。因工作关系，钟老经常与金日成的工作人员打交道，并多次见到风流倜傥的金日成将军。说起这段往事，老人眉飞色舞，难以忘怀。而方老方成敏老人是从顺风市科协主席的位子上退养的。晨练老人中，还有从顺风市委党校退下来的于教授，从东子区区长位子上退下来的李区长等等。

可就这一帮家住附近的离退休老人，突然有一天，被机关门卫挡在了门外，理由很简单，这是机关大院，不是休闲的市民公园。任老人们怎么理论，门卫坚决不让进，说是顺风市委办公室决定的。这不要了老人们的命吗？老人们退下来后，一直在院子里晨练，就图个身体健康、心情愉快，多活几年。他们都很有觉悟，不惹事不生非，现在连个晨练聚会的场所都给剥夺了，这显然是一个荒唐的决定。王柏林的倔劲儿上来了，他要为老人们鸣不平。一上班，王柏林就去找顺风市委办公室保卫科，科长态度倒挺好，但说这事他做不了主，让找办公室主任。办公室主任是新上任的，俗话说，新官上任三把火，第一把火就是整治机关办公环境，先拿晨练的老人开刀，但烧的哪门子火呢？王柏林据理力争，而办公室主任就是不松口，王柏林只好把问题直接反映到书记毛长斌那里。毛长斌平时不在办公室住，对老人晨练的情况并不了解，听了王柏林的叙述，觉得市委办的决定欠妥，马上把办公室主任找来，让他们取消这项错误决定。第二天早晨，几位老人又可以高高兴兴地进市委大院晨练了。

二十五

春暖花开时节，安东省邮政局决定每个市选一名业务骨干，到华北邮电学院接受保险新业务培训，时间为半个月。赵红霞是顺风市邮政系统的业务尖子，省里指定让她当领队。红霞比较粗心，经常拿东忘西，临出门头一天晚上，柏林掏出小本本，把需要带的衣服、日常用品、业务书籍一件一件记录在案，然后照着小本本装了两个行李箱。柏林记得清清楚楚，这是红霞第十六次出远门了，每次都是自己帮她打点行装。临走又再三嘱咐她注意安全。学习期间，柏林每天早晚雷打不动给红霞打电话问候。队里一个叫赵鹏的女孩不解地问同行的王玉梅大姐："红霞姐是不是新婚啊？姐夫这么关心她。""你别瞎说，人家是老夫老妻，孩子都上大四了。""那还每天打电话问候？""那叫情投意合。"那个叫王玉梅的大姐到石家庄都一个星期了，她家老爷们儿一个电话都没打，气得王玉梅打电话把老公好一顿臭骂。其实她们哪里知道，自从赵红霞嫁给王柏林后，二十多年来，无论是赵红霞出差，还是王柏林出差，王柏林都坚持每天至少给红霞打两遍电话。二十世纪九十年代初，王柏林在北京参加一个总编辑培训班，那时候没手机，没微信，通讯很不方便，王柏林就在附近一个固话亭打，四十天下来，电话亭的老大爷都跟他成了莫逆之交。

王柏林每次出门都省吃俭用，而给红霞买东西却舍得花钱。红霞身上戴的、穿的几乎都是柏林出差买回来的。她手上戴的钻戒是柏林在北京王府井百货大楼买的，红霞很喜欢，一直戴着；红霞穿的棕色貂皮大衣是柏林在省城皮草城买的；红霞有一件天蓝色上衣很打人，谁看了都夸好，说穿着像央视主持人邢质斌，殊不知，这是王伯林在北京前门商圈逛了一天精心挑选的。

随着年龄的增长，红霞头上慢慢长了白头发，她很讨厌白发，经常照镜子拔掉，细心的柏林看到后，每周周末固定给她拔一次。这是一项很细很累的活，他给红霞拿个垫子坐在地板上，自己坐在沙发上，弯着腰，一点一点从右往左翻，翻出一根白发拔一根，一拔就是几个小时。每次拔白头发，红霞都要美美地睡上一觉，而柏林累得腰酸眼花胳膊痛，却从无怨言。红霞有失眠的毛病，王柏林只要在家，每天睡觉前都要烧一壶热水，端到红霞跟前，让她泡一泡脚，泡好了，找来毛巾给她擦干净，当然，有客人来了，红霞会递眼色，不让柏林这样

150

做，她要给柏林留一点面子。而柏林呢，习惯成自然，一天不打洗脚水，好像这天缺点事没做完。

这天晚上，赵红霞和十几个同学聚餐，有的几十年没见面了，乍一见面很亲的。据说那天晚上光白酒就喝了九瓶，啤酒喝了四箱，喝到最后，红霞又哭又笑又吐。她打电话告诉柏林，自己快不行了。柏林吓坏了，立马打车赶到酒店。同学们都担心红霞老公来了能不能责怪大家，没想到王柏林进餐厅后一句怨言没有，反而说"对不起，给你们添麻烦了"。说完，背起红霞，一路小跑回到家里。到家后，柏林又是糖水，又是醋，折腾了大半宿，才让红霞睡安稳。王柏林有个习惯，只要跟红霞一起出门，他都要牵着红霞的手，刚开始红霞有点不好意思，尤其遇到熟人，而时间一长，也就习以为常了。同学、朋友、亲属都夸红霞这辈子有福气，找了一个好老公，红霞总是那句话"长得好，不如嫁得好"。

赵红霞家住在顺风市委后院，离单位有四点五公里，交通很不方便，要走一段路才有公交车。一天，她穿着高跟鞋，不小心把脚脖子扭了，王柏林要给她请病假，红霞是个要强的人，说单位事多走不开，坚持要上班。正好单位给王柏林配了一台自修自用的旧公车，王柏林便每天上下班接送红霞。单位同事认为有病接送也是正常的，可红霞病好以后，王柏林照样接送她上下班，而且坚持数年如一日，直到王柏林调离顺风市。这让赵红霞打心里感激，不知自己这是哪辈子修来的。

这天傍晚，王柏林正在一个企业采访，突然接到红霞单位同事的电话："姐夫，不好了，红霞姐在单位昏倒了，不省人事，120急救车马上到，请你赶到市中心医院。"

接到电话，王柏林心都哆嗦了，脸吓得煞白，他立马给好朋友顺风市委办副主任姜成勇打电话，姜成勇让他放心，他马上给市中心医院院长李希打电话，让他组织最好的医生抢救。王柏林赶到医院时，见到赵红霞脸色煞白，手脚冰凉，血压降到零，仅有微微的脉搏跳动。闻讯赶来的李希，立即组织医疗抢救小组抢救。事后医生告诉他，如果晚到一会儿，红霞就见马克思了。红霞醒来后，见到泪眼婆娑的王柏林有气无力地说："亲爱的，我不会这么早见马克思的，我还没有跟你过够，我还要好好活着，好好享你的福呢。"在红霞住院的日子里，王柏林二十四小时不离左右，眼睛熬红了，身体消瘦了，全然不顾，他只要红霞好好的，比什么都强。

二十六

二〇〇六年元旦一过，天变得越来越冷，没有极特殊情况，城里人都躲在办公室或窝在家里。周末到了，高天龙打来电话，让大家出来聚一聚，而且再三强调，要把嫂子、弟妹都带上，晚上有赚钱的好事儿要告诉大家。王柏林问是什么好事，高天龙却卖起了关子，说天机不可泄露，吃饭时再告诉你们。

时间过得真快，高天龙到二道沟区任职一晃两年了，高天龙确实能干，在不到两年的时间里，二道沟区的经济发生了翻天覆地的变化，GDP财政收入翻了一番，由财政补贴区变成了财政上结区。大家都为高天龙不菲的成绩感到高兴时，也为自己的进步深感荣幸。这段时间大家的职务都上了一层楼。市政府副秘书长费美美去掉副字，摇身一变成了秘书长，市纪委党风室主任郎冲花坐到了顺风市纪检委副书记的位子上，物资局副局长王喜江当上了科技局局长，教育局副局长许谦国虽没当上局长，但也提了正县级的总督学，交通局副局长余长宏派到顺风县任副县长，表面上平调，却给他解决了正县级调研员的职级。当了部门一把手，各种应酬自然就多了，高天龙通知时，七个朋友四个有事，但家属们不干，谁愿意漏掉赚钱的机会？都缠着老爷们儿来参加高天龙的聚会。

高天龙见酒菜上桌了，便说起了让大家最关心的事。"告诉大家一个投资赚钱的好消息，我正在抓野马药业股份公司的股权分置改革，现在野马公司在二级市场的股价跌到一块零七分元，相当于一元钱的原始股，建议大家有多少钱买多少钱，一年后保证大家赚到盆满钵满。"

谁也没有料到，高天龙的话一年后得到了验证，他确实是告诉大家一个赚钱的机会，随着我国资本市场股权分置改革的推进，一场席卷中华大地波澜壮阔的大牛市应运而生，上证指数从900多点一气涨到6000多点，很多股票涨了几倍甚至几十倍。当时，股市正处于低潮，一元钱几角钱的低价股遍地皆是，可谁有这个胆识和勇气？高天龙的话音刚落，学财会出身的郎冲花媳妇梁小清立马否定："拉倒吧，现在谁还买股票，有多少钱都得打水漂，就你那个ST的野马公司，恶臭恶臭的，就是跌到0.5元一股也没人敢买。"梁小清说的野马公司，原是顺风市一家优质上市公司，每股利润两元多，二级市场股价曾炒到三十多元，一个叫杨小明搞资本运作的骗子入主野马公司大股东并当上董事长后，想方设法掏空上市公司，最后卷款10亿元外逃，使野马公司负债累累，被打入ST家族。"小清，你说的没错，不过那是历史，野马公司很快要乌鸡变凤凰了。"高天龙把下一步如何卸掉野马公司的债务，如何置入优质资产，如何让野马公司脱胎换骨、轻装前进说得眉飞色舞、头头是道。高天龙最后说："反正我把赚钱的机会都告诉你们了，你们想不想赚钱看着办吧。"话说到这个份上，再争辩就没有意义了。"喝酒，喝酒。"高天龙频频举杯，换了话题，把气氛重新挑起来。因每人都带了夫人，饭后仅在明月茶楼意思意思玩几把过过瘾就散了，各自打道回府。

高天龙的消息，只有两个人往心里去了，一个是余长宏，喝完酒第二天是周一，他眼疾手快，开盘就以1.1元的价格买了6万股ST野马，另一个就是王柏林，他觉得高天龙说得在理，事物是可以转化的，物极必反嘛，他刚到顺风市的时候开了一个账户，买了2万元股票，后来越跌越少，就再也没看了，头些日子，三弟弟所在企业一个参股公司，要求他买10万元股票，说这是任务，帮帮他，柏林激活账户一看，2万元剩下3700元，他买了弟弟提供的上市公司股票，一个星期赚了1600元后，卖掉了，现在账户上有10.53万元。王柏林行事风格稳健，他对高天龙的建议既重视又不盲从，他要观察一段再说，股市的机会每天都有，不在一朝一夕，也许是野马公司股价太低，也许是企业走漏了风声，高天龙说完第二天，野马公司股价噌噌往上涨，连拉几个涨停板，一周多时间，股价翻番。接下来，ST野马打开涨停板后，在1.8-1.9元之间拉蜘蛛网，上下波动两三分钱，王柏林见ST野马股价跌无可跌了，便把10万元打进去，买了5万多股，到这年年底，王柏林投进股市的钱达到50万元，在追加投资的同时，王柏林开始恶补投资理论，巴菲特的书、罗杰斯的著作，凡书店能买到的投资炒股类书籍，他都要买回来学习、研究。在这些林林总总的炒股书中，巴菲特的投资理念对他影响最大，那就是价值投资，长期投资，他没有把鸡蛋放在一个篮子里，分别选了几个基本面不错的股票买进，事后证明他的选股思路是对的，除了野马公司以外，其他的股票都是涨十倍以上的大牛股，柏林的投资理念，与红霞的炒股思路格格不入，红霞的做法是高抛低吸、见好就收、频繁换股，为此，他们还大吵一架。当ST野马摘帽涨到3.5元时，红霞让他全部抛出，柏林打死也不卖。为此两人闹起了分居，一个多月时间，各进各的房间，谁也不理谁。一个多月后，当账户上的市值达到200万元，增长了三倍时，红霞笑了，她亲了柏林一口，满脸妩媚地说："老公，你真行，以后再不干涉你炒股了。"说完主动把被子搬回主卧，憋了一个多月的柏林不等到睡觉时间，便急不可耐地和亲热起来。

但真理过头了，往往会变为谬误。王柏林太自信了，没有及时止盈，纸上富贵终究不是富贵，中国的资本市场是个投机性很强的市场，是个不成熟的市场，巴菲特在美国坚持价值投资、长期投资行，让他到中国来试试，不把裤衩赔掉才怪呢！"5·30"以前，王柏林的股票市值达到350万元，增长了六倍，可是"5·30"后，几个跌停板，市值缩水到200万元。中央又是喊话，又是救市，又是发基金，大盘上证指数从4000多点回调到2000多点，戛然止跌。在盘整一段后，又开始扶摇直上，一鼓作气涨到6000多点。王柏林股票市值不仅回到350万元，而且一度蹿到400万元。这时，红霞的眼皮又开始跳了，第六感告诉她，柏林你见好就收吧！但被胜利冲昏了头脑的王柏林错误地估计了形势。他坚信不长的时间，上证综指要上1万点甚至2万点，手中的股票市值就能再翻一番，他做梦一样地告诉红霞，到时候咱们就是千万富翁了，你想买别墅就买别墅，想周游世界就周游世界。"柏林我求求你了，你给我吐出来200万，要不100万，实在不行就抽出来50万本钱也行。"红霞几乎是哀求了，而利令智昏的王柏林就是听不进去，他的理论是，炒股靠的是本钱多，要不什么时候能到1000万呢！大盘冲顶后，一头栽下来，5000点、4000点、3000点、2000点，不到一年时间，大盘直泻到1600多点，王柏林三元多买的一只水泥股，最高时涨到34.97元，最后又打回原形，400万元市值转眼又回到50万元，最伤心的要数红霞，到手的巨额财富转眼间化为乌有，她骂了，哭了，甚至离家出走，她要报复王柏林，让他知道不听劝的后果。

二十七

　　王柏林在顺风记者站工作十年，作为记者，他感到无比的自豪，同时自己也得到了进步，他是记者站站长中唯一解决正处长级别的，职称也晋到了高级记者，享受教授待遇，他规划了自己的蓝图，在顺风市再干十年，然后在顺风市养老。

　　然而，王柏林的如意算盘打错了。这天晚上，他到省城办事与几个朋友喝酒时，突然接到报社人事处副处长方玲的电话，说他工作有变动，让他明天上午九点到社长办公室接受谈话。王柏林问方玲什么岗位，方玲说不知道。王柏林知道人事工作有保密纪律，即使知道，也不能透露。晚上，王柏林躺在宾馆床上翻来覆去睡不着，他对顺风太有感情了，打心眼儿里不愿意离开顺风，老社长宁洪武多次要调他回总部工作，他总是托词推掉。宁洪武退休后，省教委主任江力国接任社长，江力国上任后，对报社的沉疴积弊进行了一系列改革，收到了一些实效，但唯独经营创收不理想，经常为开不出工资犯愁。他通过各种关系没少向省里要钱，但安东省是个穷省，省财政也是入不敷出，很多支出还得自己的梦自己圆。他和党组成员沟通后，决定改革经营创收体制，将经营联合中心一分为三，成立广告部、安东日报社安东分社、地方新闻实业中心也就是地方记者部，两块牌子一套人马。三个创收部门独立承包经营，在研究地方记者部、地方新闻实业中心主任人选时，党组成员一致推荐顺风记者站站长王柏林担任。

上午九点，王柏林准时来到社长江力国办公室。江力国和总编辑皮政文已在小型会议室沙发上等候，王柏林一看这架势，新的工作岗位干也得干，不干也得干了。江力国开门见山地说："王柏林同志，报社是自收自支的事业单位，现在经营上遇到了很大的困难，你也是知道的，为了搞活经营，增加报社收入，研究将经营联合中心拆分为三，成立广告部、安东分社、地方记者部也就是地方新闻实业中心，经党组研究决定，由你担任地方记者部、地方新闻实业中心主任，你有记者站的工作经验，而且多年来顺风记者站的经营创收工作做得最好，相信你能胜任这一职务。况且你孩子也已经在省城上班，下一步我们出面，争取把你爱人工作也调到省城来，让你们一家人团聚，你看还有什么困难吗？"这时，人高马大的总编辑皮政文也出来帮腔。"柏林同志，为报社分点忧吧！报社实在是太困难了，作为总编，我全力支持你的工作，要版面给版面，要头题给头题。"王柏林还能说什么？组织上这般信任，领导又这么支持！他爽快地答应，挑起这副担子。

其实，早在一年前，江力国、皮政文就酝酿着调王柏林回总部工作，只是当时时机不成熟，调动一事被拖延。领导就是领导，做事有超前意识，当时适逢王柏林儿子大学毕业需要就业，校园里流传着一句口头禅："找工作比找媳妇儿还难。"王柏林儿子王小军从小性格内向，在大学生就业市场上递了上百张自荐表，可一到面试提问时，他总是羞得无语对答，单位一般愿意用能说会道的，文质彬彬靠边站。江力国、皮政文得知这一情况后，在省直机关事业单位四处推荐，找人说情，最终将王小军安排到一家出版社当编辑，与父亲一样做起了文字工作，王柏林很是感动，总觉得自己欠领导的，不干好工作无以为报。

《安东日报》原是一家省财政差额拨款的事业单位，改革开放初期，这家报社登广告要排队，经济效益十分可观，有花不完的钱。为了多给干部职工涨工资，不受制于人，报社主动递交报告，要求取消财政差额拨款，自收自支，省里乐不得，从此后，安东日报社在省财政那里销了号，没有了户头。俗话说人算不如天算，三十年河东，三十年河西，风水轮流转，随着电视、网络、都市报的崛起，《安东日报》广告市场占有率一降再降，日子越来越不好过，王柏林调入安东日报社时，报社收入已捉襟见肘了。为此，报社学习借鉴兄弟党报的经验，启动记者站创收，为报社提供办报经费，可站长们不是这块料，让他们写写报道还行，让他们创收比登天还难。王柏林是复合型人才，不仅稿子写得好，搞经营也是一把好手。到记者站头一年，就给报社提供了上百万元的办报经费。从第二年开始，顺风记者站一发不可收拾，不像有的站时好时坏，忽起忽落，而是年年增长。到离岗时，每年可为报社提供办报经费两百多万元。江力国、皮政文正因为看好了王柏林的经营才能，把王柏林调到总部负责地方记者部、地方新闻实业中心的经营创收工作。

都说新官上任三把火，王柏林第一把火要烧到哪里去？他经过缜密思考，决定把经济强县作为创收的突破口，精心策划了"强县（市）风采"特刊，他恳请省内著名书法家也就是安东日报社社长江力国题写了刊头。每期特刊收费六万元，开始各个记者站配合得很好，一个多月给报社创收一百多万元，可办着办着，特刊就断炊了。王柏林干着急，不断地打电话、发短信，刚开始还有人接电话、回短信，时间一长，站长们连电话也不接，短信也不回了，"强县（市）风采特刊"就此夭折。王柏林上火了，失眠了，他成天成宿睡不着觉，紧接着，头炸裂般地痛，一次吃四片止痛片都顶不住。经过一系列检查，医生开出诊断，王柏林脑供血不足，得了严重的神经官能症。一段时间，王柏林心灰意冷，不断地出现自杀的念头，炎热的夏天，他把窗户关得紧紧的，生怕自己从窗户跳下去。王柏林知道任何药物都医不了自己的病，唯有把经营创收搞上去，他的病才能不治而愈。王柏林经过不断地思考、不断地斟酌，新的创收思路形成了，他决定烧出第二把火、第三把火……

王柏林上任后，分析了记者站站长队伍的现状，把它归纳为"老弱病残"，有的站长眼看要到点退休了，工作消极怠工，占着茅坑不拉屎，管你创收不创收；有的站长报道写不好，关系不会处，能力很弱；有的站长常年有病，走路都困难，别说创收，让他去捡钱都费劲。面对这样一支队伍，王柏林就是三头六臂，也施展不开。第二把火，王柏林决定"换血"，面向社会公开竞聘站长、记者，他把自己的想法写成方案，向报社党组做了详细汇报，得到了社党组的支持。而把方案变成现实，却遇到了极大的阻力。被免职的站长们心有不甘，有的要求讨说法，有的到王柏林办公室又哭又闹，王柏林没有退让，他知道自己一松手，改革将前功尽弃，你不下课，我就得下课，别说增加创收，维持现状都很难。三个月后，面向社会包括党政机关、事业单位招聘的六名新站长、二十五名记者全部到岗，这是安东日报社地方记者部有史以来最大的一次人事改革动作，为日后的发展打下了基础。

安东日报社让地方记者部、记者站创收喊了多少年，始终是雷声大雨点小，经营创收不如意。王柏林来自基层记者站，心里十分清楚，创收工作要上去，地方记者站必须有抓手、有载体、有固定的盈利模式。于是他向社党组提出了创办地方周刊的建议，社领导批准了他的建议。这毕竟要掏地方财政的腰包，推广开来困难一定不小。王柏林决定选择最容易和最难的两个市试点。顺风市是王柏林苦心经营了十年的领地，对外宣传的基础比较牢固，而顺风市委书记尚顺，原来是顺风市市长，王柏林与他有着不错的交情。毛长斌走后，尚顺接任市委书记，现在王柏林工作上遇到困难有求于自己，尚顺很乐意相助，他说："柏林，你为顺风市的对外宣传做出了巨大贡献，于公于私，我们都应该报答你，放心，这个头我们带了。"尚顺说到做到，半个月后，安东日报《顺风周刊》顺利推出。王柏林随后赶到边州市，这是安东省的第二大城市，市委书记李凯是省委常委，之前任过省委常委宣传部长，王柏林跟他算老相识。几年前，李凯到顺风市岭南县调研时，王柏林跟随毛长斌陪了他一个星期。按说，李凯已官至副省级，省报宣不宣传都意义不大，王柏林看穿了这一点，他不卑不亢地说："李书记，您是宣传部长出身，宣传的重要性您最清楚，边州市是安东省的第二大城市，经济重镇，《安东日报》加大对边州市的宣传，一定会推动边州的对外开放，吸引外来投资，作为老宣传部长，您也该支持支持《安东日报》啊！"李凯被王柏林说得有点动心了，但他没有当场答应，他告诉王柏林，容他考虑考虑。一个月后，边州市委宣传部打来电话，告诉王柏林，李书记经过与其他领导研究，同意创办安东日报《边州周刊》，把最容易的、最难的拿下了，王柏林信心满满，他一鼓作气，在新任站长的配合下，一个一个攻克，最后仅剩下平原市没有办周刊了。

这平原市不办周刊是有原因的。电视台长、广电局长出身的平原市委书记李军，因工作经历缘故，最看重的传播渠道是广播电视。他主观地认为，现在没多少人看报纸了，尤其是板着面孔说教的党报，他不是不重视宣传，而是重视广播电视，加上他与市长陈共之不合，办周刊之事一直没有沟通。王柏林要了一张省"两会"记者采访证，在省"两会"期间，成天泡在平原市代表团，一来二去，跟市长、书记混熟了，中国的事情就是这样，熟人好办事。陈共之年轻，江湖义气比较重，王柏林三说两说把他说心活了，他痛快地说："我同意办，政府办刊经费没问题，你找李军书记吧，看他什么意见。"王柏林找李军时，没有把陈共之同意办刊的事说出来，如果说出来反而容易把事情办砸。他一再奉承李军在平原市没少干事，这话李军最爱听，他像讲故事一样，把在平原市工作八年干的一件件大事，娓娓道来。王柏林趁热打铁，用起了激将法："李书记，你对平原市是有功的啊！平原的干部群众忘不了你，可你不说，我们怎么知道啊！安东省的干部群众怎么知道？安东省的领导怎么知道啊！"王柏林见火候到了，建议他创办《平原周刊》。李军点点头说："行，我同意，你去找陈共之市长吧！市长管钱，只要他同意，马上就办。"一对冤家达成了共识，最后一个堡垒——安东日报《平原周刊》被攻下，王柏林长长地吁了一口气。

二十八

　　赵红霞的工作调动本来进展很顺利，说好了"五一"后上班，接收单位是安东省邮政公司视察室，算是一种照顾吧！因为赵红霞已在顺风市邮政公司当视察员，这得感谢安东日报社长江力国的鼎力相助，江力国跟省邮政公司总经理江大华是同乡，又是中学同学，为赵红霞调动的事，江力国又是打电话，又是写条子，又是送书画作品。江大华拍胸脯说："老兄，就

这关系，包在老弟身上，放心，过了'五一'就让赵红霞来上班。"

可没到"五一"，江力国就被组织部一纸公文调走了，接任者是总编辑皮政文。江大华与皮政文几乎没什么交情，没交情不要紧，赵红霞的工作正常调转吧，偏江大华是个心胸狭隘的势利小人。他要拿赵红霞的调动说事，把她当成一个砝码要挟安东日报社。因为《安东日报》的子报《安东晚报》欠省邮政公司一笔发行费，江大华让手下一名处长给皮政文捎话，安东晚报社欠款必须"五一"前还清，否则，赵红霞的调动之事再研究。皮政文是有名的臭脾气，又臭又硬，他哪肯吃你那一套，别拿大奶头吓唬小孩，钱可以分批还，部下家属工作调动之事你们看着办。

红霞是个一天也闲不住的工作狂，自省公司的调令下达后，她就眼巴巴地盼着到新岗位上班，省公司有不少熟人，她不断托人打探消息，每每得到的回答是"还没上会研究，耐心等待吧！"赵红霞在省城一无亲二无故，这滋味比坐牢还难受，小区里有会馆，有棋牌室，她也想学学打麻将，消磨消磨时光，可麻将室的臭烟味儿，她一闻就恶心头痛。那就逛商场吧！开始还新鲜，连续逛了几天，也没意思了，人一心焦就爱发脾气，芝麻大点小事也忍不住发火，柏林成了她的出气筒。

王柏林出生在农村，从小就不太讲卫生，进城后卫生意识有所提高，但与城里人比还是有差距。红霞过去有工作忙，家里脏点乱点也不放在心上，自从闲下来以后，眼里揉不下沙子了，染上了超级洁癖。家里地上、茶几上、窗台上、电脑桌子上不能存丝毫灰尘，柏林是个干事业的人，家务上是个马大哈，擦灰只擦个大面，红霞用手一抹，只要手上有灰尘，柏林准挨一顿臭骂。不知从何日起，红霞做出一项规定，家里不许存放任何垃圾，手纸、烂菜叶，这些东西必须随时清理掉。这天早晨，红霞照旧把垃圾清了半塑料袋放在门角，平时柏林都在上班时顺手拿走扔掉，这天，他偏偏接了一个通知开会的紧急电话，急急忙忙走了。

王柏林刚刚在会议室坐下，红霞的电话就追来了，柏林捂着手机来到走廊问红霞："什么事？我正在开会。""王柏林你赶紧给我回来！"红霞怒不可遏。"什么急事嘛，我开完会就回去还不行吗？""不行，你必须马上回来，晚了你就见不到我了，到时候你别后悔。"难道红霞心脏病犯了吗？他知道红霞心脏缺血，在顺风时差点丢了性命。王柏林忙在电话里说："红霞，我马上回来，茶几抽屉里有救心丸，你先含几片！"王柏林与主持会议的一位副总编请了假，匆匆忙忙往家赶。回到家里，王柏林一看红霞好好的，正在吃苹果，便没好气地说："追命似的把我追回来，急什么？"红霞气不打一处来："你看看一兜子垃圾还放在家里，你没长心没长肺啊！""那你就扔了吧，活动活动身子当锻炼身体了。"柏林回敬了一句。"王柏林，我是你雇的老妈子吗？你一个月给我开多少钱？你想得倒美，告诉你，今天叫你回来，就是教训教训你，下次你再犯，我让你吃了手纸，不信你试试，看老娘还惯不惯着你！"王柏林知道，红霞现在心里苦，脾气越来越大，一旦发作起来，什么事都干得出来，他告饶地说："我一定改，一定改。"说完捡起塑料袋装的垃圾扔了。

王柏林开始反思自己，进行了深深的自责，社会上有人总结说，一个成功男人的背后，都有一个默默奉献的女人。为了男人的成功，女人往往毫不犹豫地牺牲自己的事业、快乐和健康，军功章有她们的一半。柏林想，如果红霞不是为了陪伴自己，凭她的聪明、勤奋、努力，在岭南县早已出人头地，甚至超过自己。为了减少红霞心中的孤独感，王柏林几乎推掉所有的应酬，每天下班手机一关，半路上找超市买来各种新鲜水果、蔬菜，变着花样做给红霞吃，可红霞越来越没胃口了，吃什么都不香，稍吃一口就饱了。知妻莫若夫，王柏林知道，红霞是在盼着上班呢，必须尽快给她落实工作，否则妻子真的要疯了。王柏林先是瞒着红霞，从多年积攒的小份子上取出一万元买了一张购物卡，以拜节的方式，于中秋节前把卡塞进一个信封，悄悄送给省邮政公司总经理江大华，江大华见推辞不掉，放进了口袋里。江大华既同情又无奈地说："赵红霞是个优秀的员工，在家待着一定很难受吧！现在省公司超员严重，实在不行，安排到安东市公司怎么样？""行，只要有工作干就行。"王柏林替赵红霞做主，因为王柏林在家里听赵红霞念叨过，进不了省公司进省城安东市公司也行，这么大岁数了，有工作干就行。一个星期后，王柏林给江大华发短信询问红霞工作的事，江大华随即回复："正在与安东市公司领导沟通中，再等等。"王柏林一看有戏，立即把一幅裱好的在办公室悬挂多年的名家作品"骏马图"取下来，由于画太大，车后座上放不进去，他只好打开后备厢，把画插进去一半，另一半露在外面，他怕半路上颠掉了，找根塑料绳把画绑在箱盖上。见万无一失，才慢慢发动车子。

　　江大华的办公室在省公司三楼楼梯口第二个屋，第一个屋是男卫生间，王柏林已来过多次，闭着眼睛都能找到。送礼是要讲究策略的，当着别人的面送礼，等于骂人，不仅不能收，弄不好让你下不来台。王柏林先把画悄悄藏在男卫生间，然后从门缝中侦查江大华是否在办公室，一看，江大华正在与人谈话，在办公室就好，否则一幅名画拿来拿去让人看着算怎么回事？这时，有人来上厕所了，王柏林也装着上厕所。王柏林一看表，快十一点了，怎么还不走？再不走就要吃完中午饭了，出来的人就多了，王柏林不是怕耽误自己吃饭，只要能送上画，哪怕两顿不吃也行，他是担心遇到熟人，因为省公司他认识的人也有几个，万一别人问起来，他没法回答啊。还好，十一点五分，江大华屋里的客人走了，谢天谢地，王柏林从厕所里取出画，连门也没敲，径直进了江大华的办公室。江大华看到画先是大吃一惊，一见是王柏林，就笑着说："柏林呀，我还以为是谁。你拿一幅这么漂亮的画是什么意思？""江总，这幅画放在我办公室白瞎了，我不懂艺术，你是国企大老板，又是收藏家，送给你吧。"王柏林尽量把礼说得轻描淡写，让收礼人不要有太大的心理压力，尽管双方都明白，这幅"骏马图"在市面上少说也值五万元。"那就先寄存在我这里，让我欣赏欣赏再还给你，对了，我已经跟市公司打完招呼了，你让赵红霞下周去市公司劳资报到，让他们具体安排工作。走吧，跟我一块到食堂吃一口，体验一下我们的伙食看能不能赶上你们的食堂。"江大华虽然多次与王柏林打交道，但头一次这么热情。"谢谢江总，我单位还有点事，改日我请你。""那好，改日再聚。"

赵红霞被安东市邮政公司劳资分配到下面的营业分局工作，局长接过介绍信，边皱眉头边发起了牢骚，这劳资怎么搞的？一面让我们减员增效，一面不断地安排新人。"李主任，你过来一下。"一个叫李梅的综合业务部主任听到局长叫自己，马上赶过来。"这位是新来的赵师傅，暂时在你们办公室挤一挤，给她安排个地方。"李梅随即把赵红霞领到综合业务部办公室，赵红霞一看，在这个阴冷潮湿不到二十平方米的办公室里，放了八张办公桌椅，里面有六个女同志在办公，李梅指着第四排的一张空桌椅说，"赵姐，我们这里条件差一点，你委屈点，就在这儿办公吧，暂时没什么业务，马上要进行机构改革了，等改革完了再分给你一摊活，你可以上上电脑，打打杂。"赵红霞一看这条件，跟顺风市公司视察室差远了，简直一个天上，一个地上，但她心里还是挺高兴的，在家待半年都有点待傻了，现在有班上了，不会再寂寞了。

早上起来，王柏林头一次看到赵红霞脸上有了笑容，吃完早饭，红霞照着镜子细细地梳妆打扮了一番，柏林打趣地说："你这一收拾，好像年轻了十岁，仍然是个大美人。""拉倒吧，都老太婆了，到一个新单位，捯饬捯饬，别让人瞧不起。"王柏林看得出，红霞上班了，心里美滋滋的。

柏林所在的安东日报社在城东，红霞上班的营业分局在城西，而家所在的富奥小区在南面，正好是一个大三角形。要问现在城里什么增长最快？答曰：私家车。据前些日子交管部门统计，仅有三百万人口的安东市，私家车就超过一百万辆，怪不得大城市雾霾越来越严重。为了躲开高峰，王伯林早七点准时出发，他打开导航，小车沿着彩织街拐入卫星路，进入人民大街，再拐入自由大路，右转入同志街，左转入同德路，最后到达营业分局，这在不堵车的情况下还跑了三十五分钟，如遇堵车，一个小时也到不了。红霞下车后说了声拜拜，就上楼了。柏林没有下车，他怕迟到，按两下喇叭以示跟红霞再见。晚上下班时，柏林按原路线去接红霞，到了营业分局门口，他按约好的暗号按两下喇叭，嘟嘟，几分钟后，红霞拎个手包，噔噔下楼来了。她进到车内，往柏林额头上亲了一口："老公，辛苦你了，这么远还来接，同事们都说我好福气，嫁了这么好的老公，今天是我随你到安东来最开心的一天，我终于有班上了，谢谢你，今晚一定要奖励你。"

其实，赵红霞所谓的上班，不过是打打杂，帮人制个表、算个数。再就是擦擦灰、扫扫地、帮帮厨，仅此而已。可这样的班红霞也没上多久。半年后，营业分局被解散、撤销，红霞提前退休回家。

柏林五弟勇林早先投奔大哥大嫂在林安商海拼搏了十年，长了不少本事。柏林调省城后，单枪匹马的勇林带着攒下的第一桶金南下深圳，开了一家互联网公司。这年头，凡粘上互联网，钞票就像大风刮来一样容易，仅几年工夫，勇林的资产就达到了几千万，在全国许多地方都购置了房产。勇林和柏林一样，是个心地善良、知恩图报的人，他多次放话，大哥大嫂退休后，只要愿意走，他可以出资两百万元，供大哥大嫂周游世界。现在他听说大嫂退休在家闲着，立即汇过来三十万元供大嫂炒股消遣。红霞接过钱，在安东市一家证券公司开了户头，认认真真地炒起股来。没想到中国股市正进入漫漫熊途，股票跌跌不休，红霞投进股市的三十万元本金不到半年时间缩水到十五万元，几只股票被彻底套牢了，红霞心灰意冷，每天唉声叹气打发时光。

二十九

　　这是一次终生难忘的春节省亲，王柏林少小离家三十多年了，尽管在这之前，王柏林和赵红霞常回家看看，几乎每隔两年回家过年，但那时弟弟妹妹小，读书的读书，创业的创业，尤其是大弟弟和林在法卡山自卫反击作战中牺牲后，父母多少年都走不出这个阴影。现在弟弟妹妹都事业有成，王家已成了金鸡河两岸一带的望族。三弟弟王春林在家乡省城长水市创办了一家电子高科技公司，取名"华太"，产品在国内供不应求，还远销十几个国家，年利润在千万元以上，已在上海主板市场上挂牌，听说最近购买了几百亩土地，建起了新厂房，添置了新设备，企业正在做整体搬迁准备；四弟弟王涛林是红霞省吃俭用供出来的大学生，涛林话语不多，但手不离卷，内心充满着创业的激情，他大学毕业后在一家国有银行工作，干几年后觉得不过瘾，跳槽到一家大型国有投资公司，从最基层办事员干起，一直干到董事、副总经理、总会计师，每年经他签批的资金上百亿。五弟弟勇林前面已提到过，已是身家几千万的富翁。三个弟弟富了不忘故土，都在家乡建起了楼房、别墅，平时闲着，兄弟们回家后轮流住。父亲王长武、母亲李金莲做人低调，从不张扬，一直受到四邻八乡的尊敬，夸他们养育了一帮好儿女。王柏林虽然在老家没盖房、没置地，但他无论走到哪里，都会留下一片赞扬声。老人们称他的美德，赞他的孝道，年轻人以他为楷模。乡下人说一个人好，总会拿孬的来对比。有一年春节，王柏林和红霞走亲戚，路过一家办喜事的人家门口，院子里站满了喝喜酒的乡亲，突然听到有人议论："你们看，这就是王长武家的老大王柏林，把一帮弟弟妹妹都带发了，不像李家大少爷，只顾自己，不顾弟弟妹妹。"柏林知道，他们议论的李家大少爷，就是和王柏林一起参军的本村同龄人李子明。这李子明智商、情商都不在王柏林之下，在部队入了党，提了干，上了军校，在外省就地转业后，官至副市长，可李子明极度自私，吃香的，喝辣的，只顾自己享受，父母、弟妹连毛都没有，弟弟妹妹中学毕业后也去找过他，但一个个都被打发回来，至今有三个弟弟因没钱娶媳妇还打着光棍。

离过年还有一个多月，王柏林不断接到弟弟妹妹打来的电话，问大哥大嫂几时回家，是坐火车还是乘飞机，票订了没有，到时好派车接站。尤其是五弟弟两口子，几乎每天一个电话，他们主动承担了全家大团圆的总接待任务，据说已花费一百多万元。半年前，王长武家祖祖辈辈住了几代人的王家祠堂，因修高速公路被占去，王长武得了三十多万元的补偿费，母亲建议把钱分给几个孩子，王柏林接到母亲的电话直言相告："我们一分钱不要。"听说大哥带头不要祖产，几个弟弟妹妹也提出不要，母亲只好把钱存进银行。四弟涛林为了把根留在故土，在老屋附近盖了一幢三层别墅，想让父母颐养天年。五弟勇林担心父母没人照料，在妹妹秋香住的古仿镇购了两套总面积三百多平方米的住宅，勇林的想法是，家里兄弟姐妹多，两套房连体打开后，可开十二个房间，足够大家在一起住。为了迎接兄弟们回家过年，小两口煞费苦心，把生意交给别人打理，自己专心装修，原材料挑最好的，家用电器都是名牌，楼上装有棋牌屋、健身房，楼顶改建成观光花园，光装修费就花了八十多万元。

王柏林和赵红霞是腊月二十三到家的，北方是二十三过小年，王柏林的家乡一直沿袭二十四过小年的风俗，他们要赶在小年前到家，五弟勇林和弟媳李心慧开着保时捷专程到长水市火车站接的大哥大嫂，当五弟接大哥大嫂回到父母养老的豪宅时，已是腊月二十四日凌晨三点了。母亲李金莲和妹妹王秋香一直在客厅里亮灯等候，见了儿子儿媳大哥大嫂很是高兴，问他们还吃不吃夜宵。柏林和红霞摇摇头，而是草草洗漱后上床休息。

天亮后，一家人开始忙碌起来，最忙的要数妹妹秋香了。她骑着摩托车跑了好几趟早市，鸡鸭鱼肉、蔬菜水果买了好几麻袋，尽管很累，但脸上总是挂满了笑容，她为娘家哥哥弟弟的出息感到荣耀，走到大街上都腰杆子挺直，街坊们都羡慕她享了娘家人的福。上午十点开始，楼下的鞭炮就连上溜地响起来，这是王长武的哪个儿子的一家子回来了？因为这一带有传统习惯，但凡亲人、客人进门都要燃放鞭炮，以示欢迎，这可累坏了王柏林的儿子王小军和两个大外甥，每来一家都要楼上楼下搬东西，直到下午四点，远在沿海的四弟涛林一家三口进门，这个二十多口人的大家庭才全部到齐。

离小年饭还有一段时间，父亲王长武领着几个儿子在楼顶观光花园里抽烟喝水侃大山。母亲李金莲领着一帮媳妇坐在客厅沙发上说家长里短，妹妹秋香领着厨师们预备晚餐，当妯娌们谈起南方风俗过小年给孩子换新衣服时，红霞突然想起了什么。她起身来到自己的卧室，找出来一个棕色大箱子，打开一看，哦，全是孩子们的新衣服。在家时，柏林经常与红霞提起老家小孩盼着过小年的事情，那时候家里穷，一年到头很难添件新衣裳，唯有过小年才能穿到新衣服，柏林读二年级的时候，全社会掀起拥军热，孩子们也盼着穿绿军装。有钱的家庭可以给孩子买现成的，柏林家困难，买不起。心灵手巧的母亲李金莲买了几尺白布，用绿色染料一染，给柏林做了一套小绿军装。过小年那天，柏林穿上绿军装走东家，串西家，好一顿显摆。回老家过年的头几天，红霞天天逛商场，她问了孩子们的身高、胖瘦，一套一套选，直到满意为止，在这些衣服中，除了大弟和林的儿子、妹妹两个儿子已经长大成人外，三弟春林的一双儿女、四弟涛林的儿子、五弟勇林的儿子、六弟科林的一双儿女、老弟肖林的一双儿女每人一套新衣服。男孩子们贪玩，取到新衣服后交给妈妈保管，女孩子们爱美，领到新衣服后都立马换上，都夸自己的新衣服好看，小嘴甜甜地喊"谢谢大伯母，谢谢大伯母"。

　　腊月二十八日是母亲李金莲七十一岁生日。当地人有个习惯，从四十一岁开始，每逢五十一、六十一、七十一、八十一、九十一都要做大寿。乡亲邻里、亲朋好友都要来贺喜、吃寿酒。李金莲一辈子不愿麻烦人，只付出、不索取。不管大寿小生日，她从来不过。今年是七十一大寿，儿孙满堂，又搬了新家，也为让亲戚们认个门，柏林建议适当过一回。李金莲有事愿意跟大儿子商量，大儿子的话她爱听，就同意过了。生日那天，亲戚们从四面八方赶来，王家、李家都长寿，柏林九十多岁的大姑来了，八十多岁的大爷、大娘来了，八十多岁的大舅、二舅、三舅来了，亲戚们聚到一起，足足有二百多人，中午宴席楼上楼下开了两轮，每轮放十二桌。最热闹的要数晚上给老寿星拜寿，五儿媳李心慧担任导演兼摄像师，一个乳白色大蛋糕足有半米高，大半张圆桌大。李心慧一声开始，伴随着悠扬的祝妈妈健康长寿的祝寿歌响起，七十一根蜡烛点燃，歌声、笑声、掌声汇集成欢乐的海洋。"棒，太棒了！"李心慧边喊边录，接下来，所有儿孙每人录一段祝寿语，以作纪念，再接下来，寿星吹蜡烛、许愿、分蛋糕，整个祝寿仪式持续了两个多小时。

年三十的团圆饭把这一家子的过年气氛推向高潮，妹妹在餐厅里摆了三张大圆桌，酒是三弟弟春林拿来的上等酒鬼酒，菜是腊味、鲜味、各式炒菜应有尽有。开席前，年过七旬，一向少言寡语的老父亲王长武端起酒杯，用略带沙哑的嗓音说："老婆、儿子、儿媳、女儿、姑爷、孙子、孙女、外甥，今天是大年三十，我们一大家子能幸福地在一起过年，搭帮毛主席、搭帮共产党、搭帮新社会。你们常年在外漂泊，希望保重身体，有空常回家看看，我和你妈就知足了。"说着说着，掉下了幸福的泪水，他接着说："你们兄弟侄嫂，千万要记住，你们兄弟几个能有出息，能过上这么好的生活，你大哥大嫂功劳最大，付出最多，希望你们知恩图报，牢记心中，干杯！"

老父亲年岁大了，身子骨弱了，喝酒大不如以前，柏林、红霞和兄弟、弟媳们轮着给老父亲、老母亲敬酒，父亲端起酒杯沾沾嘴唇，母亲以水代酒，意思意思，敬酒者照样是一饮而尽。敬完老父老母，兄弟、弟媳们转过来敬柏林、红霞。他们的敬酒词虽然不算华丽，但都是掏心窝子的话。三弟春林说："没有大哥大嫂，我可能在家种一辈子地，也可能农闲出去打工，你们的大恩大德，我春林一辈子难忘，敬你们一杯。"四弟涛林说："我能上得起大学，能读完大学，全仗着大哥大嫂解囊相助，今后大哥大嫂有用的着涛林的地方，喊一嗓子，我们一定全力相助，敬你一杯。"五弟勇林说："我中学毕业后，在外漂泊流浪，是大哥大嫂念及兄弟情分，收留了我，并给我提供舞台，教我做人、做生意，我能有今天的成就，全靠大哥大嫂，敬你们一杯。"接下来，妹妹秋香、六弟科林、七弟肖林一一敬酒感谢大哥大嫂的高风亮节、无私奉献。

这天晚上，柏林和红霞双双喝醉了，醉得连春晚都没顾上看，但他们感到值，这半辈子的付出没有白费。

春节过完了，兄弟们天各一方、公务在身，从大年初二开始，一家一家离去，每走一家，父母都要擦眼泪，是啊！天下儿女哪一个不是父母身上掉下来的肉？哪一个父母又愿意骨肉分离？柏林和红霞一家人是最早一个到家的，又是最后一个走的，他们想在家多陪陪父母，可终究要分开，临别时，老人送了一程又一程，是啊！这一走，又要多久才能见到呢？

三十

临近退休的王柏林，好事、高兴事一个接一个。

一年前，安东省委宣传部、省新闻工作者协会，为新时期打造一支过硬的高素质的新闻工作者队伍，在全国率先开展争创名记者、名编辑、名主持人的"三名"创建活动。这年年底，经过自下而上的层层推选、群众评议、网络投票、专家评审，全省共评选出十佳"三名"优秀新闻工作者，王柏林以名记者的头衔榜上有名，占据十佳榜首。

颁奖仪式在安东省电视台演播大厅隆重举行，演播大厅金碧辉煌、彩灯闪烁、歌舞捧场、气氛热烈，可容纳上千人的观众席座无虚席。西装革履、神采飞扬、披红戴花的王柏林与另九名获奖者在前排就座。晚七点，颁奖仪式正式开始，全场起立，奏国歌，省委常委、宣传部长林强做重要讲话，掌声热烈。省委宣传部副部长、安东日报社社长、党组书记、省新闻工作者协会主席米真宣布获奖名单，掌声，经久不息的掌声。主持人宣布请省委副书记毛长斌为获奖者颁奖。主持人接着宣布，下面请"名记者"获得者、安东日报社地方记者部主任、高级记者王柏林上台领奖，全场报以热烈的掌声。历史就这么巧合，十年前，王柏林任顺风记者站站长时，陪同毛长斌走遍了顺风市的山山水水，为顺风市的改革、开放、发展、稳定撰写了许许多多鼓舞人心的篇章，为此，与毛长斌结下了深厚的友谊。毛长斌提拔后，先是任省委常委、安东市委书记，后任省委常委、省政府常务副省长，现在是省委副书记，离正省级也就差一点点。十年了，王柏林除了电视上偶然看到毛长斌外，再没机会见到毛长斌本人。看得出毛长斌和王柏林都很激动，毛长斌与柏林握手、颁奖后，破例给了王柏林一个拥抱。这时，主持人随着轻快的音乐，高声朗诵评委会送给王柏林的颁奖词："有人说他执着，他怀揣着一个做合格党报记者的梦想，三十年如一日，走基层、转作风、改文风，传递党和政府的声音，传播正能量，讴歌时代的脚步，坚守新闻工作者的良好职业道德，砥砺前行。

有人赞他正直，是的，他出淤泥而不染、无私无畏、有记者的良知，用手中的笔鞭挞邪恶，为真理而战斗，为弱势群体而呐喊，老百姓封他为'良心记者'。

他没有上过正规大学，可谁能说他没文化？他刻苦好学，凭着坚强的意志、顽强的毅力，自学并考取了名牌大学新闻研究生学历，发表了数百万字的新闻作品，有上百篇获得省级和国家级新闻奖，破格晋升为高级记者，这就是"名记者"王柏林。"

王柏林的眼睛湿润了，同时，他看到主持人在宣读获奖词时，观众席上不断有人擦拭眼泪，他们为同行中的杰出代表而自豪，而骄傲。

又有一件事让王柏林偷着乐。现在机关干部私下里炒股成为一种时尚，他们在不影响工作的前提下，让财富呈几何级数地增长。最近，王柏林打开股票账户一看，市值翻了几番。早在2014年9月，王柏林嗅到股市要大涨，他卖掉一处旧房，把25万资金全部投入股市，又在原有市值的基础上，开通了合法合规的融资融券业务。王柏林是价值投资者和长期投资者，在他曾经留下遗憾、坐过电梯的一只水泥股跌到4.5元时，他满仓杀进，坚定持有。当该股涨到七元多大幅度震荡时，他周围的同事吓跑了，当然，红霞也不例外，获利而逃。王柏林坚持不动，该股经过一个多月的横盘后直接蹿到10.50元。此时的王柏林已不是七年前的炒股新手，他头脑也不再发热了，他知道，10.88元是该水泥股的最大压力位，冲过去，相安无事，冲不过，掉头向下，他做了两套方案，冲不过全仓卖出，保留胜利果实，冲过去加仓追进，临近中午，该股向上发起冲击，结果到10.86元败下阵来，王柏林果断出手，在10.8元全部卖出股票。下午一开盘，该水泥股回调两个百分点后，发起第二次冲锋，把10.88元以下的筹码全部吃光，并站稳了11元。王柏林反应灵敏，立即实施第二套方案，将卖出的筹码全部买回，并用融资余额加仓10万股。这只水泥股像脱了缰的野马，很快冲上12元、13元、14元、15元，就在大盘出现断崖式下跌的头两天，这只水泥股涨到16.30元时，王柏林全部卖出，加上手里的其他股票，总市值达到430万元，净赚370万，市值增长了六倍多，这就是说王柏林赚的真金白银比上一轮大牛市的账面数字还多。王柏林不信鬼，不信神，但他相信命，他总觉得一个人常做好事、善事会有福报。王柏林上一轮牛市坐了电梯后，不像有的人到处乱骂，对上级政策说三道四，而是始终保持良好心态，冥冥之中总感到有上帝相助。一次，一个偶然的机会，他在游泳馆遇到了一个神秘人物。那天晚上，他在游完泳后在游泳馆一个茶庄要了一壶绿茶，这时，从更衣室出来了一个三十多岁的年轻人，王柏林给他斟了一杯，两人边喝边聊，聊得很投机。一连几天王柏林都请他喝茶。后来，两人聊起了股市，这一聊，王柏林大吃一惊。此人叫张玉，是一家券商的操盘手，而且他还是全国赫赫有名的顶尖级操盘手。他平时做人低调，拒交朋友，不与社会上任何人往来。而现在，他把王柏林当成知己，把自己多年积攒的投资理念、心得、操盘经验毫无保留地传授给王柏林。尽管张玉一年后隐居上海，为华尔街犹太人操盘，但他的投资理念、炒股技巧在王柏林心中扎下了根，使王柏林在新一轮大牛市中赚得盆满钵满。

做人低调，不与人争利，凡事替他人着想，是王柏林一贯的行事风格和做人准则。职称实施分级制后，正高上面还有三级二级，职称晋位是知识分子堆里挤破脑门的事情，王柏林一再谦让，待两个副职都晋升后，他这才报了个正高三级。这一年，安东日报社有近二十人符合申报条件，而三级指标只有五个。怎么办？僧多粥少，报社采取票决制，十五个高评委一人一票，票高的晋位，票少的淘汰，竞争者谁也没有怨言。投票结果出来了，王柏林以满票通过。这在安东日报社历史上绝无仅有。

王柏林退休后，谢绝了多家公司的高薪聘请，他要去践行青少年时期当作家的梦想，用丰富的人生经历、生活阅历，去描写多姿多彩的社会，刻画现实中的人生，他觉得自己更年轻了。那天晚上，他做了一个奇怪的梦，梦见自己回到了金色的年华，他牵着一位十七岁少女在湖边漫步、聊天、憧憬着美好的未来……

　　现在，王柏林生活得很有规律，每天早睡早起，早上走步，晚上游泳，剩下的时间读书、构思、写作，他撰写的两部中篇小说集正在付印，另一部反映当代社会主旋律的长篇小说即将脱稿。

乔大姐进城

一

　　刚过五十一岁生日，忙忙碌碌工作了三十三年的乔大姐做梦也没想到，自己满心欢喜调到省城工作，原想扎扎实实再干几年，攒点熟面孔退休后好安度晚年，可万万没想到，一场突如其来的风波把她的梦想击碎了，她提前下岗、失业。忙忙碌碌的乔大姐变成了无所事事的闲大姐，她呐喊，她抗争，但一切都无济于事。

　　乔大姐原来在山城一家通信公司做视察员，工作轻车熟路，得心应手。其实她很喜欢这份工作。视察员相当于党委纪检部门的检察员，对公司所辖网点、窗口进行制度、业务检查，有独立的处罚权。一些基层营业员见到乔大姐就像耗子见到猫。而乔大姐是个嘴冷心热的好人，除非屡查屡犯，她一般都高抬贵手。据说她业务了得，年轻时多次率队代表市公司参加省公司的业务竞赛，并多次获得团体冠军。由于业务棒，每次公司组织员工培训，乔大姐都要讲得口干舌燥，在山城的上千名员工中，几乎没有不认识她的。乔大姐担任的视察员在公司内部系统被定为管理岗，管理岗男职工工作到六十岁，女职工工作到五十五岁，乔大姐掐指一算，还能工作四年。乔大姐不是土生土长的山城人，她是随老公几次工作调动后到山城工作的，到山城也有十年了，开始时很不习惯，但现在她感到山城比家乡好，这里山清水秀，尤其是这里的人淳朴、实在、可交。有一次她劳累过度，心脏病发作，是公司员工及时把她送到医院抢救脱险，大夫说再晚到一会儿就见马克思了，所以山城人对她有救命之恩，她就想在这里工作到退休、养老。其实她早就有机会离开山城的，年轻时，省公司领导看中了她的业务，要直接调她进省公司当视察员，她婉言拒绝。而老公项在波是省直一个部门派驻山城分支机构的负责人，因工作踏实能干，几次要调他回去当处长，乔大姐死活拦着不让走，说人活着就图个顺当开心，官当多大才算大，钱赚多少才算多，你现在在这是处级，到那里还是处级，操那心有意思吗？到省城有什么劲，不就人多、车多、楼房多，省城再好也不是咱们自己的。项在波是有名的"气管炎"，老婆的圣旨他是不敢违背的。其实项在波也不想走，一来他自从与乔大姐乔丽结婚以来就多次因工作调动过着牛郎织女的两地生活，总觉得自己欠老婆的太多了，二来在山城结交了一批推心置腹的好朋友，他们中有县长、县委书记、教育局长、政府秘书长等，在山城有个大事小情，只要喊一嗓子，朋友们都能挽胳膊相助。

这天晚上，当大学毕业待业一年的儿子项哲被安排进省直机关工作，朋友们为项家举杯庆贺时，项在波突然接到单位人事处长的电话，人事处长在电话中告诉他，经组织研究，他的工作有变动，明天务必赶回省城，刘厅长要找他单独谈话。他问回去干什么，人事处长说不知道，刘厅长亲自跟你说。听到这样的消息，一般人早就乐得屁颠屁颠的，儿子已留在省城工作，一家人不就可以团聚吗？但项在波和乔大姐怎么也开心不起来，躺在床上两人翻来覆去怎么也睡不着，乔丽说，"你回省城有班上，我这么大年纪谁愿意要啊？要去，还不如年轻时候去！老公，要不这样，跟领导谈话时把我也调到省城工作作为一项条件提出来，否则，咱们哪也不去，大不了就地免职当一般干部。""好的，就按你说的办！"项在波在被窝里拍了拍深爱的妻子。

没想到谈话进行得很顺利，刘厅长当场答应了项在波提出的条件，并当即给乔丽所在省通信公司老总打电话，放下电话又给这位老总写了一封措辞软中带硬的推荐信。

项在波手捧着推荐信没有直接告诉乔丽，他要把事情办得八九不离十才告诉她，也算是给她一个惊喜。项在波对省通信公司并不陌生，十年前他在省直部门当副处长的时候跟他们头头打过交道，但原来的老总早已进京升职，班子已换了好几茬了。据说现在的老总杨士军是原来的工会主席，此人贪财好色，在官场上是个大滑头，但有求于他，项在波还得硬着头皮去拜这尊佛。有刘厅长的电话和推荐信，接触起来自然方便多了。杨士军不愧是官场上的老油条，接过推荐信，他一把握住项在波的手不无夸张地说："刘厅长是我的老朋友，他的事就是我的事，再说小乔是个人才，省公司正需要，怎么她没来？"项在波是不善于言词的老实人，他从包里掏出两万元放到杨士军的桌子上，项在波知道，现在办事没有白办的，这也就是中国特色，你关系再硬，不送礼也是白扯。"使不得，使不得，你不把钱拿走，乔丽的事就办不了。"杨士军边说边推让，项在波心想杨士军也许是个好官，社会上的传言不可信，在杨士军的一再推让下，项在波只好把两捆现钞收回包里，临走时，杨士军一再挥手，"告诉乔丽等着听好消息吧。"

乔大姐要调走的消息不胫而走，山城通信公司的男男女女都来祝贺，说乔大姐进省城了可别忘了我们。但也有好心的姐妹来劝她，乔大姐你就在山城通信公司干到退休吧，省公司是那么好进的？尤其是那个杨士军，他不是个什么好饼，你得当心点，别让他耍了。说这话的是山城通信公司办公室主任小田。时间一天一天过去，乔大姐调动的事没有任何消息，眼看着到年关了，项在波是个聪明的人，这天他到省城一家知名超市买了两万元购物卡，他知道现在社会上刮起购物卡热，许多替人办事的官员为了避嫌，不收现金，只收购物卡。项在波给杨士军打电话，说刘厅长让自己给杨总捎封信，杨士军让他半小时后到他办公室。项在波吸取了上次送钱的教训，他把信封交给杨士军后什么也不说转身离去。临走，杨士军笑眯眯的还是那句话，"乔丽怎没来？让乔丽等消息吧。"

世人莫当官，当官都一般，项在波送完购物卡回到单位后反复琢磨这句话，的确有一定的道理。在中国这个几千年的封建社会人情大国里，你求人办事就得付出，人家说不定还看不上眼呢！就在项在波准备把消息告诉乔丽的时候，一个陌生的男子打来电话，说是杨总让他给项在波送件东西，已到他们单位楼下。项在波接过来一看，原来是装购物卡的信封原封不动退了回来，项在波拿着牛皮纸信封百思不得其解。

时间一晃半年过去了，乔大姐调动的事一直在等待，人们看到平时说话谈笑风生、快言快语的乔大姐近来沉默寡言、心事重重。是啊，老了老了还两地分居，搁谁谁不憋屈？项在波看在眼里，急在心上，他恨自己无能，也埋怨自己不该回省城。为了安慰乔丽，他每逢周末往返八百公里陪妻子。这天他突发奇想，为了让乔丽能顺利调省城工作，他决定把自己收藏了多年的一幅名画"奔马图"送给杨士军，这幅画是他十年前在一次画展拍卖会上用五千元买来的，现在市场上少说也值五万元。他知道，当今许多官员不缺钱，缺的是稀罕物，包括美女、字画等。乔丽是美女，在山城通信公司无人不知无人不晓。早在十年前，乔丽代表山城通信公司参加全省业务知识大赛，她的气质、她的机敏、她的知识，尤其是那迷人的身材和一双会说话的大眼睛震撼了所有评委和观众。山城通信公司以总分第一当之无愧地捧回了团体冠军的奖杯。在庆功宴会上，大会总指挥省公司工会主席，也就是现在的总经理杨士军亲自向乔丽敬酒，他还色眯眯的说，"乔丽太漂亮，你是山城公司的骄傲，更是省公司的骄傲，你如果愿意，我可以把你调到省公司。"这以后，杨士军不断找机会跟乔丽套近乎，每到山城公司调研都点名让乔丽陪他喝酒。有道是男女之情女人是最敏感的，何况是结过婚的美女？说是说，笑是笑，男女之间苟苟且且的事她绝对不干，否则她怎么会当了十五年的山城人大代表，要姿色有姿色，要能力有能力，至今还是个科员？据说当年中学时代她就是校团委书记，学校当之无愧的校花，追她的男生足有一个连，她下乡不久当上了公社中心校的代课教师，由于她年轻漂亮，才华出众，公社党委把她列为入党积极分子重点培养，然而，不怕没好事，就怕没好人，当时的公社党委书记王大宝是个有名的大色鬼，好多女知青都让他糟蹋了。本来填完入党志愿书的乔丽就等着第二天公社党委会通过。当时乔丽独自住在学校单身宿舍，深更半夜，一阵急促的敲门声把乔丽惊醒，谁呀？乔丽下地摸了一根木棒。"别怕，是我，王书记。有事吗？明天要研究你的入党问题，我想找你谈谈，开门吧。""太晚了，明天再谈吧。""不行，就今晚上谈。"乔丽知道他不安什么好心，坚决不开门。"乔丽开门吧，要不你会后悔的。"王大宝拿出了威胁的口吻。"王大宝我警告你，调戏知青是要犯法的，这党大不了我不入。"乔丽脾气一上来什么也不顾，王大宝听到恶狠狠的喊声，吓得灰溜溜地跑了。不出所料，乔丽入党的事在党委会上被王大宝否了，理由是目无组织，思想不成熟，条件不够。打那以后，乔丽无论走到哪里，只兢兢业业干工作，入党的事再也不提不想了。乔丽保持纯洁、刚直不阿的秉性使她在事业上失去很多，凭她的能力、才华，完全可以当科长、局长甚至更高一级的女干部，但她决不出卖自己的灵魂、肉体，她鄙视一切靠色相、靠肉体爬上去的女干部。乔丽虽然失去了很多，但她也得到了很多，得到了老公持久的、深深的爱，同时她也得到了同事、朋友们的信任，在一次公选人大代表时，经过五六个回合的较量，她顺利当选了山城市人大代表，而且一当就是十五年。

杨士军接过项在波送来的名画，眼睛就发直了，"好！好！好！"他一连说了三个好字，"项处长你太客气了，这么贵重的画你自己留着吧。""不，放在我家太可惜了，它只配杨总这样级别的干部收藏。""哪里哪里，先放我这里欣赏欣赏，以后再还给你，就算借你的。"杨士军真是个官场滑头，一句借，就可以免去东窗事发之后几万元的受贿行为，可他不过是自欺欺人罢了，真要到那天，办案人员不会跟你讨论是收还是借的，赃物在那就是抵赖不了的证据。

中秋节快到了，省城到处洋溢着节日前的气氛，市场里、超市内、路边上，摆满了五花八门的月饼，项在波看到今年的月饼不同以往，价值上千元的高档月饼应有尽有，项在波和乔丽商量要不要给杨士军送两盒月饼。正在他们犹豫的时候，接连收到好消息，山城公司那个办公室主任已接任人事科长的小田来电话，让乔大姐过完节去公司办理调转手续，省公司调令已到山城公司了。项在波也收到了省公司杨士军打发司机送来的一盒价值千元的月饼。折腾了大半年的工作调动总算落了地，项在波一家人高高兴兴地过了一个中秋团圆节。

凡事不要高兴得太早，项在波在给乔丽办理调转手续的时候才知道，省公司没有乔丽的位置，要安排到省会关中市通信公司上班。项在波找到关中市通信公司，说机关已人满为患，乔丽只能到下面的营业局工作。营业局就营业局，乔丽拿着调令到营业局报到，营业局长说，营业局目前没有岗，你到业务部帮忙吧。局长让人事科长在业务部给她安了一张破桌子，外加一台报废的破电脑。乔丽是个闲不住的人，她每天早早上班，把业务部的地拖得干干净净，把大家的桌椅擦得不见一丝灰尘。可她向其他同事讨点活干时没有一个愿意的，大家都怕这新来的大姐抢了自己的饭碗，乔丽就这样在营业局上了四个月的班，不，实实在在说是做了四个月的清洁工。

新年一过，关中通信公司下发文件，要实行全员竞聘上岗，先自基层做起，营业局缩减编制，由二十人减少到十人，多余人员到市公司劳资待岗。乔丽有自知之明，放弃了竞聘机会，一位通过杨士军从基层调来的姐妹悄悄告诉她，她老公花了十万元给她安排这么个破岗，没想到这破岗也没保住，杨士军太黑了，他早晚不得好死。没了工作的乔大姐悔不该调省城，如果不调动，她能干到五十五岁退休，现在没到退休就意味着下岗。两个月过去了，她一查工资卡，每月两千八百元的工资变成了每月二百元的下岗生活费，她偷偷给杨士军写了一封措辞激烈的上访信，杨士军亲自给她打电话，说乔丽对不起，现在哪都人满为患，你就委屈点吧，实在想工作可以下月参加市公司的管理岗竞聘，临了批评她架子大，也不去看看她杨大哥。放下电话乔丽真是恶心死了，但有什么办法呢？在人屋檐下，不得不低头。

一连几天，乔丽猫在家里写竞聘发言材料。她要竞聘的岗位是市公司业务部的综合业务员，这个岗她可以说是轻车熟路，在山城公司做视察员之前她就干这个活。项在波是有名的大笔杆子，他接过妻子的竞聘演讲稿从里到外润色了几遍，末了他让乔丽以现场的心态给他讲了两遍，项在波想，妻子的材料、演讲水平即使省直部门的处长也不过如此，他鼓励妻子这次一定能成功。

竞聘前一天晚上，乔丽美美地睡了一觉，不知哪位专家说的，睡觉是最好的美容，何况妻子本来就是个美人坯子！第二天早晨，乔丽经过一番梳妆打扮，显得更加高雅、更加妩媚，看上去也就是四十多岁，一点也不像年过五十岁的老太婆。在演讲台上，乔丽拿出十年前参加省公司业务知识竞赛的看家本领，做了一场精彩的竞聘演讲。整个演讲大厅掌声雷动，经久不息，乔丽一连给评委和观众鞠了三个躬才不卑不亢地走下讲台，据后来内部人传说，评委给乔丽打的分是那天所有参加竞聘的人之中最高的，观众测评票也是最高的。一星期后，竞聘结果出来了，乔丽落选，原因是省公司有令，五十岁以上女同志一律内退。乔丽明白了，这一定是杨士军变着法报复自己，认命吧，谁让自己坚守贞洁呢？

二

益生小区坐落在省城一充河东岸，这里依山傍水，环境优雅，据说，它是省城为数不多的高档小区之一。项在波回省城工作后，乔大姐就和老公商定在省城买两套房，一套自己住，另一套留给儿子做婚房，买什么房好呢？省城几百万人口人生地不熟，有上千个小区，他俩突发奇想，何不乘公交车、出租车打听哪个小区的品质好。"哪个小区好？"当然是益生啦，可那是有钱人住的地方，一般小老百姓谁敢朝拢？乔大姐和项在波尽管坐车坐得蒙头转向，但搞清了一个事实，买房还是买益生小区的好，益生是省城一个超百万平方米的大楼盘，益生一期、二期、三期。各期有围墙院套，相对独立，既有分工，又有合作，一期为中低端客户、二期为中高档客户、三期以别墅为主，小区全部采用欧式建筑风格，成品字形组合在一起，小区共用一个大型会馆，由一家物业来管理。

乔大姐因为有了思想准备，没让售楼小姐费多少口舌，就在益生二期高端房和电梯房中各选购了一套三室两厅的住宅，由于是一次性交款，开发商还给了百分之二的优惠。乔大姐是个急性子人，买完房立马就跟一家装修公司签订了大包合同，这样，乔大姐调入省城的同时，顺利地入住到益生小区。乔大姐是个干工作特认真的人，尽管上班后领导没给她安排什么具体工作，但她仍每天早来晚走，没有请过一天假，尽管已在益生小区住了好几个月，但她对这个小区一点也不熟，尤其是跟小区的住户谁也不认识。有一次出门时，她主动给楼上一个美女开门、打招呼，那美女一点反应没有，似乎没看见她，这大城市的人咋这样？没调省城前，在一次聚餐时，一位到省城任职的山城老领导感慨地说，还是小地方好啊！到处是亲人，城市越大感情越薄，这不，这位领导退休后，又搬回山城养老去了。

乔大姐很庆幸自己这一辈子找了一个好老公，俗话说：人不可貌相，海水不可斗量。项在波当年就是个穷当兵的，要钱没钱，要长相没长相。父母姐妹没有一个同意的，同学背后直撇嘴，说好端端的一朵鲜花插到牛粪上了，气得乔丽多少年也不敢参加同学聚会，即使推不掉的应酬，也不带老公去参加，以免伤了老公的自尊。人这东西就是怪，都看好的不一定行，都不看好的不一定不行，当年如花似玉的马秀英看上朱从八，谁能知道这混世魔王朱元璋还能当上明朝的开国皇帝？说她乔大姐慧眼识才一点也不夸张，当年乔丽看上项在波并决定嫁给他，就是觉得项在波为人忠厚朴实，老实到你教他说谎都不会，骨子里有一股常人没有的不服输的劲儿，有一种不达目的不罢休的进取精神，干啥像啥，做什么成什么。刚到地方那几年，项在波跟一般男主人没什么两样，工资不多，级别不高，紧巴紧过日子。但项在波跟常人不一样的是认学，几年工夫，他自学并取得了大专、本科文凭，有了知识如虎添翼，仕途上顺水顺风，三十二岁当上了全县最年轻的副局级领导干部，接着就是正局、副处、正处、副教授、教授。项在波到底是南方人，他情商很高，不仅会当官，还会赚钱。当然他赚钱不是靠手中的权力，他常给自己敲警钟，违法的事不能干，不干净的钱打死也不能要，喝凉酒、睡凉炕，早晚都是病。他在原来工作的小县城开了第一个毛氏风味餐馆，取得第一桶金后，又开了第一个网吧。项在波还废寝忘食研究股票投资，不管是牛市还是熊市，他每年都要在股票上大赚一笔，如果不是因为保守投资，他现在有可能都是亿万富翁了，无论是在县里还是在山城市，人们都知道乔大姐家有钱，但到底有多少，谁也说不清。项在波有本事，但做人很低调，从不张扬，他不像一般男人有钱就狂，花天酒地、三妻四妾，无论赚多少钱，都交给乔大姐，不是讲男人有钱就学坏吗？身上没钱，看坏到哪去。最令乔大姐一生受用的是，这个其貌不扬的南方小伙做得一手好菜，平时仨碗俩碟的不重样，要是来客人了，他袖子一撸，围裙一扎，一会儿工夫，桌子上就摆满十道八道菜。每当客人们称赞项在波的厨艺时，乔大姐心里比吃了蜜还甜。为此，她常常在姐妹面前炫耀，长得好不如嫁得好。

益生小区宛如镶嵌在省城的一颗璀璨明珠，说它是人间仙境一点也不过分，欧式风格的建筑错落有致，楼与楼之间是绿化带，小桥流水，与一般小区绿化带不同的是，这里除了杨树、松树、法国梧桐等品种外，还种植了大量的桃树、杏树、樱桃树、李子树、山楂树、山丁子树、核桃树等时令果树，春天花红柳绿，夏天绿草茵茵，秋天果实累累。现在正是春暖花开的时节，整个小区花香四溢，沁人心肺。乔大姐到省城后，忙于上班，无暇欣赏这园里景色，现在提前退休了，老公孩子都有工作，一个闲人，待着也是待着，家里这点活，搂草打兔子，一会儿就干完了，洗漱完毕，乔大姐迈开双腿到园里逛逛。她要趁年轻多活动活动，好好享受享受生活，操劳了大半辈子，该放松放松了。她一边逛一边深深地呼吸新鲜空气，一种幸福感油然而生。如果亲人们都住省城多好啊！乔大姐在家排行老大，有七个弟弟妹妹，可他们一个个命运都不济，下岗的下岗、失业的失业，在出生的小县城一住就是几十年，忙忙碌碌一年能吃上饱饭就不错了。自己能有这么好的条件是真要感谢八辈子祖宗。乔大姐现在一点也不恨单位，不恨杨士军，她甚至感谢杨士军让她提前退休享受生活。乔大姐在小区穿来穿去，不知不觉到午饭时间了，由于省城地方大，不像生活在小城市，上班族中午是不回家吃饭的，乔大姐草草地吃了口饭，饭后又看了一会儿电视，现在上星了，电视频道倒不少，但真正好看的节目不多，遇到一个能看下去的节目偏偏又不断播放广告，真是烦死人了。不过，乔大姐不像一般没文化的家庭妇女，她非常理解电视台的做法，办电视是要花钱的，不插播广告喝西北风啊？一到转播广告乔大姐就换台，她换啊换，不知换了多少，最后，她干脆把电视闭了。乔大姐看了一下手表，不知不觉到下午两点了，要是在山城她已经上下午班了，乔大姐操起电话给前不久在一起的姐妹打电话，接第一个电话的是那位落聘后派到一家营业网点做收款员的张金玲，"小张，忙不忙？""别提了，乔姐，这班上得一点意思都没有，还不如像你，早点退下来，怎么样？儿子有对象没有？差不多找一个，早点结婚，给你生个大胖孙子。好了，不多唠，再见。"乔丽接着给远在山城的一个好姐妹打电话，接电话的女生抱歉地说："乔姐对不起，我正忙着，一会儿不忙时给你打过去。乔丽无奈地放下电话，吃饭时间没到，这会儿干什么好？再出去走走。于是乔丽沿着小区林荫道继续欣赏景色，也许是打了几个电话不痛快，乔丽的心情怎么也高兴不起来，她走了几处上午没看到的，觉得花草树木大同小异，不走了，没啥意思，这之后，一连几天乔大姐把自己闷在家里，大门不出、二门不迈，俨然成了没人陪伴的孤家寡人。

三

　　乔大姐是个典型的传统女性，她说话办事丁是丁卯是卯，从不跟人开过格的、低级的玩笑，她常说男女在一起嘻嘻哈哈不是什么好事。她有个表妹处对象不严肃，像换衣服似的，换了一件又一件，最后结了婚也不好好过日子，两年以后就离了，乔丽从骨子里看不起这个表妹，后来就断了与这个表妹的往来。乔大姐从小对儿子项哲严加管教，她一再叮嘱儿子，中学时代不准谈恋爱，大二以后有相当的可以考虑考虑。项哲从小就是个懂事的孩子，唯母命是从。大学二年级时，项哲喜欢上一个南方来的女生，千方百计地接近她、追求她。城里的女孩很大方，只要不涉及钱的事，女孩子都挺配合。这天，项哲听说女孩崇拜的偶像周杰伦要来省城开个人演唱会，晚会门票很紧张，市场上炒到三百元一张。项哲像母亲一样仔细惯了，舍不得花大价钱，但他更舍不得错过接近女孩的机会。乔大姐知道后，逼着老公走后门弄了两张正价门票，可当项哲找到这女孩时，女孩子红着脸告诉他，她上中学时已处了一个男朋友，现正在另一个城市读大学，看演出的事等于婉言拒绝了他。乔大姐知道这事后虽感到一丝内疚，但仍坚持认为对儿子的严格要求没有错。

项哲长得一点也不像父亲项在波，反而像乔大姐，大眼睛，双眼皮，一米七六的标准个子，精神、帅气，平时不多言、不多语，看到漂亮女孩都脸红。俗话说，男人不"坏"，女人不爱，这不，眼瞅着奔三十了还没有女朋友，这年龄如果在农村，乔大姐怕早抱上孙子了，可现在连影子都没有。乔大姐急啊，恨不得到大街上拉来一个给儿子婚配。可儿子项哲不这么认为，感情这事凑合不得的，遇不到相当的，宁可打光棍也不找，他还搬出来一套谬论，你看我几个大学同班同学，没有一个成家的，大伙儿不常聚在一起玩得挺开心的吗？话是这么说，他也想找一个，了却父母的心愿。有道是有心栽花花不发，无心插柳柳成荫，在一次同学举办的生日宴会上，项哲巧遇一位留学毕业归来的女孩翠翠，两人是邻座，一交流，一个未娶，一个未嫁，便越谈越投机，直到宴席散时两人还不想离去。日来月往，项哲和翠翠到了谈婚论嫁的时候，再不能装老猫肉了，乔大姐和翠翠商量，决定这周末两家老人吃顿便饭，一起坐坐。按当地风俗，两家老人见面，这婚姻大事基本就定了，在一起坐坐无非是商量婚礼如何操办。翠翠的父母是很开明的，俩孩子愿意就行，不要彩礼，婚礼从简。乔大姐也不是那种抠抠搜搜的人，大手一挥，房子现成的，我负责装修，穿的戴的，翠翠喜欢什么阿姨给买。

乔大姐退下来三个多月后从来没这么开心过，她像换了个人，仿佛又回到了干事业的时代。乔大姐是个极聪明、极灵巧的人，有了上次观摩装修的经验，她撇开装修公司，自己设计，自己购买装修材料，木工、瓦工、电工，现用现找，可就有一条——现在的力工不好找，一天没有二三百没人干，你说这天下事怪不怪？农民工千里迢迢打工，在南方一个电子厂一月也就挣一两千元，放在家门口的高工资就是不挣，还说工作难找，就业难，这都是惯的。乔大姐想起小时候天不亮就起来打草袋、捡煤渣，挑水做饭，出的力气照现在比，不得一月挣五六千元？那年代一天挣一元钱就烧高香了。

　　虽然忙一天、累一天，但乔大姐感到很充实，很受用，她再也不感到寂寞了，每天指挥木匠、瓦匠干这干那，与市场上的力工、与商场里的服务员讨价还价，她感到很开心。有时为买一个开关、换一个水龙头挤公交往返几公里，乔大姐也不喊一声苦，这是有事干啦，何况是为儿子成家！乔大姐不愧是持家的高手，十万元预算装修费，经她精打细算，足足省了三万元。乔大姐是天底下难得的好母亲，她一把拽过儿子和没过门的准儿媳妇慈爱有加地说，结婚该给你们的一分不少，这三万元没花了的装修费，是妈起早贪黑、精打细算给你们省下的，你们拿去想买啥就买点啥吧，一个会过日子的好婆婆在儿子项哲和未过门的儿媳翠翠心中留下深深的印象。

四

　　离儿子成亲的日子越来越近了，乔大姐整个一个大忙人，结婚用品采购得差不多了，剩下的事就是请客。初来乍到省城，又举目无亲，客人是最重要的，总得有人捧场吧。在省城没上几天班，一个退休干部，没法张口请单位同事来捧场。请山城通信公司的员工吧？这倒没少随礼，可山城路途太远，车呀、人呀实在不方便，那就硬着头皮请同学吧！乔大姐虽然在中学时代风光无限，但很多同学三十多年没见面了，请他们有点难为情，谁让自己平常不走动走动？况且这些同学多数都在温饱和贫困线上挣扎，有一次乔大姐回小县城串门，刚下火车看到站台排着长长的"倒骑驴"，足有二三十台，现在很多城市都不让"倒骑驴"拉客，小县城也早有禁令，但就是有令不行、有禁不止，原因是这个县经济落后，没几户像样的企业。年轻人都找工作困难，更何况四五十岁人呢？乔大姐他们那一茬人是最可怜的，整个学生时代都是在读书无用论的"文革"期间度过的，基本上没学到什么知识，又赶上最后一批下乡、回城，好事没份，赖事全摊上。乔大姐这个班有六十多名同学，多数都参加过高考，因学习成绩太差，没有一个考上。乔丽是最有机会上大学的，从小学到中学她一直是学习委员、课代表、班干部，下乡后一直当代课教师，而且在复习，准备高考。但家庭条件不允许，即使考上了家里也供不起，她最想、也最羡慕的是当女兵，但没有这个条件。那年头一个县就两三个女兵指标，还不够当官的走后门，父亲既不是县太爷，又不是手握实权的部门头头，得多大雨点才能下到自己头上？乔丽父亲乔大拿原本也是个老干部，解放战争中参加过四平战役，因负伤转到地方当区委书记。其实她父亲仅仅是个排长，但那时候地方正缺干部，转业军官是低职高配，乔大拿工作有能力、有魄力，很得上司的欣赏，由于是大老粗的身份，再往上走就难了。终于机会来了，东边省委在全省精选了四十名区委书记办县级后备干部培训班，学期两年，乔大拿顺利入选。就在干部培训班即将毕业提拔任职的时候，乔大拿摊上事了。当时省报刊登了一篇弟弟忘恩负义的读者来信，读者来信点名道姓说乔大拿翻身忘本、忘恩负义不养活曾把他带大的兄长。这是怎么回事？原来乔大拿从小随父母闯关东来到宾阳县一偏远的山区，父母早亡，是长兄乔大富靠做豆腐把他养大。乔大拿出息后，为报兄恩把乔大富接到县城与自己同住，这乔大富腿脚不好，好喝酒脾气怪。乔大拿脱产学习后，乔大富本应协助弟媳料理好家，没想到长兄自恃对弟弟有恩，更加有恃无恐，频频酗酒滋事。这天中午，忙了大半天的弟媳回到家里，见大哥仍在炕上喝酒，孩子也不管，就说了几句，乔大富指着弟媳鼻子大骂，而且骂得很难听，弟媳委屈得哭了，干脆饭也不做，领着孩子走了。乔大富有点精神不好，见弟媳走了，就追到大街上骂，正好被一个邮递员看到，这邮递员是省报通讯员，正愁无米下锅，多好的素材啊！话一搭，乔大富添油加醋地把兄弟两口子好一顿埋汰。邮递员听风就是雨，也没调查，也没核实，便以乔大富的口吻给省报写了措辞激烈、内容夸大的读者来信，又注明此稿已审，情况属实，还加盖了公章。省报群工部人手少，一看是老通讯员整理，又有公章，在未调查核实的情况下，草草见报了。党报是党和政府的喉舌，在那年代，一个区委书记被省报点名批评还了得！而且是立场问题，省报这篇不到五百字的读者来信给乔大拿的政治前途带来了灭顶之灾，毕业时，全班四十名学员三十九人被提拔到县处级岗位，乔大拿不仅没提拔，反而被撤去区委书记，降两级被安排到公安局任股长。尽管后来组织上调查清楚，这篇读者来信纯属诬陷，投稿的邮递员被开除公职，乔大拿也只象征性的落实政策，安排了个公社革委会副主任。性格刚毅的乔大拿恨死了长兄乔大富，此后，他把乔大富扫地出门，生死不再相见，直到兄长在一家福利院病危、病故，他也只是派乔丽去看看，算是兄弟一场。

乔大姐走出站台看到一个戴鸭舌帽、弓着腰蹬"倒骑驴"的熟悉面孔，这不是顾永强吗？乔丽直呼其名，认得这位班里喜欢搞恶作剧、专门欺负女同学的调皮生，顾永强愣了一下似乎听到有人喊，又好像听错了，这时有一位带小孩的旅客上了"倒骑驴"，顾永强紧蹬几下，"倒骑驴"像箭一样朝城东驶去。

妹妹乔珠家离小城车站不远，过一条路，再过一个露天菜市场就到了，乔大姐每次回小城在乔珠家落脚，一来乔珠下岗后一直没找到工作，到她家比较方便，二来她和父亲一样心直口快、眼里揉不下沙子的性格也没少得罪人。她是从这座小城出去的，她还有三个妹妹一个弟弟，原本他们弟妹感情是很融洽的，每年元旦、春节一家老小都要在一起聚聚，姐妹难得聚在一起有说不完的话、唠不完的嗑，可自从那年父亲得了一场大病，姐妹却生分了。那年春节后不久，年近七旬的父亲乔大拿突然咳嗽高烧不退，诊所一直把他当感冒病治，不仅没治好，而且越治越重。乔丽是老大，又是儿女中最孝顺的，她把父亲接到山城中心医院一检查，父亲得的是肺癌，这真是晴天一声惊雷！乔丽通过熟人在省城一家医院联系了做手术的教授，同时把弟弟妹妹召集过来商量对策，说是商量，其实就是让大家拿点钱，尽儿女的孝心，乔丽心疼弟弟妹妹没有分配具体指标，但自己是长女，必须带头做出表率。她告诉弟弟妹妹，这次老爸有病做手术大数需要两万元，自己先拿一万五，当时乔丽每月工资才一百多元，剩下的大伙儿凑凑，给大家一星期时间做准备。一个星期后，弟弟妹妹陆续来到乔丽家，除乔丽外，剩下的弟弟妹妹一共凑了三千元，其中六妹乔珠下岗多年，数她家最困难，结果她拿了一千元。乔丽眼里最揉不得沙子，她把弟弟妹妹除乔珠外挨个点名臭骂了一顿，骂到最后，乔丽放下狠话，对父母不孝，老天都不会放过你们的。从此以后，其他弟弟妹妹遇到过不去的坎，尽管乔丽还会伸手搭一把，但感情上已疏远了，所以每次回到小城她都不自觉地到小妹乔珠家落脚。

乔大姐路过菜市场来到一个卖葡萄的女摊贩跟前，想买几斤葡萄。她每次到乔珠家都不空手，总要买一点新鲜水果。要不临走扔下几百元钱帮衬帮衬。卖葡萄的女商贩咋这么面熟？"你是吴敏！""你是乔丽！"乔大姐与吴敏几乎同时认出了对方，自中学毕业分手后，两人已有三十四年没见面了，吴敏当年是班花，可就不爱看书，学习成绩很差，毕业不久她就找了一个大集体工人嫁了，家里日子一直过得紧紧巴巴。是啊，像他们这个年代出生的，又有几家过得好的？乔丽原本想请她喝儿子结婚的喜酒，看到这种情况，她哪里开得了口？她让吴敏称了六斤葡萄，从包里掏出五百元钱塞给吴敏，吴敏不肯收，说这葡萄又不是金子银子，哪有这么值钱？两人撕扯了一阵，吴敏最终没撕巴过乔丽，万分不好意思地收了老同学的五百元钱。

在小城，乔丽分四次宴请了班里的四十多名老同学，其中也把吴敏请来。吴敏是个知恩图报的人，这么多年还没有哪个同学一次性给她五百元，她逢人就讲，乔丽真好，在大城市生活一点儿架子没有。听说乔丽要给儿子办婚礼，她第一个报名参加，她还自告奋勇要联系小城能联系到的同学。不久，吴敏高兴地打电话告诉乔丽，她已联系了四十多名老同学，准确地说是四十六名，除了病故的，从小随父母离开的，该来的都会来。乔大姐原计划能来三十个就烧高香了，能来四十多个已超出意料了。她告诉吴敏，往返车辆、住宿等一切她会安排好的，婚礼头两天乔大姐在省城一家四星级宾馆预定了两层楼，保证每人一个房间。她想有求于老同学，咱们不能太小气。她知道同学都困难，小城随礼大多都是一百两百，但一码是一码。她还要了小妹乔珠的账号，给她打去五千元，让她雇一台大客，给车上备足矿泉水、干粮、水果什么的，总之，让同学高高兴兴来，高高兴兴回去。婚礼头一天，四十六名同学一个不多、一个不少齐刷刷来到省城，同学们见每人一个房间直说太破费了，乔丽连说应该的应该的。晚上，乔丽扔下亲属，在一家有名的大酒店，给同学安排了五桌丰盛的宴席，每桌备的是茅台酒、中华烟，许多同学生平第一次见到这么好的酒菜，直夸老班长乔丽够意思、够意思。

儿子的婚礼在省城一家知名酒店没有柱子的大厅举行，这间大厅装修气派、灯光、音响齐全，能一次容纳三十桌客人。当初准儿媳翠翠对婚庆场地要求不是很高，大厅没有柱子就行，这主要有利于婚礼现场拍摄。翠翠上大学是学美学的，在这一点上，她比一般人明白。为了找到没有柱子的大厅，可把项在波难为坏了，他三个月前对省城有点档次的酒店一家家走访，没有柱子的大厅倒有十多家，可一查婚礼日子，都被别人预定了，据说现在省城最大的买卖就数能举办婚礼的大酒店，有的一年前就被别人订下了，有的酒店一天就要举行两三场婚礼，项在波定的这间国际大酒店牡丹厅原来也是有主的。项在波一位在县里任职的老朋友认识这家酒店老板刘经理，老朋友原是省人事厅的办公室主任，是该大酒店的常客，一年前被派到山城S县任副县长。这位老朋友是个热心肠，接到项在波的求助，他立马给远在澳大利亚旅游的刘总打电话。到底是熟人好办事，刘总不仅帮他搞定了牡丹亭，还给他免去酒席总额百分之十的服务费，这可是不少啊，婚礼酒席少说也得五六万，百分之十就是五六千元，太讲究了。项在波又想起了老领导对人字结构的诠释，那还是在他初出茅庐不久，一位肚子里很有墨水的老局长突然问他，你知道人字结构的含义吗？小项很自信地说，不就一撇一捺吗？你别小看这一撇一捺，它的深层次含义是互相支撑，意思是人谁离开谁都不行，少那一撇或那一捺就不叫人了。老局长的话几十年来一直在项在波耳边萦绕，他尽量谦卑做人，无论是家人、同学、朋友、同事相处，得饶人处且饶人，得帮人处且帮人，他常常想，人生活在人群中难免有烦恼，但离开人群带来的孤独要比烦恼痛苦多少倍，据说有个西方发达国家对服刑的人员处理是将他禁闭在五星级酒店，生活上应有尽有，但就是不让他见着人，服刑人员经过孤独的煎熬，出狱后再也不敢犯罪了。

儿子的婚礼安排在上午五点到点举行，十点后有另外一场婚礼，早七点刚过，客人陆陆续续来到国际大酒店，项在波、乔大姐领着打扮靓丽的新郎、新娘在牡丹亭门口候客，来的客人有儿子儿媳的同学、好友，女方家的亲友，项在波和乔大姐许多客人都不认得，但来的都是客，都要点头，说声谢谢。项在波的目光不时在客人中搜寻着熟悉的面孔，山城的刘县长来了，周书记来了，杨秘书长来了，长平的王书记来了，本单位的张处长来了，姜处长来了，李主任来了，哦，好家伙，光厅级干部就来了十多位，处级干部来了三十多位，最让项在波激动的是本单位新来的李厅长也来捧场，这是他始料不及的。项在波早先认识李厅长，在餐宴上碰过杯，但没有礼尚往来，只是在儿子婚礼一个礼拜前给他送了请帖，没指望他能亲自来捧场。而他很有把握的两位前厅长和另外几位处长却没来。他很失望，甚至有几分怨恨，不应该啊！都答应得好好的。平时，项在波跟他们没少走动，每逢过节没少破费，自觉感情不浅。其实人啊有时不在乎当多大官，挣多少钱，他们更看中的是面子、感情。而官场上却不同，他们看中的是级别，你级别低了，他就狗眼看人低。项在波有一次参加私人宴请，到场的都是有身份的人，主请人按官衔大小依次排座，项在波被排在最后。提酒时，主持人说年龄大的先提，项在波年龄偏大，排在中上游，但主持人一直压着不让他提，一些年龄小的职务高的先提，项在波一点想法没有，可偏偏有几个资历不如自己、级别也不比自己高的愣头青也点名先提了，原来这些先提酒的后生都是组织、纪检等实权部门的处长，在主持人看来，你项在波虽然也是处长，但你的含金量不如人家，提酒就自然就靠后了。

老公私下里这些想法，乔大姐早已看淡了，因为她已离开官场，甚至连职场的人都算不上了。她看中的是热闹、人气，只要有人气，管他官不官、民不民的。今天她特开心，婚宴大厅坐得满满的，尤其是她的同学，黑压压来了一大群，婚礼足足安排了三十五桌。乔大姐自打张罗儿子婚礼以来，像换了个人似的，一直处于兴奋状态。晚上要安排同学，回到家里已是后半夜一点了，家里床上、地上住满了远道而来的亲戚。她在地板上找了一块缝隙和衣躺下，早上四点多钟她就起来忙活。她自我感觉她是这场婚礼的总指挥，她要把每一个环节都想得周周到到，尽量不出一丝纰漏。她是个凡事追求完美的女人，在家里，看到地板上、窗台上有一点灰尘，即使身体有毛病她也要挣扎着洗条毛巾擦一擦。现在离婚礼开场还有点时间，她见桌子上糖果、瓜子少了，亲自找来糖袋、瓜子袋，亲手散发，"吃吧、吃吧，别客气！""乔丽你忙你的吧，不要管我们。"

这是一场高规格的婚礼，专业的司仪、专业的乐队、专业的歌手、专业的灯光师、摄像师、摄影师。婚礼主持人是省电视台花旦、小生，婚礼上最大的亮点是新娘翠翠请大学同学省电视台年轻有才华的编导制作的新郎新娘永结同心的婚恋专题片，这部足有二十分钟长的专题片，仿佛在播放一部扣人心弦的电视剧，有场面、有情节、有戏剧，给人以享受、给人以启迪、给人以思考。按常理，婚庆专题片十多分钟就够了，但这部匠心独具的专题片太吸引人了，大家看得聚精会神，有滋有味，一点也不感到长，直到主持人宣布婚礼仪式结束，大家还在品味着专题片的艺术韵味。婚礼上的乔大姐从来没有这么开心过，她的嘴角一直露着甜甜的微笑。三十年前，她和穷小子项在波结婚时，由于父母反对，加上家里穷，两人结婚时没办仪式，没办酒席，没有客人，两人像做了什么见不得人的事，偷偷到婆家走一趟就算结婚。现在她满足了，儿女的婚礼把自己亏欠的补回来了。

四

给儿子的婚事办完后，一切又归于平静，谁该干啥还干啥，好像这一切与乔大姐无关。她最关心两件事，一是儿子项哲、新儿媳翠翠能常回家吃饭；二是自己能早点当奶奶、抱孙子。儿子是个孝顺孩子，结婚另过后经常领新媳妇回家吃饭，乔大姐虽然累点，但她愿意，每天跑菜市场、逛超市，有什么时鲜蔬菜、鸡鸭鱼肉一兜兜往家买，变着法子做好吃的。可孩子毕竟是有单位的人，他们有自己的工作，有自己的朋友圈子，尤其都到了适婚年龄，一张张请帖、一个个电话从四面八方飞来，这不上星期小两口被请到北京喝喜酒，这周末又要到上海，因路途远，周五就得走，有道是在这个世界上混总是要还的，乔大姐理解儿女的心，她不再没事打电话骚扰，让儿女自己处理自己的事情。这第二件事，乔大姐一直挂在心上，儿子结婚也有小半年了，一点动静没有，用不用看医生？但儿子、儿媳从不正面回答，说没病吧，咋不要孩子呢，说有病吧，怎么不看医生？现在许多老年人不理解儿女，总拿自己的过去比，说那时吃不像吃、穿不像穿，租半间房子也能生孩子。乔大姐结婚时就每月花五元钱租的半间住房，另一半住着一位八十多岁的乔姓大爷，这大爷腰上有皮肤病，乔丽每天吃早饭时，大爷裤子一撸，两手不停地挠痒痒，挠下的皮屑经阳光一照，金灿灿的满屋飞。晚上咳嗽声、呼噜声打得震天响，乔丽就在今天看起来不敢想象的环境中生下了儿子项哲。可现在一切都变了，儿子没哈腰结婚就有自己的大房子。半年前新房还在装修时，中学班主任罗老师参观后感慨万千地说，你结婚就在省城有这么大漂亮房子，起码少奋斗四十年，你一定要好好孝顺生你养你的父母。乔大姐百思不得其解，有这么好的窝怎么就怀不上孩子？儿子项哲和儿媳翠翠却不这么想，自己还年轻（三十了还年轻？），正是干事业的时候，再说现在物价这么贵，工资一月就几千，拿什么买奶粉？拿什么养孩子？难道还伸手向父母要？不给你们生孩子，就是不给老人增加负担，你们该串门串门，该旅游旅游，再说生孩子是我们小两口的私事，凭啥让你们瞎操心？项哲毕竟是懂事的孩子，每次话到嘴边都噎回去了。

儿子成家后，乔大姐那颗孤独的心时隐时现，好在她跟同学断了的联系又接上了，天涯海角的同学不时来电话唠唠，也经常接到同学孩子结婚的邀请，乔丽不管有事没事都不推托。自己大部分时间是闲着，一个办完大事的大闲人，每次接到邀请，她都要亲自登门捧场，不像一般远道的找个理由、要个账号把随礼钱打过去完事。乔丽是将心比心的讲究人，她经常拿自己请同学的心情去比较，人家也不缺你这份礼金，要的是人气，你到场人家心情高兴，你不到场，一个个理由人家心里不痛快。这周周末，小城老同学周先进的儿子要结婚，周先进就是那个中学时代表现很积极跟腚要入团的小个子。据说周先进出生在大跃进年代，父亲周文兵是个熬膏药的土郎中，因长得瘦小，大兵团作战兴修水利时总也当不上先进，就给儿子起名周先进。也许是名字激励了自己，周先进长大后，一天天有出息，最后当上县委秘书。本来不费吹灰之力就能派下去任个一官半职，可他不知道吃错了哪壶药，和一位同事辞职下海了。那年头有下海发大财的，也有被海水淹没的，周先进不识水性，几个来回就呛得不行。他很想回去上班，但县长已经调走，秘书的位置没了，回去当公务员是不可能的了，周先进无奈之下继承了父亲的祖业，开诊所，卖膏药。下海落魄的周先进无颜见江东父老，基本上断了同学间的往来。他感谢乔丽请他参加孩子的婚礼，让他重新回到同学中间。乔丽正闲得慌，接到周先进邀请，很爽快就答应了。乔大姐心想周先进一定缺帮手，自己办过一场婚礼，懂得多，她提前两天回到小城，马不停蹄帮周先进张罗，尤其请同学赴宴的事，乔大姐更是一口应允。虽然有的同学支支吾吾，但自接了乔丽的电话，再没有打退堂鼓的，他们把面子给了乔丽。婚礼那天，同学们一个不落都到场，乔大姐很是兴奋，她挨桌敬酒，替周先进谢谢大家。

闲人乔大姐再也闲不住了，同学们的孩子都到了婚嫁的年龄，这周张三，下周李四，乔大姐省城县城县城省城来回跑。同学们都把她当主心骨，办婚礼的事都请她当参谋、拿主意，乔大姐本就是个热心肠，不管谁求，她都当仁不让。时间一长，同学们都感到欠乔大姐的，每次到小城，同学们都争先恐后轮流坐庄，找不是理由的理由宴请乔大姐。小城毕竟是小城，它的开放程度、接受新事物的能力远不及大城市。同学们在一起喝酒、忆旧难免喝多了，喝多了就回家耍酒疯，妻子、丈夫一问又是请乔大姐，时间一长难免生疑。这乔大姐就这么大的魅力？她不要家，你们还不要家？这家还过不过！俗话说，良言一句三春暖，恶语伤人六月寒，有的说着说着就动粗，甚至闹到要离婚的地步。起初，他们瞒着乔大姐，后来一点点传到乔大姐耳朵里，她感到内疚了，都是因为自己引起的，对不起大家。再往后，乔大姐很少回小城了，遇到避不开的好同学孩子结婚，她当天去当天回，如果关系一般的，她索性把礼金捎去。事情是消停了，但乔大姐的心情也更加郁闷了。

这天，在家闷得慌的乔大姐不知听谁说炒股好，炒股既能消磨时间、打发日子，又能挣钱，乔大姐跟老公一商量，生怕老婆憋出病来的老公举双手赞成。说干就干，她让儿子项哲在就近的一家证券公司帮她开户，并存进去五万元钱。乔大姐是个感情冲动又闲不住的人，她拿着操作键盘死死盯住一只蹭蹭上涨的券商股，当天下来，她挣了百分之五，她算了一下，扣除费用，能挣两千多元钱，啧啧，一天赶上一个月工资，简直天方夜谭！乔大姐兴奋了，她草草地吃过晚饭一屁股坐在电脑前，一会儿看股票K线、一会儿看各种财经新闻、评论，恨不得一宿把各种炒股技巧学到手。夜很深了，老公已睡了一觉，翻身见妻子还没上床，便起来招呼妻子睡觉，"你先睡吧，我再看一会儿。"兴奋的乔大姐一直看到后半夜三点才上床。第二天上午，股市还没开盘，乔大姐就早早坐在电脑跟前，她要把昨天挣的钱变现。一开盘，她就把这只券商股卖了，刚一出手，这只券商股直往上蹿，仿佛庄家就差她这三千股，不一会儿工夫，她卖出的股票封死涨停。她后悔了，这只股票几分钟就让她少赚五千元，她死死盯住盘面不放，她见水泥股启动，立即全仓杀进一只水泥股，她是在水泥股涨了百分之二杀进去的，下午收盘前，这只水泥股封死涨停。看来自己跟股票投资有缘，这退休后不会再寂寞了。乔大姐恨不得每天二十四小时开盘，甚至想给证监会主席写信，建议星期天、节假日股市不休息，这样自己每天都有事做。在南方一家民营企业做董事长的五小叔子听说退休不适应的大嫂最近迷上了炒股，向大嫂要账号，给追加了十万元本金，告诉大嫂，赚了归大嫂，赔了算自己的，这不就等于明白说，这钱白给大嫂炒股。乔丽心想，自己没白疼这小叔子，知恩必报。乔大姐自小孝顺，帮父母带大弟弟妹妹，放学之后捡煤渣、打草袋挣学费，下乡后给家里挣几袋大米，结婚后，不遗余力帮衬公婆家，上班那几年。乔丽每月挣工资三十二元，她每月开支第一天就给婆家寄去十元钱，要知道那年头二十元钱顶现在的几千元。她三小叔子在兴过继给亲属家，生活很苦，看着可怜，乔丽接到小城供其上完中学，并帮他考取了大学，现在成了富甲一方的实业家。四小叔子在国考取大学后交不起学费，乔丽硬是省吃俭用汇钱帮他完成学业。五小叔子在远二十岁来到小城，乔丽投资让他做生意，这在远天生就是个做生意的料，买卖越做越大，现在居然把生意做到了东南亚。乔丽帮人从来不求回报，只求自己心安。现在炒股正缺本金的时候，在远汇来十万元，真是赶上及时雨宋江了。现在乔大姐成了大忙人，每天的工作就是看盘、炒股，大盘红时，她跟着兴奋，大盘绿时，她跟着揪心。她像一个虔诚的信徒，每天祷告着盼自己的股票快快涨。但股票是不以人的意志为转移的，尤其是中国的股市，牛短熊长，这一年从秋天开始上证指数从三千多点掉头向下，眨眼工夫，乔大姐的利润被吃掉了，赔了就放着，乔大姐和千千万万股民一样，赔了舍不得卖，套了舍不得割肉，这样循环往复，越套越深，几年下来，最少也损失了一套房子。乔大姐后悔了，悔不该自己太贪，结果赔了夫人又折兵。她现在唯一的希望是股票解套，解套了再也不碰这吃人不眨眼的中国股市，她已经不关心股市了，有时几个月不看盘，她想国外许多股市都创新高了，中国股市早晚会上去的，她期盼这一天早日到来。

五

同学不能聚，股市不能碰，孙子没法抱，乔大姐又回到了无所事事的宅姐生活。

乔大姐所在的省城是一座历史文化名城，博物院、展览馆、雕塑公园，应有尽有。改革开放后，随着城市的扩容，一座座高楼大厦拔地而起，一个个现代化小区交相辉映。但城市繁荣的背后，人们的精神越来越空虚，乔大姐进城后的最大感受是，这座城市没有人情味，人与人之间互相戒备，邻里之间互不往来，而官方媒体却大肆鼓吹，说这里是最有人情味的城市。乔大姐一个要好的姐妹来到省城后，为打开孤独的局面，每到周末都要宴请单位同事、邻居，可每次请吃，对方都要问，有什么事需要帮助吗，要不以种种理由推托，这位姐妹请了一大圈，最后一个朋友都没交下，见面该不说话还是不说话。退休后，这位姐妹一气之下又回到小城养老，与省城工作的夫君过起了牛郎织女的分居生活。

乔大姐之所以选择益生小区居住，其中一条重要的原因是这儿人口稠密，便于社交。当时售楼小姐一再承诺，偌大的售楼处就是未来的健身会馆、社交公共场所，同时，物业将定期不定期举办各种社交活动。乔大姐刚住进来时，物业管理中心接连举办啤酒节、烤肉节、歌舞晚会，小区草地、树林中的小喇叭放着优美动听的音乐，可这一切不过是为新房销售攒点口碑，现在一切都变了，因为小区已无房可卖，开发商、物业公司再也不用业主上帝们做宣传了。小区音乐喇叭哑了，小桥流水断了，小区会馆出租了，各种节、会没有了，乔大姐有一种受辱被骗的感觉。可又有什么用？大城市的小区还不都这样吗？广播里、报纸上一再宣传市里又招了多少多少社区干部，为居民组织了多少多少文娱活动，乔大姐一点也感受不到，她到省城快六年了，至今未见到一个社区干部，不知道社区活动中心在哪里。

项在波是个疼媳妇的好老公，自到省城工作后，他几乎推掉所有能推掉的公务宴请和社交活动，每天晚上、周六、周日都陪妻子，可他还担心妻子孤独，他知道人是社会的动物，人一旦离开人群，离开社会交往，吃得再好、穿得再好、身上再有钱，心里也不痛快。项在波一再鼓励妻子多到人群中走走，哪怕是说说废话、跟人吵几句也比孤零零地待着强。这天上午，乔大姐闷得慌，到小区附近的小街上闲逛，这时一间挂着长寿堂的店铺吸引了她，这间店铺不大，里面摆着各种蜂产品，有五六个老大姐在看曲黎敏的黄帝内经讲座。女主人小王见有顾客在门口张望，随手找来一张椅子让乔大姐坐坐。乔大姐十分感激这个一笑两个小酒窝的小甜妹，一边说谢谢一边坐下观看讲座。看来这几位大姐是这里的常客，相互之间都很熟悉，见乔大姐坐下，大家你一言、我一语打探，贵姓，家住哪里，退休没有，孩子在哪工作。乔大姐见大家很热情，便一一作答。其中有一位自称是本家大姐的老太太把椅子挪到乔丽跟前，小王忙抢着介绍，这位大姐人可好了，她原来在大山市当人民银行行长，临退休前调省行的，现在是这里的常客，您以后没事也可常到我们店来唠唠嗑。说话间，曲黎敏的四十分钟讲座结束了，几位大姐便嘻嘻哈哈地交流起中医理论中的养生，又从中医养生讲到长寿堂的蜂胶如何如何保健，如何如何天然无污染。说者无心，听者有意，乔大姐是个聪明人，自己初来乍到，怎么也得意思意思，就算是买个入门证吧。她让小王挑选了花粉、蜂胶、蜂蜜等几样产品，小王拿过计算器一顿按，一共是五百二十四元，打八折四百一十九点二元，大姐您就给四百元吧，十九点二元也免了，小王是个情商很高的孩子，头一笔生意就给乔丽留下了很深、很好的印象。不知不觉就到晌午了，几位老大姐和小王打着招呼，一个个起身离去，小王娇滴滴地说："下午见、下午见。"乔丽见老姐姐们都走了，也跟小王打招呼要走，小王连说乔姨你等一会儿，我给你拿一点长寿堂的纪念品，随后小王转到里屋，噼里啪啦翻箱倒柜，不一会儿，小王拿了印有"长寿堂"字样的兜子、毛巾、化妆品一并送给乔丽，乔大姐一再说"不好意思""太客气了"，小王乐呵呵地说，乔姨您别见外，以后有空就来坐坐。我这里随时欢迎。"好的，有空我就来，乔大姐不是那种扭扭捏捏没见过世面的人。"

　　乔丽是个精力充沛的女人，过去上班时，她从来不睡午觉，以前也尝试过，但不得劲儿，一觉醒来，昏昏沉沉、迷迷糊糊，这样还不如不睡。于是，每到中午，她或许看看书、看看报，要不找姐妹们打打扑克、聊聊天。退休后，这一切都改变了，中午想找个说话的地方都没有，无聊至极的乔丽，只好每天中午打开电视看热闹，时间一长就犯困，困了就眯一觉，现在她中午不睡一觉好像差点什么。她原打算下午再去长寿堂坐坐，没想到今天这一觉睡了两个多小时，起来一看表下午三点多了。别去打扰了，人家做生意挺忙的，让你去不过是客套，你还真当回事？说不定人家正等着你。乔大姐在客厅里来回走着，内心不断地打架。咣咣，两声炸雷，乔大姐吓了一跳，看来要下雨了，这天气咋这么闷热？乔大姐关好窗户，不一会儿，大雨哗哗下来了，好在没去，要不半路上浇个落汤鸡让人笑话。生活中乔大姐是个很细心、很严谨的人，说话办事有板有眼，从不让人落下话把。

　　项在波今天又推掉一个朋友聚餐，下班准时赶回家陪老伴。一进屋，他见妻子换了个人似的，穿戴很时髦，家里收拾得干干净净，说话眉开眼笑，滔滔不绝。你今儿个是捡到金元宝了，这么高兴？项在波打趣说。金元宝倒是没捡到，但我得了"养生宝"。随即她把在长寿堂买的几样保健品拿给老公看，以后咱俩就按照这说明天天喝蜂胶、蜂蜜、花粉。"好好，一切都听你的。"项在波只要妻子高兴，让他做什么都行，自从到省城后，妻子难得这么开心。是啊，难为她了，一个自由翱翔惯了的小鸟，突然把她关到笼子里，可怜的小鸟不绝望才怪呢！何况是一个大活人？他经常看到妻子那呆滞的目光，没有食欲的胃口，越来越急躁的性格，这一切不都是因为自己造成的吗？项在波经常内疚、自责。其实，项在波也有很多委屈，他自到省城后，工作干得一点也不如意，原来的上司调走了，新来的厅长是个暴君，心情不好就把项在波叫去训一顿，这个无才无德的上司总是一句话：要条件没有，我不看过程，只要结果，否则要你们干什么？项在波多次想回家诉委屈，但一看到妻子的表情，他又把话咽回去了，男人嘛，就要有担当，多大的委屈都要自己扛着，千万莫去连累老婆，否则，你还是个男人吗？妻子一高兴，话匣子就打开了，她一会儿说着长寿堂，一会儿说到养生，一会儿长寿堂的小王如何热情，一会儿说到长寿堂的大姐们，尤其是那个本家大姐如何招人待见。项在波是个聪明人，他顺着妻子的话往下说，一再鼓励妻子，今后有事没事你就到长寿堂去坐坐，咱们在省城无亲无故，你就把那几个大姐当自家亲人。乔大姐得到老公的鼓励，不时点头说好好。

从此以后，长寿堂成了乔大姐每天必去的场所。在那里，她重新感到了人间的温暖。她和几位大姐无话不谈，尤其是那位退休的女行长，两人见面像亲姐妹一样。乔丽包得一手好饺子，隔三岔五她就要包一回饺子，一包就包几盖帘子，除自己吃的外，她还要端到长寿堂，让大家尝尝，并私下里给那位本家大姐送一包，而那位本家大姐也是实在人，家乡大山市给她捎来小杂粮她要给本家妹妹送一份。这不开春了，大山市银行捎来的野菜，那可是纯绿色食品，山芹菜、猫爪子、刺嫩芽等都是好玩意，尤其那刺嫩芽，乔丽今早逛早市看到每市斤六十元，赶上好几斤猪肉价。乔丽在摊主跟前绕了几个来回，最后还是住手了，她不是心疼钱，是觉得不划算。乔大姐就这样，过日子很仔细，不该花的钱一分也不花，该花的几千几万也不心疼，小姑子盖房缺钱，她出手就是五万；小弟买房钱不够，她包了四万元葫芦头。那位本家大姐已在长寿堂笑眯眯地等了大半天，见乔丽来了，本家大姐立马起身送上一包沉甸甸的山野菜，并告诉乔丽，这是山里刚下来的刺嫩芽，你拿回家让妹夫、侄儿尝尝鲜吧。不用，你留着吃吧。我家还有呢，留着烂了白瞎，乔丽接过山野菜，对本家大姐千恩万谢。

转过年三月的一天，几位大姐在长寿堂闲聊，突然，店主小王沉着脸宣布一个令人不快的消息——长寿堂要搬家了。干得好好的怎么搬家呢？原来小王租的这间门市下个星期天到期，这里是有钱人家住的闹市区，做什么生意都挣钱，房东眼红了，已涨了两次房租，由原来的每年五千元涨到两万元，如果再租，年租金涨到三点五万元，而且合同一年一签。小王跟房东理论，房东心黑得很，把话一搁，你拿得起钱就租，拿不起下周收房子。小王一算账，这小买卖忙一年也挣不了三万元，还得交税、卫生费等费用，所以小王眼泪汪汪地说，"阿姨大婶们，对不起了，下周我的长寿堂就要搬走了，先搬到铁北我老婆婆家，等以后找到房子再开张。"搬家那天，长寿堂里里外外来了二十多人，这都是小王的老顾客，而且是在一起聚会了好几年的姐妹。乔丽来得晚些，但也在这里度过了一年多好时光。唉！真是太可惜了。乔大姐好不容易找到的精神家园就这样被拆散了，随着长寿堂的消失，乔大姐再也没见到这伙天天见面唠嗑的姐妹了。

六

乔大姐已有一年多没回山城了，山城的姐妹一直惦记她，她也很想姐妹们。在一个晴朗的周末，老公亲自驾车载着她回山城，山城地处省城东南部，离省城有三百多公里。一马平川的高速公路，小车放开跑，也就两个多小时，但那样太危险了。有一次，她乘朋友的车回山城，司机为了赶路，把前后牌照都卸了，近年来，全国的高速公路发展很快，许多市州甚至县里都通了高速公路，这对经济发展是好事，人们出行也方便多了，但任何事物都有好坏两个方面，道好走了，车速快了，交通事故也多了。为确保行车安全，公安交管部门对高速公路实行限速行驶，并明的暗的安装了电子眼，可一些驾驶员朋友为逃避监控，规避处罚，要么挂假牌照，要么遮挡牌照，要么干脆摘下牌照。乔大姐是个胆小的人，她一再提醒司机慢点开、慢点开，尽管这样，车仍以每小时一百五六十公里的速度行驶着，突然一辆银灰色的标致307呼啸而过，"这真是太危险了！"乔大姐话音未落，超速标致车与迎面一辆面的车侧面相撞，顿时烟雾冲天，标致车因打舵急在公路上连翻几个跟斗，车内一男两女被唰、唰、唰甩到道中央，这不是和电影里一样吗！太恐怖了。这起事故共造成了三死一伤。这之后，乔大姐很长一段时间也不敢乘车跑长途了。今天老公的车开得很慢，山城的朋友一再来电话询问到哪了，她们也要像迎接大领导那样到收费站迎驾，乔大姐幽默地说，天黑之前指定能到，你们该忙啥忙啥。过了一段平原就进入山区了，越往前走山越高，树越多，乔大姐心情越来越敞亮，她一边欣赏着大自然的风景，一面回味着在山城与众姐妹相处的美好时光，假如时光能倒流该多好啊！可人生就这样，一切不以人的意志为转移。在大自然面前，任何生命都是渺小的，一切都是过眼云烟，人就要不断地调整自己的心态，好好活着，也不枉在这个世界上走一遭。看着，想着，想着，看着，不知不觉就到了山城市。乔大姐来了，乔大姐来了！一出收费站，乔大姐就看到路边停着三四辆小车，站在车边的有张书记夫人小高、刘局长夫人小于、秘书长夫人小费、徐局长夫人小贺。见到省城来的小车，收费站早早抬起了栏杆，这肯定是早有人打了招呼，在中国就这样，权力高于一切，只要有领导打招呼，再大的事也是小事。项在波混迹官场多年，深知个中道理。乔大姐，我们想死你了！我也是！项在波没想到时女士也那样激动，礼节性地跟几位男士握握手，而乔大姐却挨个跟姐妹拥抱，亲热够了。在城西区委张书记的先导车引领下，后面的车紧紧相随。约半小时光景，先导车在风景秀丽的卧龙山庄停下。一下车张书记抢先介绍，老项在山城这么多年，哪儿没去过，什么饭没吃过，我们哥儿几个、姐儿几个一合计，这卧龙山庄是新开的，服务小姐一码儿是朝鲜来的，让你们大都市来的贵客放松放松、舒服舒服。张书记张天龙是项在波多年的老朋友，现在当区委书记了，说话还是那么幽默和不加遮拦。酒宴开始了，张天龙让服务小姐给男士满上五粮液，女士满上通化葡萄酒。据主任介绍这通化葡萄酒有着悠久的历史，一九五九年被周总理定为国宴用酒，英国前首相撒切尔夫人、美国前总统克林顿夫人希拉里每次到中国都要亲点通化葡萄酒，临走还要带上几箱。"别吹了，好像你在场似的。"张天龙夫人小高撇老公一嘴。"天龙说的是真的。"政府刘秘书长是搞接待的，他知道的信息多，忙帮张天龙打圆场，"喝吧，咱们不管是国宴用酒还是家宴用酒，好喝就是好酒。"项在波这茬朋友很注重保健，平时在一起聚时点到为止，但今天大家都在兴头上，一提干杯，大家一饮而尽，几杯酒下肚，话自然多了，男人关心的是政治，说谁谁又提拔了，谁谁又被查处了，而女士谈论的是美容、保健，乔大姐一看姐妹们一年不见，感觉更年轻漂亮了，直夸还是山城的水好、养颜，"啥水好？她们是美容了。"张天龙一语道破了天机。"大姐我建议你也到美容院捯饬捯饬，省城的美容院多得是，档次也高，不像这小城市，只能做做拉皮，除除皱。"刘秘书长夫人小费说着从包里掏出一张省城国学女子美容院的金卡送给乔大姐。乔丽说，"我一个退休老太婆还美什么容，你留着用吧。""不哩，省城太远了，够不着，你拿着用吧。朋友送的，放在我这里也是睡觉。"这时张天龙端起酒杯大声说，"哥们儿、姐妹，酒是粮食精，越喝越年轻，但今天我们不喝了，转下一个节目，干。"张天龙所说的下一个节目，在场的人一下就明白了，找个洗浴中心，女士们洗澡按摩，男人们打扑克、刨王。他们在一起从不上歌厅，也从不打麻将，自从山城发明刨王后，这帮朋友每周都要在一起玩玩，为了带点刺激，有时也玩点小钱。他们一般不跟外人玩，因为都是有身份的人，传出去不好听。现在这年头，当官不容易，压力很大，他们在一起打扑克，纯粹是为了放松心情。项在波是这帮朋友中的大哥，又是极正直、极本分的好人，星期天、节假日，他一声令下，兄弟几个齐刷刷到他家，有时一玩就大半宿。夫人来电话了，只要说跟项大哥在一起，她们就放心了。刘县长夫人小刘年龄小，总看着刘县长，有一次深更半夜刘县长还没回家，小于只好来电话查岗了，"你到底在哪里？" "我在项大哥家打扑克。" "真的吗？鬼才骗你，不信你听。"随即把电话交给项在波。"小于，刘县确实在我家，哥儿几个玩得正高兴，你就委屈点吧，一会儿就放他回家。" "谢谢项大哥，在你家我就放心了，你们玩吧，我没事。"像这样的电话，项在波不知接过多少次。也怪自己迷上这项娱乐活动后，这帮朋友都学好了，吃喝嫖赌、贪污腐败的事跟他们不沾边，几年下来，哥儿几个都得到了提拔重用，张天龙由区长提拔到区委书记，最近又提到副厅，王忠民由纪委党风室主任提到市纪委书记，刘县长由副县长提为县长，那个当官、挣钱、生孩子三不误的吴连平提为药监局局长，好事都让他占齐了。据说，这个为人厚道、不声不响的吴连平计划经济年代在物资系统一家亏损企业当经理，吴为人实在，做生意从不占人便宜，时间长了，都愿意跟他合作。企业扭亏为盈后，他提了个物资局副局长，后来物资局撤销，他被派到县里，任科技副县长，下派结束后回市里任发改委副主任。吴连平虽然不再当企业老总，但凭着他的人脉，暗地里一直没断了做生意，而且越做越大，当然出头露面的是他的一个姐姐和一个弟弟。私下里哥们儿都管他叫吴千万，吴千万到底有多少钱，谁也说不清楚，但他录得做官清廉的口碑。他出手很大方，身边经常带着十万八万现金，以备急用。朋友们每次聚会请客，他都先把钱交上，而且从来不要发票。他其实在单位管办公室，报销点餐费不算什么，但他公是公、私是私。他常说自己花钱踏实，不犯毛病，夜里睡得着。最近他双喜临门，夫人给添了个漂亮的女儿，头一胎是儿子，正在读大三。不知什么原因，他生二胎有准生证，这不是一般人能办到的，也没人告状。他提为药监局局长也一路绿灯，一封告状信没有，考核测评各方面票都很高的，你说这是不是高人。

乔大姐山城之行觉得自己年轻了许多，外面的世界很精彩，她不仅见了许多老朋友，精神上更是一种享受。行程上安排得很紧凑，第二天，好朋友们在一起爬青云山，逛古城，逛庙会，吃烤全羊，直到周日下午才匆匆回到省城。

七

　　自山城一行回来后，乔大姐活得洒脱多了，她开始关注自己的穿着打扮，以前老公让她花钱买衣服，穿得时髦一点，她一听就生气，一来穿给谁看？二来她反问老公，你是不是嫌我土气？趁早我离开你，各过各的！她生起气来可吓人了，今天看不上老公，明天数落儿子，总之烦，烦死了。老公咨询过大夫，知道这是一种轻度的精神孤独症，这种病没什么大不了的，只要亲人多关爱，患者多接触外界，一切会好起来。

　　山城好姐妹小费送她那张国学美容院金卡，乔大姐今天去打听了一下，里面存有五千元现金，美容院小姐很热情，给她介绍了一长串项目，啧啧，这一年消费下来得多少钱啊？这种地方乔大姐过去是不敢来的，她一个在深圳的妯娌告诉她，有一个要好的姐妹在美容院一年消费一百八十万元，这不是吃人不吐骨头吗？她知道现在国人有钱后畸形消费，只要高兴，想怎么花就怎么花。美容师李小姐建议乔丽买一个五万元的套餐，乔大姐知道在美容院一年消费五万元也就是个低档的，她不是心疼这笔钱，她是担心美容院收多了钱跑路走人，到时上

231

哪儿去要啊?乔大姐在山城时孤陋寡闻,在省城见得多了也听得多了。就说老公项在波吧,一辈子都做事很稳的,可还是一再上当受骗。他刚来时在一家有名的大酒店买了一万元消费卡,才吃了几顿饭,满打满算花了不到四千元,一天办卡小姐打电话告诉他:"酒店黄了,老板出远门了,退钱得五个月以后,等老板回来。这里还有几箱酒,大哥你赶紧过来吧!"项在波按小姐指点的地方找了半天才找到,一看接待室挤满了人。项在波平时很客气,小姐努努嘴示意跟她走,在门卫一个小角落,放了几箱很不知名的地产酒,如果到厂里买也就一两千元,而这顶了他六千多元,小姐说:"大哥你拉走吧,过一会儿这点酒都没了。"项在波气呼呼地把几箱破酒拉走了。

项在波到省城后,身体很长时间都不适应,饭量减少,身体消瘦,晚上睡不着觉,急坏了乔大姐。听说游泳能改善睡眠,乔大姐在益民小区附近游泳馆花一千多元给老公买了张年卡。游泳真是个好东西,项在波的体格一天天健壮起来,一觉睡到大天亮。这年年底,年卡快到期了,项在波准备过几天去续卡。这两天正在忙着开省人代会,在会上那服务小生一遍遍打电话催,并说游泳馆正在搞活动,办两年卡打六折,过了这村没这个店了。乔大姐心疼老公的身体,没多问就预交了两年的卡钱。项在波做梦也没想到,开完省人代会去游泳时,游泳馆贴出告示:自即日起,本馆装修停业,望周知。项在波和众多游泳爱好者到公安、消协、区里、市里都找了,但一切均无济于事，游泳馆该停业停业，办卡的钱一分要不回来。前些日子，乔大姐看到一件更可气的事，益民小区附近开了一家瑜伽馆，会员卡六千至两万元不等，开业两个月后，老板娘收了一笔钱关门走人，这一下激起了众怒，会员们三个一群、五具一伙到处找人。事有凑巧，这天老板娘在一家商场闲逛，被一名会员认出，立即把这黑心老板扭送到派出所。在派出所老板娘头一抬、脖子一梗，要钱没有，要命有一条，爱咋办咋办。省城的派出所忙死了，哪有时间办这样的糟心案，让他们找消协解决。消协哪有这个能耐，只得把人放了，让她回去筹钱，事后会员们从派出所一个朋友那里得知，头头最不愿意管这类吃力不讨好的案子，即使把钱追回来，也得全部退给会员，派出所一分得不到，如果退款不够，他们反而会诬陷派出所从中捞了好处。

乔大姐是个明白人，任美容小姐花言巧语，她先可金卡里的余钱消费，效果好，她就接着做，效果不好，拜拜，说出龙叫也不行。美容院小姐大多来自农村，她们看人下菜碟，能唬就唬，实在不行，也不要跑了顾客，美容小姐做得还算认真，乔大姐本就是个美人胚子，经美容院一修整，脸上的皱纹也开了，令人羡慕的丰满胸脯也挺起来了，最令乔大姐心爽的是，在这儿一点也不寂寞，能听到许多过去听不到的新鲜趣事。一晃三个多月五千元用完了，乔大姐不等美容小姐做工作，主动续了五千元。

一充河像一条巨蟒从南到北穿城而过。前些年，它就像一条腐烂的臭鱼，散发着刺鼻的臭味。开春后，河两岸的住户都不敢开窗户，各种飞蚊见人就叮，一叮一个大脓包，老百姓不干了，纷纷到政府上访，并通过人大代表、政协委员发声，强烈要求改造一充河。新一届政府倾听民声、顺应民意，从财政牙缝中挤出二十亿元，规划三年改造一充河。共产党怕就怕"认真"二字，只要认真，没有办不了的事，没有办不成的事。三年过去了，一充河两岸花草争芳、绿树成荫，河水见底，各种鸟类在宽广的大河上空起舞翱翔，鸣叫嬉闹。

益生小区位于一充河东岸，一充河改造竣工后，益生小区房价翻番，其涨幅牛冠省城，乔大姐真有点后悔自己当初没有多买两套。其实她是有这个条件的，因为从没用过公积金贷款买房，她和老公的公积金账号一直闲着，当初进省城时，房价还没怎么涨，许多朋友建议她多买几套房留着。她没有这个胆量，但也小打小闹买了两个车库，现在也都翻番了。乔大姐在房子上没赚着大钱，却也庆幸自己选对了益生小区，因为一充河近靠小区，又是最好的休闲去处，开春以来，每到傍晚，这里人山人海，有散步的，有跳舞的，有练琴的，有练剑的，还有遛狗的，遛鸟的，总之五花八门，干啥的都有。乔大姐近来迷上了踩石子，一充河东岸修了一条约五百米的长廊，在这条长廊上，园林部门并排镶了二十多行小石子路，小石子个个尖头超上，脚踩上去有点酸酸的痛，但不会刺破脚掌。最先发现这一锻炼方式的是公安齐大哥。这齐大哥原来最好打麻将，周六周日能一宿打到天亮，他还是个老烟民，一宿下来要抽五六包烟，时间一长，齐大哥得了高血压、糖尿病、冠心病。大夫警告他，你再不锻炼养生，马克思就要把你带走了。老伴儿和女儿不干了，每天早晚连哄带骗把他拽到一充河散步，齐大哥在一充河散步时独相中了踩石子这个运动项目。经过半年来的实践，齐大哥血压降下来了，血糖恢复到正常值，心跳也不那么慌了。齐大哥的亲身感受影响了一批人，职业中学的张校长感触最深，前些日子，他冠心病复发，喘气都困难，俗话说死马当活马医，张校长自踩石子后，心跳明显正常了。新开六区的李老太太，儿孙满堂，但就是心情不舒畅，自踩石子后，心里舒畅多了。李老太太是个说一不二的人，她让孩子们也来踩石子，孩子们不知就里，但老太太的话是不能违背的，一切照着办。每天晚饭后，老太太一声令下，四个儿子开着三台私家车齐刷刷来到一充河岸，重复着踩石子的运动，儿子们为迎合老太太，个个踩得汗流浃背。乔大姐是个理性人，她认准的事，九头牛也拉不回，她不认准的事，说出龙叫也没用。她最近没少研究黄帝内经，这是一部养生哲学，它教你如何吃饭、如何睡觉、如何锻炼。黄帝内经告诉她，人要顺天而为，春夏秋冬很有讲究，春天主生发，夏天主生长，秋天主收敛，冬天主收藏。现在春天到了，就要生发，足底有二百多个穴位，你刺激哪一个都会生发开来。乔大姐觉得踩石子对锻炼身体有百利而无一害，她不仅自己去踩，她还要老公跟她一起去踩，老公是个反应迟钝的先生，开始没什么感觉，一个月后，效果越来越明显，比如原来多大的运动量也出不了汗，现在踩四十分钟后，大汗淋漓，原来屁都憋在肚子里，现在踩十五分钟后，屁刺狠豪。黄帝内经讲，咳嗽、放屁、打喷嚏是人生三大法宝，踩石子后项在波三大法宝一个不落都占上了。项在波有时候对妻子的命令方式大为不满，可通过实践检验，妻子很多令人费解的决策是对的。比方二〇〇七年"5·30"的股市大跌，妻子凭直觉让他把股票清空，项在波不理解，因为那时候乔丽从不炒股，凭啥你让卖就卖？他背着妻子一股也不卖。等他反应过来时，一股也卖不出，因为股票交易规则就那样，大单优先，时间优先，作为小散户，他一样也不占。而单位同事听了乔大姐的提示，许多人都挣了大钱，避免了不必要的牺牲，打那以后，山城通信公司都把她当神人。但乔大姐很有自知之明，后来不管谁向她咨询股票，她一概不接话。

乔大姐现在活得越来越有滋味了，炒股、美容、健身成了她的三大法宝。炒股她已调整了心态，不管自己的股票涨跌，她一点儿也不上火，涨了她很高兴，跌了她也很高兴，她要的是过程，至于结果嘛，顺其自然，因为她内心有一个强烈的信念，金融发源地美国三大股指一再创新高，要实现民族伟大复兴的中国不可能这样一直熊下去，到那时，自己的梦想一定会实现。关于美容，乔大姐也不是很在乎，她美的是心态，美的是自然。至于健身，乔大姐很在乎，她要按着自己设定的目标一步步坚持下去，俗话说人活七十古来稀，乔大姐不信那个邪，一定要让自己超过一百岁，不信到时候看看。

好官郭子龙

一

一米七六的个头，浓眉大眼、五官端正的郭子龙，原本就是个标准的大帅哥，加上妻子江翠萍的精心打扮，显得更加精神，更加有派头。离开穿衣镜的郭子龙抬头看了一眼表，满脸自信地对妻子说："翠萍，我走了，中午不一定回家，你自己吃吧。"

"嘟——嘟——"七点五十分，郭子龙的11号车准时来到楼下，"郭市长好。"政府办司机小寻抢先一步接过郭子龙的手包，打开车门把今后要伺候的主子请上车。

权力就是个魔鬼，郭子龙打心里这么认为。这不刚当上市委常委、常务副市长，座驾立马由桑塔纳换成了丰田4500。过去到政府要钱点头哈腰；从今天起，一切都变了，找他们批钱办事的人要看自己的脸色、要向自己点头哈腰了。

从家到政府办公楼也就五分钟路程。今天路上有点堵车，晚了两分钟，司机小寻直接把车开到楼台上。年轻人做事要低调，千万不要得意忘形，自打当上领导干部起，老实巴交的农民父亲就不止一次叮嘱自己，要是以往，凭自己的脾气，郭子龙一定会发火，训斥司机几句，但今天他忍了，一来小寻头一天接自己上班，二来今天早上八点开市长办公会，研究市长、副市长分工，下车前他只轻轻地点了一下司机小寻："下不为例。"

"郭市长早！""郭市长好！"一进门，政府大楼的老面孔、新面孔纷纷向新来的常务副市长打招呼，民政局刘局长、司法局吴局长，觉得自己面子大，争着上来跟郭子龙握手，而那些普通机关干部只能远远地跟郭子龙打招呼，但他们眼神里的热乎劲儿一点也不比刘局长、吴局长们逊色。

郭子龙好不容易摆脱各种礼节性的迎驾，三步并作两步来到自己的三〇二办公室。"子龙，副市长们都到齐了，咱们开会吧。"市长王洪生夹着包亲自来招呼郭子龙。"好的。"郭子龙原本想打个电话再走，但见隔壁市长亲自来找，也就不好意思，只得随市长来到政府常务会议室。

所谓的研究市长、副市长分工，实际上书记、市长早已内定，开会不过是走走形式而已，早在一周前，郭子龙从市委常委、宣传部长转任市委常委、常务副市长时，市委书记吴大任就认认真真、严严肃肃地跟他谈了一次话，并把让他分管的一些要害部门竹筒倒豆子一股脑地透露给他，末了吴书记语重心长地说："子龙你是个好样的，这次市委、市政府调整分工，让你担任常务副市长，是组织上对你能力的认可，也是对你的充分信任，你年轻、能力强，到政府后多担些担子，对以后的发展会有好处。"

"各位副市长，今天是江平市委、市政府领导调整职务后的第一次市长办公会，议题就一个：研究市长、副市长分工……"军人出身的王洪生声音洪亮地说着开场白。他从桌子上拿起一份打印好的市长、副市长分工明细表，音量不高又不容分辩地说："我和大任书记碰了一下，大致分了一下，听听大家意见，最后咱们再敲定。"

郭子龙虽然早有思想准备，但一看分工，还是吃了一惊，江平市下辖六十四个部门，市长、副市长一共七位，按算术平分，每位市长、副市长分管九个部门，可郭子龙的名字后面足足写了二十六个部门，比大任书记之前透露的还增加了公安、城建、劳动、民政等八个要害部门。听了王洪生市长的开场白，各位副市长瞪着大眼睛看自己的分工，副市长们心里明白，虽然大家都是一个级别的领导干部，但分工很重要，如果分管的部门少，又都是清水衙门，就意味着你这个副市长没分量，有职无权，按东北话说"啥也不是"。"说说你们的想法。"王洪生扫了一眼各位副市长，沉默……还是沉默。"子龙，你先说说吧！"郭子龙是常务副市长，在各位副市长沉默的时候，王洪生点将，让郭子龙先说。郭子龙原本想带头发言，但考虑到自己年龄小，资历浅，想把带头发言的机会让给老副市长们，现在市长点到自己了，看来不说不行了。他喝口水，不无谦虚地说："这个分工我原则上同意，但涉及我分管的部门是不是太多了。因为我年轻，经验不足，能不能把公安、城建、劳动、环保等部门拿出来分给在座的副市长们？""子龙你就不要谦虚了，你年轻，有干劲儿，所以我和大任的意见让你多挑些担子。至于经验不足，可以在实践中锻炼，小平同志还讲'摸着石头过河'嘛。"王洪生不等郭子龙说完立刻封住他的念头，王洪生作为市长何不想一碗水端平，让别的副市长也肥瘦搭配管点有职有权的部门？但他有两个顾虑无法排除，一是那些所谓的年龄大、资历深的副市长要么无能，要么私心太重，交给他们不放心；二来郭子龙的分工是吴大任敲定的，吴大任是原省长、现任省委书记吴文胜派到江平市挂职的，任职前他就是个副厅长，有人说他到江平就是下来镀金的，弥补一下地方工作经历。据说吴大任刚到江平时连主持市委常委会还闹出笑话。有一次他到李子乡检查备耕工作，乡里只有一名年轻的副乡长值班，听说书记、乡长下村里检查工作去了。李子乡是江平最偏远的一个乡，吴大任一看到午饭时间了，就答应在乡食堂吃一口，吴大任边吃边问一些备耕方面的情况，这名副乡长对答如流，并提出大力发展优质水稻的建议，吴大任还得知这名副乡长是毕业于省农大的研究生。饭后，李子乡书记、乡长听说市委书记没打招呼就来到李子乡，急忙往回赶，没想到喝多了，一下车哇哇吐，吴大任见此情景顿时火冒三丈，把他们狠狠地训了一顿。回到市里第二天，吴大任立即通知在家的常委召开会议，常委们愣住了，常委会要研究什么大事了？一般常委会之前事先都要发议题，征求大家意见，吴大任到江平不到一个月，这是头一个常委会。常委们嘴上没说，心里早议论开了，吴大任葫芦里卖的什么药？经吴大任一番自拉自唱，常委们才知道，吴大任要免去李子乡党委书记梅边的职务，让副乡长于学才接任乡党委书记。这可不是小事，梅边喝顿酒就丢官，处理太重了，有的说于学才任副乡长才不到两年，按干部管理条例明显违规。市委常委、组织部长于枫随身带着干部手册，他对吴大任要任免干部事先未征求组织部门意见本来就憋着一股火，他让其他常委应战，自己悄悄翻干部手册，不看不知道，一看吓一跳，他急忙打断争吵不休的会场，有板有眼地拿着干部花名册说："于学才三十二岁，省农大种子专业研究生，非党干部。""啊！"十一名常委目瞪口呆地看着吴大任，非党干部是不能担任乡党委书记的，这恐怕是连大老粗都知道的事。尽管后来梅边被免职，非党副乡长于学才入了党，担任了李子乡党委书记，但在这次常委会上吴大任实实在在现了眼。吴大任是个有心人，打那以后，他一边认真研究常委会的程序，一边向省委党校、县委书记班的同学讨教。

副市长们大多嫌自己分管的部门少，又没油水，都巴望着郭子龙拿出几个部门分给大家管管。见王洪生市长如此表态，有想法也缩了回去。"大家还有没有意见？没意见就按这个分工执行。"会议结束前，王洪生强调一下江平市正处于改革攻坚时期，各种矛盾交织，群众上访多，主管副市长要高度重视上访工作，谁主管谁负责。王洪生刚说到上访，咚咚咚，田秘书敲开市政府常务会议室的门，径直走到王洪生跟前，跟他耳语了几句。王洪生立马宣布散会，并告诉郭子龙，楼下来了几百号上访职工，把政府门前围得水泄不通，你是主管工业和信访的，你出面接待一下吧。

二

江平市地处长白山下松辽平原，这里自古就是兵家必争之地，清太祖努尔哈赤在这里起兵。解放战争中，林彪、彭真率领的东北民主联军总部就驻扎在江平，江平还是计划经济年代全国铁路三十九个编组站之一，可见江平的地理位置何等重要。

改革开放初期，原省委书记李强为发展江平，把江平升格为地级市，辖三县两区。升地级市后，多数干部官升一级，正科摇身一变成了副处，副处升正处，正处升副地。但人的本性就是这样欲壑难填，当看到一些地区下来的干部比自己还升得快时，有些人心理失衡了，你何德何能，凭啥管我？你不就是原来地区的小喽啰吗？于是各种告状信，有的，没的，捕风捉影、添枝加叶、颠倒黑白、夸大其词的，一股脑告到省里、中央。好吧，你们告吧，中央为保稳定，干脆把江平打回原形，降回县级市，仍归地改市后的山城市管辖，原来啥级还啥级，顶多加个括弧，那些告状的一看傻眼了，早知今日何必当初？有人说江平人特讲政治，他们生下来就盼着做官，而且要越做越大，许多外来干部原本没有多少野心，但只要到江平工作几年，野心准膨胀。江平降格后换了几茬领导班子，但没有一届是消停的，总是你整我我整你，据说前任书记、市长因政见不同，斗得你死我活，最后年轻有为的欧市长因所谓的作风问题被免职。

关于欧市长欧阳转运免职的民间版本很多，传得最多的版本是，那天省委组织部考核江平班子，基本上确定市委书记刘得民离任调走，欧阳市长接任市委书记。斗了几年的欧阳市长一高兴，在宾馆连陪了三伙客人，其中数接待原市长现省外贸厅厅长陈凤山那伙客人喝得最多。也许是同病相怜吧，新老市长一人吹了一瓶茅台，外加六瓶青岛啤酒。陈老市长毕竟快六十岁的人了，喝完被随行人员送去睡觉。欧阳市长年轻气盛，接下来又陪了两伙客人，据说市长随行人员要送他回家，但他半道折回宾馆要了一个房间洗澡。正在洗澡的时候，宾馆服务员小曾给市长送茶水来了，小曾又偏偏没敲门就进来了，欧阳市长一时兴起，酒壮色胆，一把搂住小曾，就要非礼她。小曾哪里肯从，一边挣扎一边乱抓，把欧阳市长的鼻梁子抓破了，欧阳痛得只好松手，小曾趁机逃走。她一边跑一边哭，"小曾怎么了？"宾馆女副总经理牛艳看到这一幕立马把她叫到经理室询问，小曾开始不肯说，在牛艳的再三追问下，她一五一十地诉说了欧阳强奸未遂的事实经过。这还了得！市委书记刘得民是牛艳的姑父，她原是宣传部的一名小干事，能当上宾馆副总全指望姑父栽培提拔，听说姑父要走了，她这位子还能坐稳吗？江平人都有政治细胞，这事捅出去，还不知道鹿死谁手呢。聪明的牛艳立即把这一千载难逢的机遇告诉刘得民，刘得民是政坛老手，他当然知道这事该怎么办。据说当天晚上，牛经理亲自陪着小曾，先是到山城市纪委告状，山城市纪委一位领导热情接待了这两位不速之客，但自接到一位市领导电话后，这位纪委领导的态度来了个一百八十度大转弯，让两人先回去，明天派工作组调查。牛经理带小曾出了山城市纪委，立马给姑父打电话，姑父早料到会是这个结果，但还是要按程序来。现在程序走完了，可以不理山城纪委，让她们连夜赶到省城，从山城到省城有六小时的路程，牛经理她们觉得这六小时相当于六百天，她们紧赶慢赶赶到省城时已是第二天八点了，她们在街边草草吃了早点就赶到省纪委接待室，接待人员简单问明情况后感到事情重大，逐级上报，省委书记与省长沟通后决定派省纪委书记薛明亲自率调查组赴江平调查。半个月后，省纪委报省委批准，江平市委书记留任；欧阳市长撤职，由正处降级为副处，到山城土地局任第一副局长；小曾因检举有功，招录为事业编到工商局工作。欧阳市长的风流韵事在江平足足流传了好几年！

三

　　江平市区有一条江，这条江从东到西把江平一劈两半，江北为江平市政治、经济中心，江南属待开发的处女地，江南再往南走就是牛山乡了。牛山乡牛山村有一个大户人家姓郭，传到郭福平这一代已经有三十多代了，郭福平三年困难时期娶了本村大户人家江大海的小女儿江海英为妻，这江海英天姿国色，聪明贤惠，知书达理。结婚第二年，郭子龙呱呱坠地。关于郭子龙的名字据说还是江海英取的。生子龙时难产，江海英迷迷糊糊梦见牛山上升起一条巨龙。"他爸，儿子就叫郭子龙吧。"江海英得知自己生了个男婴时恳求郭福平。"行，依你的，如果再生男孩就叫二龙、小龙。"江海英真会生，一连生了三个男孩，分别取名为郭子龙、郭二龙、郭小龙。郭子龙打小聪明，享有神童的美誉。有一年夏天，郭福平夫妇带不满两岁的儿子到城里给姑父做六十大寿，寿宴散时，姑父请来摄影师照全家福，摄影师正要按快门时，发现少了小子龙。"子龙，子龙！"一家人像丢了魂似的找，饭店四周是商业区，农贸市场人头攒动，这孩子是不是让人抱走了？一个不祥的兆头笼罩着全家人。"快找，快找，分头去找。"全家人像大海捞针似的在茫茫人海中寻找，"赶快打电话报警。"不知谁喊了一句，不一会儿，来了几名着装警察，警察简单询问后，立马分头行动，他们凡见抱小孩的都一一盘查。时间一分一秒地过去，但子龙仍杳无音信。"孩子能不能自己跑到姑父家了？""不可能不可能，姑父家离饭店隔着一条街一个农贸市场，子龙连走路都还里倒歪斜的，他能找着道吗？"丢了儿子的江海英哭得像泪人，早已六神无主了。在家人的提示下，郭福平三步并作两步直奔姑父家。当走到姑父家门口时，郭福平惊呆了，子龙正独自在姑父家院子里玩耍。"儿子，可把你找到了！"郭福平一把抱过儿子，眼泪哗哗往下淌。打那以后，郭家人一致认为郭子龙长大后一定会有大出息，因为他的智商超出一般的孩子。

郭子龙从小养成了独立思考的习惯，从他记事起，父亲就是生产队长，他特别崇拜父亲那种一呼百应的权威，多次跟妈妈说，长大后也要当爸爸一样的官。可他哪里知道当生产队长也不是谁都干得了的。一次，生产队兴修水利，父亲安排一伙人采伐木头，采伐容易，运输难。那时候全靠人工抬，不像现在有汽车、拖拉机等现代化运输工具。父亲派出的壮劳力一天也运不回几根，眼瞅着耽误工期了，父亲急得满嘴起泡。"爸爸，我有个法子，能不能试试？"一天吃早饭时，听了父亲和母亲的对话，不到十岁的郭子龙一边挠头，一边天真地说。"你还小，懂啥？念好你的书得了。""他爸，你就让子龙说说吧，兴许他的法子管用。""说吧，说吧。"郭福平一脸的无奈。"爸爸，你让运木头的人在树头树梢安个轮子，然后用绳子拽，保险省工、省力、运得快。"郭福平一拍大腿说："好法子，我儿子真是神童，脑子比大人还好使！"郭福平让运木头的人照着郭子龙的法子做，果然省工、省劲，效率大增。子龙想出的这个法子是从他跟同学打"啪叽"中悟出来的，开始子龙打"啪叽"总是输，后来，他找角度打，专挑"啪叽"出缝的地方打，结果一打就翻了。由于子龙做事爱琢磨，孩子们都愿意围着他转，他自小就成了孩子们的核心，有什么困难都让他拿主意，久而久之，他成了村里的孩子王。

四

　　郭子龙到江平市任职实属无奈，这让他憋着一口气，一定要干出个样子来让人看看，看我郭子龙是龙还是熊。六年前，郭子龙靠自己的本事考入了山城团市委；三年前，他又凭自己的真本事考上了团市委副书记。一年前，团市委书记肖林转业到一道区任副书记。半年前，排他之前的副书记林子峰被派到柳南县任常委组织部长，主持了大半年团市委工作的郭子龙满以为接书记水到渠成。可是官场上的事真让人捉摸不透，两个月前，自己的下级西江团市委书记黄占才提团市委副书记，列郭子龙之前主持团市委工作，据说组织部在端团市委盘子时郭子龙的名字被市委书记刘子龙一笔勾去，在上面填了黄占才的名字。俗话说无巧不成书，刘子龙半年前被省委派到山城任书记，刘子龙到任后挨个县市调研，他话语不多，但吐个唾沫就是钉。那天他到洋古市调研，接待方知道新来的市委书记喝酒海量，但必须有两个条件，一是氛围好，二是有对手。宴会进行很长一段时间了，刘子龙一直以身体欠佳为由敷衍着喝酒。洋古市委书记管天山、市长周汝本看在眼里，急在心上，这时管天山一个眼神，黄占才得令操起一瓶白酒，让服务员把小杯撤下，全部换成半斤杯，他先给自己满了一杯，然后给刘子龙及其他领导每人满上一杯。这黄占才干工作、喝酒都是虎将，刘子龙见他端起酒杯以为他会说些恭维的敬酒话，没想到他酒一闷大声说："谁不喝谁是我儿子！"话一出口，全桌都镇住了，轮年龄，刘子龙的年龄比黄占才的父亲还大，这是哪门子道理？如果换成别的领导，黄占才不倒霉才怪！但人这东西就是怪，听惯了奉承话的刘子龙大喝声好，他举起酒杯一饮而尽。接下来，刘子龙与黄占才又单抠了两大杯。这顿酒宴，刘子龙足足喝了两斤白酒，就是这顿酒，黄占才在刘子龙脑海中打下了深深的烙印。刘子龙欣赏黄占才的豪气、虎劲儿，他想，自打搞市场经济以来，有多少男人还是男人吗？他们唯唯诺诺缩头夹尾，连个老娘儿们都不如。

此处不留爷，自有留爷处。郭子龙见自己在团市委没法再待下去了，便向组织部门提出申请，要求转业下派到县里工作，组织部门请示领导后答应了他的要求。

在团市委班子用人上，市委组织部感到欠郭子龙的，"下派也得给他找个好职位。"这是常委组织部长张新华的原话，他翻了一下干部花名册，县（市、区）里现有两个空缺，一个是洋古市委常委组织部长，另一个是江平市委常委宣传部长。在征求本人意见时，郭子龙点了洋古市委常委组织部长一职。消息很快传到洋古市，洋古市委书记管天山、市长周汝本凭着那天喝酒的余兴直接找到市委书记刘子龙，要求他把政府秘书长李子明提拔为市委常委组织部长，刘子龙掂量再三，"好吧，我跟组织部说一下，你们回去吧。"就这样，郭子龙被偷梁换柱派到自己的家乡江平任市委常委宣传部长。"宣传部长大小也算市领导，我就不相信比别人差到哪里去。"上任后，郭子龙傻眼了，宣传部是个有职无权的部门，市里研究哪一项中心工作，都让宣传部参与，但啥也说了不算。最要命的是宣传部经费捉襟见肘，吃了上顿没下顿。而市政府管经费审批的常务副市长黎小生是个欺软怕硬、阳奉阴违的小人。宣传部组织召开全市精神文明表彰大会需五万元经费，办公室主任小陈跑了不下二十趟，黎小生以种种理由不给审批，再过五天就要开会了，会议通知都发了，黎小生在小陈的再三恳求下在报告上批了几个字。郭子龙一看就批了两万元，这怎么行？他顿时火冒三丈，"啪"地推开黎小生房门，把报告往黎小生办公桌上一拍："黎小生你还是人吗？精神文明建设表彰会是不是市委、市政府决定召开的？你有权就不知道北了？有什么了不起的？你今天要不批五万元，我就去找书记、市长。"郭子龙连珠炮的质问把黎小生问得哑口无言，这个欺软怕硬的小人连忙赔不是："对不起，对不起。"随即把削减的三万元加上，恢复到五万元。黎小生哪咽得下这口气，嘴上不说，心里恨透了这个宣传部长。从此以后，他与郭子龙结下了不可调和的梁子。

黎小生今年四十出头，一米八〇的个头，平时梳个大背头，很有领导派头。他的成长经历很顺，大学毕业后就在山城市政府当领导秘书，先后伺候了两任副市长。这年头给领导当秘书都能混个一官半职。林长有副市长到市委任副书记前把他派到向阳区任副区长。有领导罩着，虽然工作干得不咋的，两年后，照样提到江平市担任市委常委、常务副市长。由于他短练加上年轻气盛，很快就弄得声名狼藉。他到江平市不几天就接到一个酒桌上认识的木材贩子的电话，说他拉的一车木材没有贩运证被江平市木材检查站扣住了。林业局不归黎小生管，按常理，他想插手这件事也得跟分管林业的副市长打声招呼。年轻气盛的黎小生直接给林业局局长付平打电话，告诉付平自己是新来的常务副市长，运木材的是他一个老朋友，让他马上放行，如果不放行就撤他的职。付平憋着一肚子火，原想理论理论，但听到黎小生这口气只得忍气吞声下令木材检查站放行。江平的城市建设原本就规划得不好，黎小生管城建后就更乱了，只要有人送礼，再违法乱建，他也敢批。黎小生主管公安工作，不研究破案、保平安，专门研究提拔干部，公安局长找他诉苦，干部指数不够用，黎小生批评公安局长不会解放思想，结果市区五个派出所全部升格为公安分局，每个分局成立了五个派出所，弄得民警个个成了官，干活的都是招聘的辅警。交警大队也依葫芦画瓢，光大队长就配了十三个，下面拆分八个中队，每个中队一正三副。吴大任气得直骂娘，多个场合说黎小生成事不足，败事有余。这不，上级要调整县区班子，经吴大任提议，黎小生明升暗降，由常务副市长改任市委副书记，表面上提了，实际上剥了他的实权。江平市有四个副书记，多一个少一个无所谓。

吴大任选郭子龙任常务副市长是完全从事业出发的。他观察了很久，发现郭子龙这小子是棵好苗子，做事很有道眼。吴大任到江平市任职前，省财政厅一位老乡处长告诉他，他主管一笔不小的防洪基金，需要的时候可以帮帮他。吴大任到江平后，得知江平这条河每到涨大水时洪水泛滥，市民提心吊胆，每年都要组织大量人力物力抗洪。市里苦于没有钱，一直小打小闹、修修补补，吴大任让水利局拿个预算，改造这条河少说也得一个亿，吴大任找到那位老乡处长，处长表示可以配套两千万元，缺口怎么办？常委会上，有支持的，也有反对的，但多数人让吴书记把钱套来再说，只有郭子龙跟吴大任自己的想法吻合。他说钱得要，活也得干，他扳着指头说："江平市有大小单位两百多个，大的四十万元，小的二十万元，能筹上来五六千万元，组织机关企事业单位义务劳动能省一两千万元，加上省里补贴，这条河一定能改造成。"

吴大任采纳了郭子龙的意见，决定大干两个月，修好江平河。工程开始后，宣传部第一个捐了四十万元，郭子龙让电视台每天晚上打字幕。不到半个月，指挥部收到捐款六千万元。施工开始后，江平河彩旗招展，人头攒动，机声隆隆。郭子龙是管宣传的，他把报社、电台、电视台三家媒体全部调动到会战现场采访，并在江平河南岸搭起了偌大的高音喇叭宣传棚，昼夜宣传会战中的好人好事；《江平日报》、江平电视台整版、整段时间宣传江平河大会战。铺天盖地的宣传，调动了全市人民参与江平河改造的积极性，一位参加过解放战争、一九五八年兴修水利大兵团作战的老人激动地说，看了改造江平河大会战，仿佛又看到了东北解放战争、大跃进那种全民参战的情景。省领导视察江平河改造现场后，让省电视台、省报大张旗鼓地宣传，并指示省有关部门追加江平河改造补贴专项资金一千万元，江平河改造让当初支持吴大任下派的省委书记赚足了面子，也为不久后吴大任提拔重用郭子龙奠定了坚实的基础。有人说官场上最得意两类人，一是有本事能干的，二是会溜须拍马的，郭子龙当属第一类人。从此后，吴大任视郭子龙为心腹爱将。

江平河改造后，各地开发商纷至沓来，大河两岸高楼林立、灯光闪烁，极大地提高了江平市的城市形象。省委、省政府决定在江平市举办首次大型农民运动会。

办农运会，这可是一项烧钱的买卖。江平市连机关干部、教师的工资都不能按时发放，哪有钱办农运会？吴大任从改造江平河中悟出了一个道理：干一项事业不光是钱——当然有钱更好办事，关键是人，人用好了，钱不是问题。吴大任自比刘邦、刘备，他在常委会上点将让郭子龙任农运会筹委会主任，并让财政支付二十六万元开办费。二十六万元，开玩笑？连体育场的一个角也建不起来。郭子龙豁出去了，他每天摸爬滚打，四处烧香作揖，设计师请来了，施工队进场了，两千万元的基建垫付款筹来了，平场地、种草、种花等不需要花钱干的，他一律组织义务劳动，宣传部、报社、广电局、文化局、体育局都是他的义务劳动大军。人就是怪，为了一个蓝图，为了一个目标，这些平时肩不能挑、手不能提、常年坐办公室的大爷、姑奶奶们一天累得半死，连喝口水都得自己带，一分钱报酬没有，却干得很来劲，半点怨言都没有。当然，郭子龙也不让那些慷慨支持农运会的企业家们吃太大的亏，不能一场农运会下来给市里留下一个大窟窿，一方面能省则省，另一方面以会养会，能收则收。郭子龙算了一笔账，农运会主会场十万平方米的广场，四周的广告牌是笔不小的收入，他采取竞标的市场法则对外招标，结果被一家很有眼光的广告公司以一千万元的最高价买断。每当提起这件事，吴大任都很得意，他不止一次称赞，"这事只有郭子龙能办到，除了他，谁也不行。"

五

江平市政府办公大楼坐落在市中心繁华的江平大街上，坐北朝南，右侧是市委办公大楼，左侧是金融大厦，而市政府对面是一家挨一家的商业旺铺，市百货大楼、欧亚超市、亚细亚，就连肯德基、麦当劳、李先生这些国际大品牌连锁店也纷纷抢滩落户。据业主说，这里每十平方米的店铺房租一年超过十万元，一点也不亚于车水马龙的大都市。可就在离市百货大楼不到五十米的地方，有一个名叫江平市彩印厂的国有企业已

258

人去楼空，足足休眠了五六年。这个厂子始建于一九五八年，曾经是江平市的工业利税大户、支柱企业，最火时，企业有一千多名职工，许多市、局领导的老婆、孩子，甚至是七大姑八大姨都在这里工作。企业不景气后，先是这些官太太、七大姑八大姨们擦屁股走人，后来稍稍有点门子的人也像蝗虫一样飞走了，现在还有两百多名离退休、三百多名在岗职工在这里干靠。市内有很多开发商垂涎这块风水宝地，但由于企业债务重、改制成本高，不得不望宝（地）兴叹。

前任常务副市长黎小生不止一次接待过彩印厂的上访职工代表，但由于花花公子一味打官腔，一味强调政府财政困难，让职工体谅政府，起初还有人听，后来他们一来就坐在黎小生办公室不走了，任他怎么说，就是三个字"要饭吃"。黎小生虽然舍不得常务副市长有职有权这把交椅，但每每想到这些难缠的上访职工，他又庆幸吴大任提拔他担任副书记，离开这是非之地，把这不是人干的活交给了郭子龙。

市长办公会后，郭子龙带着等候在门外的信访局长、轻化局长下到一楼。只见大门紧锁，两名警察看护，政府院里被彩印厂上访职工围得水泄不通，"要工作、要饭吃"的大横幅十分醒目。看到现场剑拔弩张的紧张气氛，轻化局长、信访局长建议郭市长回避为好。郭子龙愤愤地说："上访人员要见的是政府领导，他们见不到真佛是不会罢休的，这要在战场上，我临阵脱逃是要杀头的。你们放心，我直接跟他们对话，出不了事。"郭子龙抄起信访局平常预备的高音喇叭，让把门的警察打开上锁的大门，一步跨上台阶，对着高音喇叭大声说："乡亲们，静一静，我是郭子龙，市政府新上任的常务副市长，我今天只讲三句话，乡亲们如果能接受，你们就散去，如果不能接受，你们继续围在这里，我郭子龙奉陪。第一，你们的困难政府很重视；第二，政府马上筹钱发两个月工资；第三，政府两个月之内拿出彻底解决彩印厂破产的所有问题的方案。如办不到，大家到我家吃饭。""好！好！"掌声，经久不息的掌声。几分钟之内，围得水泄不通的市政府大院人去院空。

灯荣酒家坐落在江平大街火车站东，是江平市仅次于市宾馆的最好酒店，黎小生是这里的常客。他今天心情格外好，想请几个铁哥们儿喝点酒叙叙。他原本可以在市宾馆安排，但那里人多嘴杂，出入不便，于是他让水利局长历宏伟安排到灯荣酒家六〇一包房，通知晚六点开喝。五点五十八分，黎小生进入包房，之前水利局长历宏伟、重工局长杨子青、交通局长韦长富、国土局长绍本昌陆续到来，唯独信访局长——人称"尽撒谎"的信达常还没到。"不等了，达常有事脱不开身，咱们吃吧。"黎小生是今晚宴会的主角，又是级别最高的领导，他的话就是圣旨，历宏伟得令，立即打开一瓶茅台，让服务员给每位斟满。"书记，我就免了吧，今天血压有点高。"说着拿出一瓶药，交通局长韦长富边说边推开服务员。"不行，平时随意，今天都得喝。""对，今天都得喝，小生由常务升到书记。"国土局长绍本昌不失时机地恭维道。在座的都知道，绍本昌任局长是黎小生向组织部门推荐的。"绍本昌你别瞎说，我黎小生是副书记，书记是吴大任。"话虽这么说，但他心里还是很受用的。黎小生今天很高兴，一来任副书记离市长、书记不远了，二来他的对手郭子龙今天捅到了马蜂窝，而且把自己逼到了墙上。他倒要看看这个郭子龙到底何德何能，怎么吴大任就能看上他？酒席开始后，大家纷纷向黎小生敬酒，无非是祝贺、关照之类的话，黎小生耳朵听腻了。开始他还满杯干，后来只是舔一舔，这时水利局长历宏伟端起酒杯："诸位，今天老板荣升，固然可喜，更可贺的是跟我们老板作对的郭子龙不知天高地厚，居然敢捅彩印厂这个马蜂窝，我看他吃不了兜着走，怕是他这个常务干到头了，大家同意我这个观点的干一杯，不同意的我都替你们干。"说完一饮而尽，"干！""干！"大家起立，五个杯子撞到一起。恰在这时，信访局长信达常推门进来了，"书记，诸位大哥，对不起，我来晚了。""尽撒谎，你说实话，是不是你老婆又让你回家做饭了？"既直性又爱开玩笑的绍本昌调侃信达常。这事大家都知道，信达常怕老婆是出了名的，凡朋友聚会他都得晚到一会儿，原因是老婆要他回家做饭。"本昌你老欺负你老弟。我今天真是气完了，被那郭疯子郭子龙折磨了一下午，这不，要不是你们一个劲儿地打电话，郭疯子还不放我走。"接着，信达常一五一十地把上午郭子龙如何接待上访，如何夸下海口，下午又如何研究彩印厂的出路问题和盘托出，说完他连喝了两杯，算是迟到的赔罪。历宏伟追问道："郭子龙的承诺能兑现吗？""呸，兑现啥，到时候五百多人到他家吃饭吧，等着瞧！""喝酒，咱们不说郭子龙了，让他蹦吧，蹦得越高，摔得越狠。"黎小生知道自己的身份，在这种场合，还是多喝酒，少说话。

六

　　郭子龙为上访职工兑现承诺的事一连几天睡不着觉，眼圈儿黑了，人明显地瘦了一圈。燃眉之急是必须马上筹集一笔巨款给彩印厂工人开工资，他调度了市财政，财政局长说这月机关干部的工资还没着落，实在不行先把教育的经费款顶上，江平市是教育大县，教师严重超编，每年财政收入有一多半给教师开了工资，上级一再强调再穷不能穷了教育，再苦不能苦了孩子。上级的想法是对的，可他们哪里知道，县级财政是个入不敷出的财政，谁不当家谁不知道柴米贵。想这些都没有用，现在怎么才能筹到这两百万元。站在办公室透过窗户玻璃，郭子龙把目光再一次投向彩印厂，彩印厂、开发、盖楼、门市，郭子龙自言自语地念叨这几个字，突然他一拍大腿，计上心来，何不给何老板打个电话。何老板叫何天亮，滨海市一个赫赫有名的开发商，曾经在山城搞开发时，郭子龙跟他有过接触。此人有头脑、善交际，比郭子龙大两岁，年纪轻轻已经是个手握十几亿资产的大老板。在山城一次酒宴上，何老板拍着郭子龙的肩膀说："你叫子龙，我叫天亮，我认你这个老弟了，以后有什么困难，有什么赚钱的地方告诉大哥一声。"郭子龙一直不怎么走运，快五六年了，再没跟何老板联系过。

"喂，何老板？我是子龙。"

"啊，子龙兄弟，你好，在哪升官发财，今天有空给大哥打电话？"

"我这里有个赚大钱的项目，你感不感兴趣？"

郭子龙是个聪明人，他只告诉何老板自己已转业在江平市委任常务副市长，有个项目需要有实力的公司开发，却只字未提他手上捧着个刺猬猬，正愁无米下锅。

"那我过去看看。"

"别呀，大哥我去接你，这段时间我很累，好长时间没到滨海了，正好去散散心，顺便参观参观你开发的几条商业街。"

醉翁之意不在酒的郭子龙其实哪有心情到滨海散心，他只是想实地考察一下何天亮的实力。

自从江平市与滨海市的高速公路修通后，江平到滨海两地的时间就缩短了四个多小时。以前需要十个小时，现在六个小时就到。郭子龙告诉司机小寻把车加好油出一趟远门，二十分钟后，小寻的车停在了政府大院门外。郭子龙跟市长王洪生打了声招呼，谁也没带就直奔滨海而去。因为是中午出来，郭子龙生怕司机犯困，就不断地跟小寻说笑，小寻知道市长的好意，但他实在不忍心市长这般体贴属下。郭市长这些天来实在太累了，他需要好好休息。小寻一再让市长睡一会儿，郭子龙想的却是安安全全到达滨海市。

下午五点，郭子龙的丰田4500来到滨海太阳地产总部楼前，董事长何天亮亲自下楼来迎接，两位老朋友见面又是握手又是拥抱。

"子龙难得来一次，多走走多看看。到海边逛一逛。"何天亮边让边说。

"主要是借何董事长的大驾才找个理由，不然的话来不了，哪有你们企业家潇洒？"

"不能这么说，你是政府官员，日理万机。子龙兄弟你是先看还是先听汇报？"

来时郭子龙说明了来意，"先看看吧！"

郭子龙在何天亮的陪同下一连看了三个花园小区，四条古色古香和现代化的商业步行街。何天亮神秘地告诉郭子龙："这几条商业街原来有的是破房，有的是棚户区，下岗职工、困难群众年年到市里上访，政府非常恼火，我参与改造后，政府增加了税收，职工群众得到了安置，而我们公司也从中赚了几个亿，这不是一举多得吗？天龙，江平市有这样的地方吗？可别忘了老兄，我可是早跟你打过招呼的呀！子龙你别小看这步行街，改造前每平方米门市卖五六千，改造后每平方米卖到五六万。"

郭子龙欲擒故纵地说："我们江平市区倒有一个破厂房，有几家开发商正在谈，就看你能不能抢上，我跟市长、书记说说，看能不能给你开发。"

"那咱们现在就走，你不是来接我的吗，咱们去看看。"

"着什么急，你刚才还让我在滨海多玩几天，看来不是真心的。"

"你少来这一套，咱们合作了，滨海就是你的大本营，以后想来就来！"

"别别别。我肚子造反了。"

"对，对，我们吃饭去，吃了饭咱们就走，作为生意人，遇到商机，就像洞房花烛夜的新郎官，猴急猴急的。"

郭子龙原打算在滨海住一宿，这一将把何天亮将忘了，也免得夜长梦多，到时变卦，客随主便吧。尽管何天亮准备了丰盛的酒宴，因急着赶路，主客礼让性地喝了两杯酒，吃了几个饺子就散席了。饭后何天亮带着规划部部长、总会计师坐着保时捷跟随郭子龙星夜赶往江平市。

七

　　吃过早餐，何天亮一行顾不得旅途疲劳，在郭子龙的陪同下来到江平市彩印厂，该厂坐落在江平市商业繁华中心，占地两万平方米，左临江平大街，右临中心街，厂房破烂不堪，机器设备早已被留守人员当废铁卖了。在这之前，市内几家开发商均相中了这块风水宝地，这些开发商的开发计划如出一辙：住宅加门市，但企业改制费用需要三千万元，他们一算账，开发利润也就两千五百万元，开发商们多次找到当时主管城建的黎小生，希望政府补贴一千万元，扣除税费，有点利润就行了。江平市政府穷得掉底，从哪出一千万元？左谈右谈，没有一家谈成。

　　郭子龙领着何天亮一行围着彩印厂四周边看边介绍，何天亮不时点头，规划部长落在后面好像用脚丈量着什么，总会计师一会儿打听周边房租，一会儿打听售货员，一会儿打听顾客，回到宾馆，何天亮跟郭子龙说："你忙你的吧，我们仨人开个会，下午我们正式谈。"郭子龙想这是有戏了，把我支走，他们要好好研究。

下午两点，郭子龙带领体改委、财政局、轻化局、彩印厂等相关部门、单位的负责人组成的政府代表团与何天亮带领的红太阳开发集团投资方代表团就在市宾馆一间小型会议室举行了正式谈判，双方就职工安置、养老保险、改制成本等方方面面进行了谈判。双方商定，投资方一次性买断土地，企业职工等其他问题由政府出面解决。

何天亮到底是做大买卖的，他大方地说："咱们不藏着掖着，你们改制费用需要三千万元，我再给你们添五百万元，是赔是赚就看我们的运气了。"

"好，一言为定！"郭子龙让工作人员马上起草协议，自己偷偷出来给王洪生、吴大任打电话汇报了谈判情况。

"子龙办得好！彩印厂这个老大难问题，看来可以彻底解决了，事成之后我们给你庆功！"

一个星期后，何天亮的红太阳开发集团足额把三千五百万元买断费用打到江平市指定的账号上，当彩印厂退休职工、下岗职工先行领到两个月的工资时，无不感激这个说话算数的常务副市长。

滨海市红太阳开发集团到底是大手笔，钱到位后，仅一个星期，偌大的彩印厂就变成了一片开阔地，当设计新颖的规划图高高地举到工地时，江平市轰动了，红太阳集团在这块宝地上设计了横竖四条街，共十六栋楼，每栋楼分楼上楼下两层，这样十六栋楼三万多平方米全成了商业旺铺，红太阳印发了十万份"这里有黄金"的彩色广告，江平是个商埠重镇，周围十几个县市的老百姓都愿意到江平选购商品，当他们看到"这里有黄金"的广告后回去大加宣传，一时间到江平买商铺的消息广为传播。

红太阳到底是促销行家，他们采取欲擒故纵的推销法，只登记，不出价，一个月后，登记买商铺的客户是实有商铺的三倍多。两个月后，当财源商业街开盘时，一楼商铺涨到每平方米三万元，二楼涨到两万，红太阳开发集团一个星期收上来七个多亿。有好事者偷偷给红太阳算了一笔账，这条商业街开发商至少净赚了三个亿。

随着江平彩印厂的改制成功、财源步行商业街的建成，江平社会上出现了两种不同的声音，基层广大群众认为，郭子龙有能力、有魄力，处处为老百姓着想，是共产党培养出来的好干部，有好信的老百姓甚至认为郭子龙是江平政界的一颗启明星，将来市长、书记非他莫属。而另一方评价正好相反，什么假公济私、树立个人权威、捞取政治资本，什么江平出了个大贪官，检察院正在调查，有的人还有板有眼地说："彩印厂那块风水宝地最低值一个亿，让他三千五百万元贱卖了，他最少收人家开发商一千万元。"这些流言蜚语传到吴大任耳朵里，他肺都要气炸了。

中国官场就这样，一个人提拔了，就说他上面有人；为老百姓干点儿事，就说他捞政绩；搞改革，就说他捞好处。这种歪风邪气不刹，江平就没有希望。吴大任在一次机关干部大会上怒斥道："今后谁再制造传播谣言，不负责任地瞎议论，市委就处理谁，看谁还有这个胆。"有观察仔细的人说，吴大任说这话时，主席台上的黎小生坐立不安，脸上一会儿红，一会儿煞白。

郭子龙听到这些议论，像没事一般，该吃饭吃饭，该走路还走路，自从走上仕途之路后，父亲不止一次用"天将降大任于斯人也，必先苦其心志，劳其筋骨，饿其体肤"的古训来激励他，郭子龙不觉得自己有多高尚，只觉得自己说话办事要对得起良心，对得起家乡父母，对得起组织上的培养。

八

忙完彩印厂的改制，公安机关的改革纳入了郭子龙的议事日程。现在社会治安不好，一方面各种矛盾交织，属于案件的高发期，另一方面公安局机关臃肿，官太多，一线警力不够用。他把公安局长陈建国找来研究。陈建国原是山城市公安局团委书记，郭子龙和他算是老上下级关系，半年前他被派到江平任公安局长时，就深感这里的官太多了，不到四百人的编制，带长的就有两百多名，平均一个科长还管不到一个兵。陈建国早就对这种体制不满了，这都是前任局长加上黎小生定的，他也无可奈何。郭子龙与陈建国研究后决定精简机构，局直属机关二十五个科室减少到八个，城区五个分局恢复为派出所，原分局下辖的十六个派出所全部撤销，交警大队城区不设中队，大队设一正三副，科以下干部全部就地免职，按照干部职数，一律竞聘上岗。因为这项改革触及许多人的利益，为减少阻力、干扰，郭子龙亲自带着陈建国向市长王洪生、书记吴大任、山城市公安局汇报。书记、市长十分赞同郭子龙的想法，无条件支持公安局的改革，山城市公安局领导看了江平市公安局的改革方案后，不仅同意，还让他们注意总结经验，时机成熟时向全市推广。

由于方案周密、准备充分，江平市公安局的干部制度改革轰轰烈烈、如火如荼地进行。除极少数人说怪话、消极抵制外，多数人支持这项改革。眼看大功告成，郭子龙总算松了一口气。

自打任常务副市长以来，郭子龙起早贪黑，很少回家，夫妻难得一见。今天郭子龙一高兴，准备回家与妻子翠萍吃顿团圆饭，是啊，接上这个操心的常务后，家就成了旅店，每次回家，翠萍都睡觉了。妻子在交警队上班，还要照顾上中学的孩子，太难为她了。今天，子龙一回家，妻子愣住了，她打趣道："先生走错门还是太阳从西边出来了？"子龙立马不无愧疚地说："对不起，实在太忙了，这不今天早点回来，好好陪陪媳妇。"几句温暖的话，翠萍满肚子的怨气全消了。翠萍是个明白人。

小别夫妻胜新婚，何况小两口还不到四十呢，足有半个月没亲热了，翠萍今晚表现得特温柔，一口一个老公地叫着，叫得郭子龙骨酥酥的，心想外面的世界太恐怖，还是家里好，媳妇好。孩子吃完晚饭后到学校上晚自习了，小两口就有了那个意思。今天翠萍高兴得有点羞答答的，一来郭子龙半个月没跟自己挠痒痒，二来自己心里有个高兴事，几次欲言又止。两人都脱完了衣服，"翠萍有话你就说嘛，都老夫老妻了，还有啥不好意思。""不咧，快来，等一会儿再说。""说吧，说吧。"郭子龙催促着，"好吧，那我就把我的好事也告诉你吧，让你也分享分享。今天我参加了交警大队科长职位的竞聘，我竞聘的岗位是事故科长，李平大队长偷偷告诉我，我的民主测评票在三个竞聘者中排第一位，就等局党委会研究决定了，你看这是不是夫贵妻荣，大喜事？""什么？你也参加了竞聘？还要当选？"郭子龙听了，立马愣住了。

郭子龙渐渐从翠萍口中得知，半个月前，交警大队公布竞聘岗位时，大队长李平单独找翠萍谈话，让她报名竞聘事故科长一职，说翠萍如何如何优秀，如何如何有人缘，参加竞聘一定能成功等等。翠萍原来没这个野心，只想当个贤妻良母，相夫教子。老公够忙的了，自己如果再全身心扑在事业上，这个家谁来照顾啊？可这事故科长的岗位实在太诱人了。报还是不报？翠萍一时拿不定主意，她想晚上回家跟郭子龙商量商量再说，可一连几天也见不到郭子龙的影子。她想打电话，但这事又不是三两句话能说清楚的。这天，报名的时间就要截止了，李平大队长又来催促她，报吧，报吧，还犹豫什么？报就报，翠萍在李平的再三催促下第三个报上了事故科长竞聘名单。

"翠萍，你明天必须给我申请退出竞聘，否则别怪我不客气。"

"什么？你威胁我？许你干事业就不许我干事业？中央还大力提倡提拔女干部。"

"那你就干事业去吧！"郭子龙血性上来了，他穿上衣服夹着包就走。

"子龙，子龙。呜呜呜……你这该死的！"郭子龙走后家里留下了一片哭骂声。

这事一定有人幕后操纵，而这个幕后黑手说不定就是黎小生，因为公安局的改革已经触动了黎小生一帮小兄弟们的利益。一旦郭子龙的媳妇当上了事故科长，郭子龙就成了以权谋私、徇私舞弊的狗官，到时候，公安局内部就得乱，那些落聘者就会四处告状，郭子龙跳进黄河都洗不清。看吴大任、王洪生谁还保你，谁还支持你？一想到这些郭子龙不寒而栗。郭子龙边走边掏出手机给李平打电话，让李平十分钟后到自己办公室来。

此时，李平正在灯荣酒家六〇一包房与黎小生几位把兄弟喝酒，他们正得意黎小生的杰作时，郭子龙的电话把他们打乱了。

"李大队，你去吧，说不定郭子龙要给你封赏。别忘了咱们哥们儿。"

李平装着若无其事的样子来到郭子龙办公室，郭子龙和他寒暄几句后，突然问："你为什么让翠萍参加竞聘？她何德何能？事故科长何等重要，她一个女流之辈能干了吗？"末了，郭子龙敲山震虎地说："不管你们什么意图，你明天必须取消她的竞聘资格，否则我撤了你的交警大队长。走吧，没你的事了。"

李平垂头丧气地回到灯荣酒家，一五一十地跟黎小生和他的把兄弟们说了。

"咳，这个郭子龙，就是不上钩，非善类。"不知谁说了一句。

"等着瞧吧！后院失火。"黎小生怪声怪气地说。

郭子龙走后，翠萍渐渐冷静下来了，她知道自己这么做一定伤了丈夫，会给丈夫留下不好的影响。但这些都是按程序走的呀，她一没作假，二没拉票，凭啥不让竞聘？算了吧，谁让你是郭子龙的妻子！俗话说嫁鸡随鸡，嫁狗随狗，不让当就不当，在一番思想斗争后，翠萍迷迷糊糊睡着了。

第二天，翠萍强打着精神上班，有人告诉她，李平大队长找她有事。翠萍来到李平办公室，李平不无惋惜地说："翠萍，你的竞聘资格被组织上取消了。""为什么？"翠萍原打算申请退出，现在不等自己申请，却被组织上取消了。"你回家问子龙市长吧，他大公无私。"李平讥讽地说。

翠萍这一天不知道怎么过来的，她恨郭子龙，恨他的大男子主义。郭子龙啊郭子龙，当初你是怎么死皮赖脸追我翠萍的？你现在翅膀硬了，要把老娘甩了，没那么容易，看我怎么收拾你。

十年前，郭子龙大学毕业后分配到山城一所普通中学任教，当时社会上流传着一种说法，一等分配进机关，二等分配进事业，三等分配当教师。可见，当初郭子龙没钱，没背景，落了个三等分配。而翠萍恰恰相反，父亲是最吃香的商业局长，掌管着物资、副食品分配大权，翠萍大学毕业后没费力就进了山城让人羡慕的公安局交警支队。翠萍长得高挑、秀气，被誉为山城公安系统的"五朵金花"，当时追她的小伙子足有一个排，他们中有市长公子，现役军官，还有局长、国企老板、私企老板等等官二代、富二代，这些人要钱有钱，要长相有长相，可翠萍一个也看不上。不是说这个没男人气，就是说那个愣头青，眼看着年龄一天天大了，愁坏了两个老人，"萍，别挑了，差不多找一个，你看你几个姐姐像你这么大早抱孩子了！"翠萍在家排行老四，下面还有一个小弟。"放心吧，妈，我一定找一个有出息的。"一天，学校和公安交警举办一场篮球赛，翠萍是啦啦队员，郭子龙是学校队的中锋，郭子龙的矫健身影引起了翠萍的格外注意。奇怪，郭子龙每次投篮中了，翠萍都使劲儿鼓掌。啦啦队的警花们生气了，"他是学校队的，你鼓的哪门子掌，怎么胳膊肘往外拐？""怎么，你看上这小伙子了？"翠萍才不管这些，郭子龙只要投中了，她照样鼓掌，这场球赛学校队以绝对优势获胜。临走时，翠萍红着脸要了郭子龙的传呼机号码。

人就这么怪，有心栽花花不开，无心插柳柳成荫。这场球赛后，翠萍约了郭子龙吃饭，郭子龙直率、风趣、成熟、孝顺、敢作敢为的性格给翠萍留下了深刻的印象，这就是自己心中的白马王子吗？翠萍第一次见面就反复问自己。女人嘛，往往跟着感觉走。郭子龙是个有自知之明的人，凭家庭背景、自身条件和工作单位，根本不配与翠萍谈恋爱，后来的几次邀约，子龙都借故躲着她。

女人的心就这样，当她看上一个人时，会奋不顾身地追求，她把自己当成树，郭子龙当作藤，她现在要树缠藤了。她不止一次地刺激郭子龙，你还是不是男子汉？是啊，人家女方都不怕，我郭子龙还是不是男子汉？打那以后，郭子龙鼓足勇气主动地与翠萍交往了。可没想到郭子龙与翠萍的交往，遭到了翠萍全家人的反对，尤其是父亲江振远。他直言不讳地说："一个农村出身的教书匠能有什么出息？那些追你的小伙子哪个不比他强？到时候你后悔都来不及。"几个姐姐也加入到反对阵营，轮番给妹妹做工作，"算了吧，听爸妈的，这世间好小伙有的是，千万别往火坑里跳，现在刹车还来得及！"但翠萍就有一个倔脾气，自己看准了的，九头牛也拉不回。

在父母家人的反对下，秋天一个风和日丽的日子，江翠萍与郭子龙在一个租来的半间房举行了简单得不能再简单的婚礼。婚后，江翠萍承担了一切家务，全力扶持丈夫干事业。郭子龙是个好学上进的小伙子，在一次山城团市委面向社会招考中，郭子龙以第一名的成绩考进了团市委，三年后，他又以笔试、面试总成绩第一的成绩考上了团市委副书记。

郭子龙啊郭子龙，没有我翠萍的牺牲，能有你的今天吗？

招聘风波后，郭子龙不止一次向妻子翠萍认错，但翠萍就是不原谅他，夫妻俩视同路人，虽在一个锅里吃饭，但翠萍就是不让郭子龙上床。一天、两天，一个月、两个月，已经整整三个月，快一百天了，翠萍一直不肯与郭子龙同房。无奈之下，郭子龙把戒了多年的烟捡起来了。平时顶多喝二两酒，现在不知不觉就喝半斤，而且一喝就醉，他是在借酒消愁，排解心中的忧闷。这天又到下班时间了，郭子龙夹起包正准备回家看小脸，"丁零零——"郭子龙接起电话，一个清脆的声音传来，"子龙市长，今晚有空吗？我的顶头上司山城团市委书记黄占才来了，想请您作陪，能给个面子吗？"原来是团市委书记江梅音发出邀请。"有空，有空，我一定参加。"

晚宴是在灯荣酒家六〇二包房进行的。真是无巧不成书，黎小生和他的铁哥们儿也在六〇一包房喝酒。郭子龙顾不了那么多了，他要一洗几个月来的心中忧闷，尽兴地和几个老朋友喝酒。郭子龙本是个活跃分子，他频频举杯敬黄占才，然后又两杯换一杯地敬梅音。梅音本来就是个美人胚子，两杯酒下去，脸颊红扑扑的，显得更加妩媚。几个月没碰老婆的郭子龙今天有点放纵了，这时有人讲了一个傻兔子的段子。黄占才任团市委书记不久，在一次宴请外地友好团市委领导的酒会上，一位老朋友开玩笑地说："黄书记，山城团市委美女如云，可千万别累着了！"坐在邻座的美女副书记林秀敏随口说了句："兔子不吃窝边草嘛。"黄占才也是个开玩笑没把门的人，他大喊一声："那是个傻兔子！"现在黄占才要拿这事戏弄老搭档郭子龙了，他说："你是不是傻兔子？"郭子龙说不是。"不是就跟梅音喝杯交杯酒！""喝就喝。"郭子龙给自己和梅音各斟满了一杯酒，主动挽起梅音的胳膊一饮而尽。六〇二包房里的粗声大气被隔壁六〇一包房的黎小生他们听得一清二楚，他们从交警大队李平那里听到，郭子龙近来被妻子冷战搞得焦头烂额，这回怕是有好戏看了。黄占才喝多了，郭子龙也不能再喝了，梅音亲自送两位老领导到宾馆休息。因喝得太多，梅音也给郭子龙开了个房间。忙完这一切，梅音回到家时已经快到后半夜两点了。

第二天，梅音的老公张子祥、郭子龙的妻子翠萍分别接到一陌生男子的神秘电话，说郭子龙在灯荣酒家与梅音喝交杯酒，酒后又到宾馆开房。这可是捅了马蜂窝。张子祥本就是个醋坛子，一直怀疑美人妻子靠出卖色相上位，晚上不问青红皂白毒打了梅音一顿，并扬言要到市委告郭子龙。这边翠萍哭着要跟郭子龙离婚。一时间，江平城里满城风雨，不明真相的人听了骂这对狗男女，也有人同情郭子龙，说英雄难过美人关。

吴大任接到举报后，把郭子龙找去骂了一顿。但冷静一想，郭子龙不是这样的人啊，是不是有人在做文章？他立即派人暗中调查，发现喝交杯酒的事有，其他都是不怀好意的人编的。吴大任得知这场闹剧是黎小生一干人所为，他把黎小生骂得狗血喷头，并警告他们以后再有这事就撤他的职。从此，黎小生更恨郭子龙了。

那边翠萍的母亲专程从山城赶来，经过苦口婆心做工作，翠萍与郭子龙和好如初。打那以后，江翠萍断了进步的念头，一心一意相夫教子，做贤妻良母。

九

吴大任要被提拔调走了，关心政治的江平人当然更关心新领导。吴大任是干事业的领导，江平上下都这么认为。他们从修江平河、开全省首届农运会、企业改制等一系列大事上看到了吴大任的堂堂正正做官、扎扎实实为民的为官品德。上任之初，他就许下了"为官一任，造福一方，多留遗产，少留遗憾"的诺言。三年来，吴大任为江平的发展做出了巨大的贡献，经济总量翻一番，财政收入由不足三亿元增加到十亿元，老百姓评价说吴大任是江平历史上最廉洁、最能干的一任书记。古人云，水能载舟亦能覆舟。老百姓的心是最公正的，凡是干得好的领导，他们都盼着早点提拔、重用，但他们又担心吴大任走后江平从此一蹶不振，经济再度低迷。传吴大任要走的消息有半年多了，但一直不见动静，这一次恐怕是真的了，理由很简单，省委书记吴文胜有三年多没来江平了，这次不仅来，还看得很仔细。有人看到，那天吴文胜到江平正下着毛毛细雨，在参观企业时，吴文胜抢来秘书撑的伞，亲自给吴大任打。每到一处，他都跟吴大任有说有笑，遇到关键处，他还要跟吴大任交换一下眼神，耳语几句谁也听不到的话。这是要提拔吴大任了，因为三年前是吴文胜力排众议把吴大任派到班子派头林立、社会矛盾复杂、经济收入低迷的江平来，现在江平一切好了，吴大任该提拔重用了。

官场上的事老百姓永远也猜不透，有的事说慢就慢，有的事说快就快。一星期后，省委正式任命吴大任为大山市市长，大山是个地级市，吴大任虽然是个副厅，但江平是个县级市，吴大任的提拔应该算是破格。按常规，他应该先任地级市的常务副市长，然后副书记，再市长。若按老套路，吴大任任地级市市长少说也得十年，于是老百姓便说，省委用干部还是公正的，主要看能力、看政绩。

调走吴大任的同时，任命山城市委副书记钱书林为山城市委常委、江平市委书记。省委对他的评价是：钱书林敢想敢干，思想解放，年轻有活力，但他的不足是嫩了点，没在县区一把手的位置上摔打过。

"没当过县委书记，不等于当不好县委书记，咱们在座的不也是一步步走到省委领导岗位？"慧眼识才的省委书记吴文胜再一次力排众议，坚持把钱书林派到江平。

听到这一消息，秘书出身、善于钻营的黎小生连夜赶到山城，在老领导——现山城市委副书记林长有的极力推荐下，黎小生见到了即将到任的顶头上司钱书林。

"小生不错，他是你的副手，请书林以后多多关照。"林长有没有打官腔，一脸真诚地介绍黎小生。

"钱书记年轻大才，今后你的话就是圣旨，指哪打哪。"黎小生拿出了当秘书的奉承本领。

"我到江平人生地不熟，还得靠小生书记多支持。"钱书林是个聪明人，他不得不给林长有面子，以后江平的许多事情还需要林长有的支持、配合。

"新来的书记个子矮、心眼儿多！"江平人这样评价新来的领导。郭子龙是在全市机关大会上见到钱书林的，钱书林给他的第一印象是此人外柔内刚。那天在宾馆小会议室接见江平四大班子时，黎小生出尽了风头，他像老朋友似的挨个把江平的领导介绍给钱书林，钱书林跟郭子龙握手时还腾出左手特意拍了拍郭子龙的肩膀，"大任跟我介绍了，子龙在班子里最年轻、最能干，好，好！"钱书林一见面算是对郭子龙的肯定。

郭子龙还是那样，没日没夜地忙工作，对于领导们之间的脾气、秉性什么的他很少研究，甚至从来不研究，久而久之给人傲的感觉。新书记来了，很多人围前围后，找各种理由去汇报、去接触。郭子龙除了必须请示的，他基本与钱书林难得一见。钱书林性子急，想起一件事情立马就要干，他恨不得几天就把江平建设成大都市，他必须在吴大任的基础上把工作干得更好、步子迈得更大。经过一段时间的调研，他很快确定了江平以城市建设为依托，大力发展商贸流通业、建设区域中心城市的发展新思路。时下官场上都流传着这样一种做法，某地新来一位主官，都喜欢提自己的新思路，如果不提好像就没水平。久而久之，老百姓也习惯了，凡换一茬领导，总会打听，新来的领导有啥新思路？而市长王洪生军人出身，作风泼辣，和钱书林一样也想尽快把江平市搞上去，不过他的重点是抓经济，尤其是抓工业经济，这也是吴大任在任时提出来的。因为江平市工业基础差，税收上不来，财政困难。这几年，市政府大力招商引资，新上了一批医药支柱产业，江平的日子才一天天好起来。"子龙，看来我们要调整工作思路，尽量按市委的意图办。"郭子龙不假思索地点点头，王洪生心里明白，书记、市长虽然平级，但班子里市长是二把手，书记、市长不和，市长是要吃亏的。

官场上总有一些人无事生非，钱书林到江平不到半年，就出现了强弱之说，说政府力量太强了，市委太弱了，其理由是市委安排的事迟迟落实不了，而政府一声号令，各部门闻风而动。许多事情就是这样，不怕没好事，就怕没好人，黎小生不断地在钱书林面前灌输，郭子龙听王洪生的，不听你钱书记的，开始钱书林还批评他瞎说。

为了牵制郭子龙，钱书林在常委会上提出让黎小生协助政府分管城建，理由很充分，江平要建设区域中心城市，就必须加强城建的力量。在江平，都知道黎小生是个权力欲很强的花花公子，他担任政府常务副市长时把城建管得一团糟，让吴大任剥了他的权。他表面上感激吴大任提拔他担任副书记，心里恨死了吴大任。现在钱书林让他协助政府也就是协助郭子龙管城建，他哪甘心协助？分明要一手遮天，凡事说了算。他见城建局长尤铁明、规划局长吴生波事事听郭子龙的，就建议钱书林，并串通组织部，把他们拿下，换上自己的心腹。新任城建局长、规划局长知道这顶乌纱帽是谁给的，以后凡事郭子龙安排的，他们不是顶着不办，就是说听听黎书记的意见，时间一长，郭子龙说话自然没人听了。

郭子龙名义上还管城建，但实际上大权在黎小生手上。架空就架空吧，郭子龙把这一切都忍了，他把主要精力放在分管的其他工作上。

这一年冬天，江平市的老百姓骂娘了，家里冻得直哆嗦，供热不达标，室内温度普遍在十摄氏度以下。钱书林让黎小生抓一下，黎小生开了几个调度会，并帮热电厂贷了一笔款，但温度就是上不来，老百姓还是上访、骂娘。钱书林把郭子龙叫来办公室，先说了一通过年话，接着说，"小生最近要上党校学习，你是管城建的，希望你把供热的事抓一下。"郭子龙心里知道，黎小生溜了，让自己去擦屁股。行了，只要书记有态度，自己干啥都是干。郭子龙表态说："放心吧，钱书记！我一定把这件事办好。"随后郭子龙一头扎进热电厂调研，查设备、访住户，与电厂干部职工座谈。最后他查出病症，企业人员多，包袱重，设备老化，受益户吃大锅饭。他提出了大胆的想法，热电厂退出国有，实行民营化经营，设备问题、管道问题、收费问题，一切问题通通迎刃而解。他把自己的想法向王洪生、钱书林做作了简要汇报，两位领导都支持他的改制意见，并授权给他。

与热电厂一墙之隔的康达酒精厂是北方地区最大的优级酒精厂，该厂设计规模为年产八十万吨，但由于受制于热电厂的气源，使企业迟迟不能达产达效。酒精厂早就想吞并热电厂，但由于热电厂是国企，有这个心没这个胆。当郭子龙把市里的改制意图向社会公开后，康达酒精厂董事长尚文主连夜从北京飞回。郭子龙是精明人，热电厂送给别人可能是个大包袱，而卖给尚文主等于送他个金娃娃。不能这么便宜他！郭子龙提出热电厂与问题多多、上访不断的化肥厂捆绑打包出售。尚文主到底是个有气魄、有远见的企业家，他二话没说，拿出两亿资金一并笑纳。高人从来不做赔本的买卖，酒精厂自有了热电厂如虎添翼，两年后企业达产达效，每年净赚五个亿，而江平市更没有吃亏，表面上失去一个国企，但收获的是老百姓暖暖地过冬，每年又增加五个亿的税收。

十

去年冬天以来，江平天气就不正常，该冷不冷，该热不热。眼看就要到夏天了，天气还是嘎嘎冷，老百姓出门还得穿夹克。

江平怕是要出事了，要出大事了。就在老百姓议论天气的当口，江平政坛果然出大事了，先是前建设局长被"双规"，接着前国土局长、规划局长被抓，均源于一起基建工程索贿受贿案。一个月前，江平市江平镇委书记寻长有在发包机关集资住宅商品楼时向一包工头索贿二十万元，检察院受理举报后，没费多少口舌，寻长有就如实交代了犯罪事实，本来案情并不复杂，自打黎小生督办该案后，案情很快有重大突破，原因是黎小生及办案人员向寻长有抛出了坦白从宽、抗拒从严、举报他人可免于刑罚的橄榄枝，寻长有接连举报向职务变动后的原建设局长、国土局长、规划局长、环保局长等行贿的犯罪事实。据说，寻长有有时睡到半夜忽然想起一桩给谁送钱、送礼的事就找政府要交代，害得办案人员一宿折腾起来好几次，可一到较起真来，寻长有又自相矛盾、前言不搭后语。

江平这场政坛地震最糟心的是政府，几个局长被"双规"后，政府各部门人心惶惶，工作几乎停摆了，市长王洪生、常务副市长郭子龙忙得焦头烂额。这天王洪生驾车到山城参加一个招商引资座谈会，由于大脑中不断地思考江平多部门缺一把手如何开展下一步工作的闹心事，以致车前方一赶车的老农突然出现没看到。为躲避老农，王洪生的大吉普一头撞到树上，随后又滚到沟里。郭子龙率领医疗抢救组赶到时，王洪生已躺在了附近一家医院的重症监护室。因脑干出血，王洪生处于重度昏迷状态，随时都有生命危险。"要不惜一切代价抢救王市长。"郭子龙在抢救小组紧急会议上哽咽着说。他随即部署抢救方案，并亲自联系省城、北京等大医院的脑外科专家。

王洪生出车祸后，江平市的四大班子领导、市直各部门领导纷纷赶到附近的游城医院探望，一时间游城医院门前车水马龙，人头攒动。到游城医院看望的市领导唯独少了黎小生。

此时正在检察院坐镇指挥寻长有行贿案的黎小生听说王洪生遇车祸生命垂危后，原打算停下审讯到游城医院去，但他转念一想，王洪生凶多吉少，他走后，自己最有希望顶替这一位子。但他心里更清楚郭子龙是最强有力的竞争对手，论能力，论政绩，论口碑，他一样不如郭子龙，如果此时查出郭子龙有受贿嫌疑，郭子龙不仅当不上市长，恐怕连现在的乌纱帽也保不住。有道是量小非君子，无毒不丈夫，黎小生一边给自己打气，一边指挥办案人员给寻长有加手段。时间一分一秒地过去，半夜十二时许，当郭子龙率领医疗抢救组进行了一天两夜的抢救后，王洪生最终还是停止了心脏跳动。而黎小生坐镇督办的腐败案也有了重大进展。据寻长有交代，他通过弟弟，也就是郭子龙的司机寻长根，向郭子龙行贿两万元。"郭子龙啊郭子龙，你我之间斗了三年，总算老天有眼，你也有今天，会败在我黎小生的手上！"此时此刻，黎小生已无心审案，他让办案人员看住寻长有，千万不要有任何闪失，自己乘车匆匆赶往游城医院。一是去做做样子，瞻仰一下王洪生；二是他要去现场透露这一惊人的讯息。黎小生毕竟是聪明人，在现场领导中，他没有直接宣布郭子龙的受贿案件，因为这不是他管辖的权力范围。他有意无意地说，"这下政府的天可真的要塌下来了，市长没了一个，恐怕还有副市长要进去一个。"黎小生的怪言怪语无异于一个炸雷，立刻在人群中炸开，"难道是郭子龙被牵连进去了？"因为江平人都知道他黎小生跟郭子龙向来不和，而郭子龙的几个手下干将都先后落马，黎小生又正督办着寻长有的案子。郭子龙凶多吉少，在场的人无不为他捏着一把汗。

郭子龙已经一天多没见到司机寻长根了，一打电话就关机。怎么了？小寻自从安排给郭子龙开车以来就没有关过机，随叫随到，今天为啥关机？寻长根是送完郭子龙到游城医院返回江平市后被黎小生督办的专案组带走的，准确地说是他哥哥寻长有交代郭子龙受贿事实后接受调查的，办案人员开始对他很客气，让他交代行贿情节，寻长根始终一口否认。办案人员审了几个小时后不耐烦了，决定给他来点厉害的，小灯泡换成了明亮的炽光灯，并让他光脚站在水泥地上，办案人员还企图从精神上、心理上摧垮他。其中有一个人恶狠狠地说："你不要有侥幸心理，郭子龙救不了你，只有你自己能救自己。你说了啥事没有，马上放你走，该给哪位领导开车还给哪位领导开车，如果你包庇郭子龙，你就得跟他一起蹲监狱。"

寻长根给郭子龙开车有三年多了，三年来，他没日没夜跟着郭子龙，他深深感到，郭子龙是个好官，正直、善良、不贪不占、大公无私，许多私企老板企图以金钱、美色贿赂他，他一概拒绝。大哥寻长有半年前给过他两万元，让他送给郭子龙，他不肯，大哥一次乘车时偷偷把用报纸包的两万元塞到他副驾驶前面抽屉就走了。寻长根发现时，大哥已进看守所了，两万元一直没机会退给大哥。专案组对寻长根的交代很不满意，认为他有意包庇郭子龙，只得留他在专案组继续接受调查。

案件关键人卡住了，黎小生携专案组的人一同到山城纪委汇报。因涉及副处级领导干部，山城市纪委在征得领导同意后决定对郭子龙立案调查。因考虑到江平市的稳定，专案组没有采取双规措施，让郭子龙边工作边接受调查。一时间，江平市闹得沸沸扬扬，支持郭子龙的人认为，这纯粹是一种陷害，有的信徒甚至祷告上帝保佑子龙市长平安无事。反对郭子龙的人则幸灾乐祸，盼检察机关早点逮捕郭子龙，将其绳之以法。

军中不可一日无主，上级组织决定对江平市市长人选进行推荐投票。江平市委态度非常明显，郭子龙有贪污嫌疑，虽无定论，但不能作为重点人选，黎小生成了唯一的市长人选。但江平人眼睛是雪亮的，黎小生无德无能，尤其在郭子龙涉案问题上做了不少手脚。投票结果一出来，令组织上特别是江平市委大吃一惊，郭子龙、黎小生推荐票均未超过半数，而黎小生的得票率大大低于涉案在身的郭子龙。经山城市委推荐，报省委批准，山城市经委主任绍立功任江平市委副书记、代市长，黎小生、郭子龙维持原职务不动。

十一

　　许多人看到郭子龙瘦了，背也有点驼了。是啊！半年来，他背了多少黑锅、骂名。他走到哪里都有人评头品足，指指点点。这天下午，他接到电话后匆匆赶到山城纪委接受谈话，今天跟他谈话的是山城纪委素有黑包公之称的齐锋。齐锋先后多次被抽调中纪委办案，拉下来过多个省部级高官，一见面黑着脸，一句话不说，他是想刹刹郭子龙的威风。几个来回把齐锋激怒了，他仿佛审的不是郭子龙而是自己。他说难听的，郭子龙说得更难听；他拍桌子，郭子龙拍得更响。这是怎么了？难道郭子龙真的被冤了？齐锋办案审案无数，还没见过如此不要命的，他审不下去了，他要另辟蹊径。

　　郭子龙从齐锋办公室出来，天色已晚，肚子也饿了。他在山城有一帮朋友，每次来都有朋友请他，今天他想破破例，他首先给在山城市委组织部的一位科长打电话，科长说正在外地陪部长调研。接着给市政府一位副秘书长好友打，好友说正在饭局上，问他有什么事。接着他又打了几个电话，不是推说有事，就是把电话按了，这是怎么了？他抱着最后一线希望打给

289

省报驻山城记者站站长林不平。林不平知道郭子龙近来受到的不公，而且有组织部的朋友提醒他离郭子龙远点，千万别沾着、惹着。林不平为人正直，在山城很有位置，就连市委书记刘子龙也对他礼让三分，传说他在山城十年送走了四位省级领导，他坚守的"正面宣传有深度，负面宣传有力度"的原则，着实让山城市的领导们不敢小看。林不平从江平出来，以前与郭子龙有过交往，对郭子龙印象不错。郭子龙走红得势时，别人往前凑，而林不平却往后靠，现在郭子龙有难了，凭林不平个性当然往前冲了。他接了郭子龙的电话，立马订了一个郭子龙爱吃的小狗肉馆。两人十分钟后相约地来到小狗肉馆，他们找了一个僻静的小包间坐下，林不平点了四个小菜，要了两壶小酒，两人边吃边聊。聊到动情处，林不平掏出小本一一记下，他想，身为一名党报记者，为民包括为官伸张正义是自己的神圣职责，一定要帮助郭子龙洗清不白之冤。

林不平凭着自己在山城的人脉关系，先是跟宣传部长、组织部长、政协主席谈，接着跟书记、市长谈，在林不平的一再呼吁下，山城市的领导们开始对郭子龙转变看法。

郭子龙在受贿问题上的强硬态度，给齐锋泼了冷水，他开始冷静了，莫非真有人往郭子龙身上泼脏水？齐锋是正直无私的纪检干部，他决定亲自提审行贿人、也是举报人寻长有。自从寻长有检举郭子龙受贿两万元的事实后，专案组对他的态度有了一百八十度的大转变，不仅给予他政治上的较大自由，而且在生活上格外地关心他。寻长有放松了警惕，以为自己高枕无忧了。

　　齐锋不愧是办案高手，经过缜密的外围调查，他掌握了寻长有在梅平市养了一个情妇，而且最近花十八万元买了一套商品房，而购房款是寻长有一个私人账号划走的。齐锋掌握这些材料后，提审寻长有，只几个回合就把他的心理防线彻底击溃了。据寻长有交代，他索贿的二十万元，除给原土地局长送了一万元外，其他人都没收，他把这些钱都给了情妇买房子。真相大白后，齐锋给纪委起草报告解除对郭子龙的立案调查，在一定范围内为其恢复名誉，并责令江平市纪委解除对有关人员的双规。

　　两个月后，山城市委决定，免除黎小生的江平市委副书记职务，郭子龙提拔为柳城县委副书记、代县长。

　　郭子龙离开江平那天，市政府大院里黑压压来了几千人，他们依依不舍地送别郭子龙，郭子龙眼含热泪地向家乡父老深深地鞠了三躬。